KB126070

내가 임사체험 후 깨달은 것들

내가 임사체험 후 깨달은 것들

초 판 1쇄   2020년 08월 25일

지은이 묘법
펴낸이 류종렬

펴낸곳 미다스북스
총괄실장 명상완
책임편집 이다경
책임진행 박새연 김가영 신은서 임종익
본문교정 최은혜 강윤희 정은희 정필례

등록 2001년 3월 21일 제2001-000040호
주소 서울시 마포구 양화로 133 서교타워 711호
전화 02) 322-7802~3
팩스 02) 6007-1845
블로그 http://blog.naver.com/midasbooks
전자주소 midasbooks@hanmail.net
페이스북 https://www.facebook.com/midasbooks425

© 묘법, 미다스북스 2020, *Printed in Korea*.

ISBN 978-89-6637-835-7 03810

값 15,000원

미다스북스는 다음세대에게 필요한 지혜와 교양을 생각합니다.

내가 임사체험 후 깨달은 것들

미다스북스

프롤로그

나는 어린 시절부터 명산대천에서 대대로 수행해온 남다른 집안 내력으로 수많은 죽음의 고비를 맞이했고, 수차례 임사체험을 했다. 그런 고난 속에서 일찍 출가하여 전생에서도 스승님이었던 은사스님을 다시 만나게 되었고, 수행과 백일기도를 하던 중 신의 계시를 받게 되었다.

그동안 나는 수차례 겪었던 임사체험을 깊이 숨겨두고, 봉인했었는데, 내 나이 50세가 되는 해, 전생에 히말라야에서 수행해온 깊은 인연의 도반을 만나게 되고, 그 시기가 되면 비로소 세상에 널리 알리게 된다는 계시였다. 10년이 넘는 기간 동안 출가하여 오랜 전생부터 스승님이신 우리 은사스님의 가르침으로 수행 생활을 하다가 신의 계시로 다시 넓은 세상으로 나오게 되었다.

그 후 오랜 기간 묘법사 포교당과 상담실을 운영하면서 임사체험 책을 쓴다는 생각은 할 겨를도 없이 기도와 상담을 하면서 바쁜 시간을 보냈다. 그러던 2020년 1월 31일 저녁, 드디어 전생에 함께 수행해왔던 도반을 보게 되었다.

저녁기도를 끝내고, 유튜브로 항상 듣던 티벳 옴 마니 반메 훔 진언을 틀려고 하는 순간, 추천 동영상으로 처음 보는 〈김도사TV〉가 보였던 것이다. 지금까지는 한 번도 추천 동영상에 뜬 일이 없었던 〈김도사TV〉를 보는 순간, 나는 영혼 깊은 곳에서부터 올라오는 강력한 운명의 끌림을 느낄 수 있었다.

밤새도록 〈김도사 TV〉에 있는 영상을 본 후, 아침 10시에 고정 댓글에 적혀 있는 010-7286-7232로 문자를 보냈다. 내 영혼의 강한 느낌 그대로 바로 답장이 왔고, 다음 날이 〈한책협〉 책 쓰기 1일 특강이 있는 날이니 참석해서 의논하자는 답장을 받게 되었다.

예전 출가 시절, 남산 바위에 기도하러 올라가던 중 떨어지면서 임사 체험을 했을 때, 전생에 히말라야 사원에서 힘겨운 수행을 하는 도반과 나의 모습을 보았다. 드디어 내 나이 50세가 되던 해, 전생에 수행해온 도반을 만나게 되고, 임사체험을 세상에 널리 알리게 된다는 신의 계시 대로, 한책협 대표님을 만나서 책을 쓰게 된 것이다.

그렇게 운명의 신비한 힘으로 전생의 도반을 만났고, 놀라운 임사체험과 영적 세계를 담은 귀한 책을 완성하였다.

내 나이 50세가 되기 전까지는 세상에 드러내지 않고, 깊숙이 감추어 놓았던 비밀의 봉인이 드디어 풀리면서, 영혼의 참모습과 죽음 이후 영적 세계에 관한 진실을 세상에 널리 알리게 되었다.

이 책을 읽으시는 많은 독자분들은 그동안 베일에 감춰져 있던 영혼의 참모습과 두려움의 대상이었던 죽음 이후의 영계가 얼마나 경이로운 세계인지를 보물보다 귀한 이 책에서 얻게 될 것이다.

목 차

 ## 1장   어릴 적부터 마주한 죽음들

(2장) 영혼은 사라지지 않는다

3장 임사체험은 기적의 문이다

(4장) 임사체험이 나에게 가르쳐준 것들

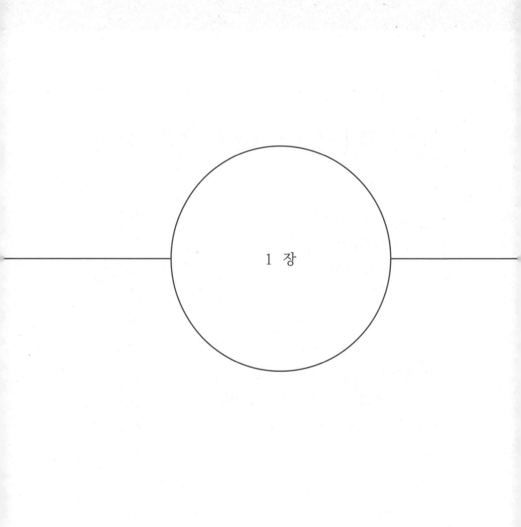

1 장

어릴 적부터

마주한 죽음들

어릴 적부터 마주한 죽음들

나의 어린 시절을 돌이켜보면 말하기 시작했을 무렵, 아니 그 전부터도 나에게는 항상 내 곁을 지키는 수호령들이 보이기 시작했다. 그리고 남들이 느끼지 못하는 것을 알아채는 예지력이 뛰어났다. 그때 나는 다른 아이들도 내가 보는 것을 다 보는 줄 알았고, 우리 엄마에게 이런 일들을 이야기하니 남들 앞에서는 절대로 그런 얘기를 하지 말라고 무섭게 화를 내셨다. 어린 나는 엄마의 화난 모습에서 '아, 이건 감춰야 되는 안 좋은 일인가 보다.'라고 속으로 생각하였다. 이북에서 전쟁통에 남한으로 피난 내려와 자리 잡게 되었던 우리 외갓집은 대대로 명산대천에서 기도를 드리고 수행을 하며 도를 닦았다. 산신님과 관세음보살님, 화엄대신장님, 백두대장군님을 수호령으로 모신 남다른 내력을 지닌 집안이었던 것이다.

　내가 7살 때, 나는 참으로 많은 죽음을 잇따라 마주해야 했다. 우리 집에서 5분 거리에 있는 나와 가장 친했던 순옥 언니네 집안에 큰 비극이 시작됐던 것이다. 우리 엄마가 8살 되던 해, 사고로 외할머니가 일찍 돌아가시자 그 모든 수호령이 엄마에게로 집중돼서 어린 시절부터 큰 신병에 시달리던 어머니는 진통제와 강한 수면제가 없으면 잠을 이루지 못하셨다. 그나마 산이나 절에 가서 기도를 드리고 나면 고통이 덜하고 시간이 지나면 악화되는 상황이 반복되었다. 병원에 가도 뚜렷한 병명이 나오지 않아서 강한 진통제와 수면제만 먹는 상태가 지속되었다. 그래서 어린 시절 집안 분위기는 몹시도 어두웠다. 우리 옆집에 살던 순옥이 어머니도 집안 대대로 신병을 앓고 있어서 그 고통을 잘 알았다. 우리 동네에서 유일하게 우리 엄마와 마음이 통하고 서로 위로하면서 절에 기도도 함께 가는 친한 사이였다.

　사실 남들과는 다른 집안 내력으로 인해 친구가 거의 없었던 나는 6살 많았던 순옥 언니와 어릴 적부터 기르던 우리 집 흰둥이가 나의 전부였다. 어린 나이지만 정신적으로는 무척 조숙했던 나에게 언니는 집안 상황도 서로 비슷하였고, 영적인 대화도 잘 통하는 소중한 사람이었다. 순옥 언니와 나, 그리고 우리 흰둥이 삼총사는 가족 그 이상의 소중한 존재였던 것이다. 항상 아픈 날이 더 많았고, 강한 수면제가 없으면 잠을 못 이루어서 고통 속에 보냈던 어머니는 사실 아버지나 자식들에게 관심과 사랑을 줄 여력이 거의 없는 상황이었다. 그래서 어린 내가 아버지나 동생들 밥과 빨래 등을 챙기는 일들이 더 많았고, 옆 동네 사시는 친할머니께서 가끔씩 챙겨주시곤 했다. 친할머니도 술을 많이 드시는 편이었지만 술이 취하지 않았을 때는 나를 많이 도와주셨다.

이런 형편이다 보니 가뜩이나 성격 급하고 참을성이 없으시던 우리 아버지는 나날이 술에 취해 돌아오는 날이 많았고, 술주정과 폭행의 정도가 심해져만 갔다. 순옥 언니 집도 거의 비슷한 상황이다 보니 서로 이해하고 위로하며 친자매보다 더 깊은 정을 나누었다. 언니 아버지는 1년 전쯤, 시내에 볼일을 보러 나갔다가 크게 교통사고를 당하셨다. 그 사고로 인해 허리와 오른쪽 다리를 심하게 절게 되어 그 울분을 가족들에게 술에 취해 퍼붓곤 하셨다. 집안에서 맏이였던 나는 아주 어린 시절부터 남들에게는 보이지 않는 수호령의 존재가 보였고, 죽음이 닥친 사람들의 상태를 그 사람의 수호령이 변화하는 모습으로 알 수 있었다. 사람들에게는 보이지 않지만 누구에게나 수호령이 있고, 이름만 다를 뿐 외국에서도 수호천사라는 이름으로 불리고 있다.

순옥 언니 남동생이 죽기 전날도 그 주변에 전에는 보이지 않던 수호령들이 급속히 모여들고 있는 변화가 내 눈에 보였다. 어린 나이였지만 우리는 영적인 부분의 대화가 잘 통했기에 언니에게 조심해야 된다고 몇 번이나 이야기했다. 그러나 하늘에서 타고난 명을 우리 힘으로 막을 수는 없었다. 다음 날 순옥 언니가 나가지 말라고 그토록 말렸건만 근처 방파제로 놀러간 남동생은 미끄러지면서 머리가 깨져 그 자리에서 즉사하는 안타까운 죽음을 맞았다.

그 죽음의 현장을 나와 순옥 언니가 제일 먼저 발견하게 된 것이다. 우리는 큰 충격으로 온몸이 굳어져 꼼짝도 못 했다. 마침 지나가던 동네 분들이 급히 언니 부모님을 모시고 왔지만 언니 동생은 이미 숨이 멎은 상태였다. 49재를 집 근처 절에서 지냈는데, 우리 엄마에게 언니 어머니가 삼일 전에 미리 꿈속에서 이 상황을 보았다는 이야기를 하셨다. 하나뿐인 아들이 사고로 세상을 떠나자 순옥이 아버지의 술주정과 폭행은 말로 다 표현할 수 없도록 심해졌다. 그 시절 아버지들은 왜 그리도 술을 많이 드시고, 소중한 가족들에게 함부로 대했던 것인지 지금 다시 돌이켜보면 기가 막힐 따름이다. 하지만 어찌 그 울분이 내가 낳은 어린 자식을 처참한 사고로 일찍 떠나보내야 하는 순옥이 어머니의 애달픈 슬픔에 비할 수 있을까!

그 당시 우리 동네에는 집집마다 창고에서 농약과 제초제 등을 쉽게 구할 수 있었다. 어린 아들을 먼저 떠나보내고 날마다 더해지는 언니 아버지의 끝없는 폭행과 극심한 우울감에 시달렸던 순옥이 어머니는 끝내 가장 독한 제초제를 마시고 세상을 떠나셨다. 순옥 언니와 나는 남동생의 죽음 현장도 제일 먼저 발견하였고, 언니 어머니의 죽음도 제일 먼저 보게 되었다. 동네 어귀 조금 떨어진 언니네 밭 귀퉁이에 제초제 병과 함께 쓰러져 계신 것을 우리가 제일 먼저 발견한 것이다.

사실 언니 어머니가 돌아가시기 전날도 그 죽음의 징표들을 보았지만 크게 상심할 순옥 언니에게 차마 말할 수 없었다. 이미 그 징표가 나타나면 사람의 힘으로는 돌이킬 수 없다는 것을 어린 나이였지만 본능적으로 알 수 있었다. 아들에 이어서 언니 어머니까지 이 세상을 떠나자 그 이후 아버지의 더욱 심한 술주정과 폭행은 오롯이 순옥 언니에게로 쏟아졌다. 가뜩이나 충격적인 상황이 연달아 일어나서 잠도 제대로 자지 못하고 야위어가던 언니에게 비극적인 그날이 다가왔다. 내가 8살 되던 해, 아직도 생각하고 싶지 않은 그 충격적인 일이 벌어지고야 말았다. 그리고 내가 그토록 외면하고 싶었던 순옥 언니에게 다가온 죽음의 징표를 보고야만 것이다. 그날도 어김없이 술에 잔뜩 취한 언니 아버지가 부엌에서 쌀을 씻고 있던 순옥 언니를 몽둥이로 마구 때리고 심한 욕설을 퍼부었다. 참다못한 언니가 아버지를 세게 밀치자 더 화가 치밀어 억센 손으로 순옥 언니의 머리채를 질질 잡아끌고 동네 한복판으로 나갔다. 동네 어른들이 말리는데도 들은 척도 하지 않고, 순옥 언니 옷들을 다 찢어버리고 온몸을 몽둥이로 심하게 때리면서 입에 담지 못할 욕을 퍼부어대었다.

그 모습을 보고 있던 8살 어린 나는 도와줄 힘이 없는 나를 탓하며, 큰 소리로 서럽게도 울었다. 그 당시에는 부부끼리 싸우거나 부모가 자식들을 심하게 때리더라도 지금처럼 가정폭력이라며 경찰에 신고하는 일은 생각조차도 할 수 없는 일이었던 것이다. 나는 그날이 내가 우리 순옥 언니를 보는 마지막 날이라는 것을 잘 알고 있었기에 더 서글프게 목 놓아 울었다. 그리고 그다음 날, 우리 둘이 손잡고 자주 올라갔던 동네 뒷산에서 독한 농약 한 병을 다 마시고 이미 숨을 멈춘 언니를 나는 제일 먼저 발견하게 되었다. 순옥 언니를 붙잡고 한참을 흔들어봤지만 언니는 다시는 깨어나지 않았다.

어릴 적부터 마주하게 된 소중한 사람들의 죽음을 바로 옆에서 지켜보게 된 나는 더욱더 혼자 있는 시간이 많아졌다. 어린 나이였지만, 죽음이란 과연 무엇인가에 대해서 많은 생각을 하게 되었던 것이다.

나는 살고 싶지 않았다

순옥 언니 집안의 연달은 비극적 죽음으로 인해 나 못지않게 큰 충격을 받은 것은 우리 어머니였다. 유일하게 마음을 터놓고 서로 위로하며 지냈고, 절에도 함께 다니며 아픔을 나누던 다정한 사이였다. 그런 언니 어머니가 세상을 떠나자 우리 어머니의 신병의 고통은 더욱더 길어져갔다. 그런 상황에서 나의 어머니를 더욱 고통스럽게 하는 일이 있었다. 바로 친할머니의 시도 때도 없는 심한 술주정과 폭언이었다. 우리 집에서 걸어서 20분 정도의 거리에 사셨던 친할머니는 술을 드실 때와 술을 안 드실 때의 차이가 지킬 박사와 하이드 수준이셨다.

나의 할머니는 아버지가 태어나기도 전에 사고로 남편이 돌아가시는 바람에 아버지가 두 살 무렵, 다시 재가하시어 2남 1녀를 두었다. 하지만 우리 할머니는 유독 금슬이 좋았던 친할아버지를 죽는 날까지 잊지 못하고 그 마음을 술로 달래셨다. 그런 모습을 계속 옆에서 지켜보았던 아버지가 할머니의 술버릇을 그대로 닮아간 것은 당연한 수순이었을 것이다.

술을 안 드셨을 때는 옛날이야기도 많이 해주시고, 맛있는 과자도 잘 사주시는 우리 할머니는 술에 취하셨다 하면 전혀 딴사람으로 변했다. 이삼일이 멀다 하고 수시로 술에 잔뜩 취해 문을 박차고 들어오셔서는 우리 어머니에게 재수 없다며 온갖 욕설과 폭행을 퍼부으셨다. 그러고 난 뒤에는 나와 동생들에게 회초리나 막대기로 손과 종아리 등을 마구 때리곤 하셨다. 가뜩이나 몸이 좋지 않았던 우리 어머니는 이런 일들이 반복되자 더욱더 증상이 깊어져갔다. 급기야 아무것도 못 드시고 강한 수면제가 없으면 전혀 잠들지 못하는 지경까지 이르렀다.

심각한 상황에 이르자 우리 할머니는 장남이 홀아비가 되는 모습은 보기 싫으셨던 모양이다. 친한 친구 분이 우리 어머니와 비슷한 신병을 앓고 있었는데 단양 구인사에 가서 한 달 동안 기도 드리고 나서 많이 나았다는 이야기를 들으신 것이다. 할머니는 내게 어머니와 함께 구인사에 가서 기도를 하고 오라며 여비까지 챙겨주셨다. 아마 그때 구인사로 기도 가지 않았다면 우리 어머니는 진즉 이 세상 사람이 아니었을 것이다.

학교까지 결석하고, 어린 나이였지만 구인사로 어머니와 함께 기도 드리러 간 나는 큰 소리로 "관세음보살"을 외치며 정성껏 기도를 드렸다. 거의 꺼져가던 우리 어머니의 영적인 기운이 다행히 다시 살아나는 것이 보였기에 어린 마음이지만 엄마가 회복되시기를 밤새도록 졸린 눈을 비비면서 자비로운 관세음보살님께 간절히 기도를 드렸다.

한 달 뒤, 회복이 된 어머니와 함께 집으로 돌아와보니 그동안 동생들과 아버지를 잘 챙겨주신 친할머니가 어린 마음이지만 말할 수 없이 고마웠다. 그런데 우리 아버지가 혼자 계신 동안 동네 친구들과 어울려 술을 많이 마시고 전보다 더욱 심한 술주정으로 엄마와 우리 가족들을 힘들게 만들었다. 비록 어린 나이였지만 정신 연령은 무척이나 조숙했던 나는 순옥 언니 따라 저세상으로 가고 싶은 생각이 간절했다. 우리 엄마가 심하게 아팠기에 표현을 잘 하지 않았지만 나도 툭하면 토하고 어지럽고 기절할 듯이 온몸에 힘이 빠지는 증상이 자주 일어났다. 어린 시절부터 나의 삶은 고통의 연속이었다.

순옥 언니마저 내 곁을 떠난 뒤, 나와 함께 아픔과 기쁨을 나누고 서로 위로를 주는 친구는 5살 때부터 함께 하던 흰둥이뿐이었다. 내가 학교 갈 때에도 학교 앞까지 나를 바래다주고, 학교가 파하고 집으로 돌아올 때도 그 시간을 어떻게 아는 것인지 어김없이 마중 나오던 나의 흰둥이!

내가 아프거나 슬플 때, 서럽게 혼자 울고 있으면 우리 흰둥이는 어느 틈엔가 내 곁으로 쏜살같이 달려왔다. 그리고 내가 눈물을 그치고 환하게 웃을 때까지 진심을 다해 꼬리 흔들며 따뜻하게 나를 위로해주었다. 아직까지도 "흰둥아. 우리 둥이 흰둥아……."라고 불러보기만 해도 눈물이 하염없이 흐르는 소중한 나의 흰둥이…….

그러던 어느 추운 겨울날이었다. 아직도 결코 잊을 수 없는 그날…….

그 전날, 나는 생생한 꿈을 꾸었다. 꿈속에서 순옥 언니와 나, 그리고 우리 흰둥이는 자주 가던 뒷산을 신나게 올라가고 있었다. 그런데 갑자기 길이 두 갈래로 갈라지더니 순식간에 폭우가 쏟아지면서 순옥 언니와 흰둥이가 반대편으로 하염없이 휩쓸려 사라지는 악몽을 꾸었다. 겨울 방학을 며칠 남겨놓고 있던 그날, 평상시처럼 학교를 끝내고 집으로 돌아가는 길이었다. 그런데 아무리 기다려도 언제나 마중을 나오던 흰둥이가 보이지 않는 것이었다. 마음이 크게 불안해진 나는 집으로 숨이 차게 달려갔는데, 역시나 우리 흰둥이가 어느 곳에도 없었다.

마침 술이 거나하게 취한 아버지가 집으로 돌아오고 있었다. 내가 울면서 우리 흰둥이 어디 갔느냐고 묻자, 이웃 마을에 팔았다고 아무렇지도 않게 이야기하셨다. 나한테는 엄마 아빠 만큼이나 가족보다 더 깊은 마음을 나눈 가족 이상의 존재였다. 어린 시절 내게 흰둥이는 순옥 언니와 더불어서 누구에게도 말하지 못할 비밀을 이야기하고 깊은 정을 나누는 소중한 존재였다.

정말 그 순간, 나는 살고 싶지가 않았다. 하루가 멀다 하고 술을 드시고, 아파서 누워 있는 엄마에게 심한 술주정을 하는 아버지를 보면서 어린 마음에 미움이 밑바닥부터 치밀어 올라왔었다. 하지만 우리 할머니에게서 아버지의 불행하고 외로웠던 어린 시절 이야기를 많이 들었기에 그 증오만큼 불쌍한 마음이 더욱 컸었다. 우리 할머니가 친정집에 두 살도 채 되지 않은 어린 나의 아버지를 맡기고 옆 마을로 재가를 하게 되자 매일 밤마다 엄마를 목 놓아 부르며 서럽게 울었다는 나의 아버지……. 부모님의 따뜻한 사랑도 느껴보지 못하고 외갓집에 거의 방치되다시피 자랐다는 나의 아버지…….

아버지가 7살 무렵에는 우리 할머니가 너무 보고 싶은 마음에 삼십 분이 넘는 길을 혼자서 찾아간 적이 있었다고 한다. 하지만 할머니는 시부모님과 시댁 식구들의 무서운 눈총과 타박에 눈치가 보여서 멀리서 찾아온 어린 아들에게 밥 한 그릇도 먹이지 못하셨다. 어린 아들을 혼자 돌려보내고 나서 뒤돌아 홀로 많이도 우셨다는 이야기를 할머니한테 들었다. 친정 어머니의 권유로 원치 않는 재가를 하게 된 할머니는 전실 자식들이 둘이나 있는 무서운 시부모님이 계신 집에서 밥 한 끼 마음 편히 못

드시고 눈치를 보면서 하루하루 살고 계셨다. 하루에 열두 번도 더 우리 아버지에게 돌아오고 싶었지만, 벌써 할머니의 뱃속에는 생명이 잉태되어 있었다. 그 후에도 우리 할머니는 2년 간격으로 삼촌 두 명과 고모 한 명을 더 낳았다. 무서운 시댁 식구들 몰래 먹을 것을 싸들고 우리 아버지에게 가져다주며 보고 싶은 마음을 애써 달래셨다.

우리 할머니가 재가한 집 시부모님은 무척이나 엄하고 무서운 분들이었지만, 다행히 재가한 할아버지는 다정하고 유순한 분이셨다고 한다. 몇 년 후 할머니가 재가한 그 집 시부모님이 두 분 모두 돌아가시고 난 이후에야 그나마 우리 아버지를 마음 편안히 만나 볼 수 있었다.

어린 시절 외로움을 많이 탔던 우리 아버지는 동생이 세 명이나 생기자 할머니와 동생들과 함께 살기를 간절히 소망하였지만, 외갓집에서 심하게 반대하여 이루지 못했다. 많이 상심했던 나의 아버지는 며칠이나 밥을 넘기지 못하고 앓으셨다고 한다.

나는 그 이야기를 들을 때마다 어린 나이였지만 나의 아버지가 어찌나 가련하던지 마음 속 깊이 올라오는 증오와 미움을 많이도 참았었다. 하지만, 소중한 나의 흰둥이를 아무 의논도 없이 이웃집에 화투 빚 대신 팔아버린 그날 밤, 나는 더 이상 살고 싶지 않았다. 내 인생은 어쩌면 이리고단한 것인지, 울고 또 울고 눈물이 다 마르도록 울었건만, 슬픔은 그칠 줄 몰랐다. 그리고 그날 밤, 나는 우리 흰둥이를 만났다. 부르기만 해도 눈물겨운 나의 흰둥이……. 온몸이 뼈가 다 부서지고 만신창이가 되어 버린 모습으로 피범벅이 된 꼬리를 힘없이 흔들며 꿈속에서 나를 찾아와 영원히 잊을 수 없는 마지막 인사를 나에게 전한 것이다.

내게 시련이 닥치는 이유

나의 어린 시절을 되돌아보면, 끝없는 역경과 시련의 연속이었다. 우리 흰둥이를 그토록 마음 아프게 보낸 후 나만의 의식으로 49일 동안 기도를 하며 마음을 달래고 있었다. 그런데 석 달도 되지 않아 옆 동네 사시던 우리 친할머니가 간경화 말기라는 진단을 병원에서 받으셨다. 아버지와 함께 할머니의 존재도 나에게는 사랑과 미움이 함께 공존하는 마음이었다. 그토록 금슬이 좋으시던 우리 친할아버지와는 3년도 같이 살지 못하고 사고로 보내셨고, 친정 부모님들의 강한 권유로 떠밀리다시피 재가하게 된 할머니의 인생도 가시밭길의 연속이었다. 두 살도 채 되지 않은 어린 아들을 두고, 전실 자식들이 두 명이나 있는 집에 재가하셔서 하루하루가 눈물이 마를 날이 없으셨다는 나의 할머니⋯⋯. 우리 친할아버지를 그리워하는 마음과 어린 아들을 두고 재가를 하였다는 죄책감에 수많은 날들을 술로 달래시던 나의 할머니……. 비록 술을 드시고 심하게 술주정을 하신 날도 많았지만, 부모님을 대신해서 유일하게 나에게 많은 힘이 되어주시던 우리 할머니였다. 간경화 말기라는 진단을 받은 지 얼마 지나지 않아 배에 복수가 자꾸 차오르면서 많이 고통스러워하시던 모습이 아직도 생생하다.

할머니가 간경화 말기로 가망이 없다는 진단을 병원에서 받던 날이었다. 그 소식을 들은 우리 아버지는 충격으로 쓰러져 삼 일 동안 병원에 입원을 할 정도였다. 한동안 죽도 잘 넘기지 못하고 힘없이 누워서 우리를 바라보던 모습이 아직도 눈에 선하다. 할머니가 돌아가시기 며칠 전에는 우리 아버지 손을 꼭 잡으시고 미안하다는 말씀만 계속 되뇌이셨다. 그리고 우리 아버지의 손을 잡은 채로 "내가 네 아버지 볼 면목이 없구나……. 하지만 단 하루도 네 아버지를 잊은 적이 없단다……."라는 말을 정신이 드실 때마다 되풀이하셨다.

할머니가 돌아가시기 삼 일 전부터 나는 또 다시 그 죽음의 징표들을 보았다. 우리 아버지와 어머니가 잠깐 필요한 물건을 챙기러 집으로 간 사이, 나와 삼촌들이 할머니 얼굴과 손을 물수건으로 닦아드리고 있었다. 목이 마르다고 하셔서 내가 얼른 부엌으로 가서 그릇에 물을 떠다 입에 조심히 대드렸다. 할머니는 나를 한참이나 바라보시더니 방문을 손으로 가리키셨다. "저기 방문 앞에 네 친할아버지가 나를 데리러 오셨구나." 하시면서 조용히 미소를 지으셨다. 나는 이미 삼 일 전부터 우리 할머니를 데리러 친할아버지가 방문 앞에 서 계신 것을 보았다. 그리고 이제 다시는 우리 할머니를 볼 수 없게 된다는 것도 알고 있었다. 어린 마음에도 할머니가 많이 애처로웠다. 다행히 마중 오신 할아버지를 보시고 편안하게 눈을 감으신 할머니의 마지막 모습이 나에게 큰 위안을 주었다.

집 근처 절에서 가족들과 함께 할머니 49재를 지내면서 나는 우리 흰둥이의 극락왕생도 함께 기원하였다. 하지만 49재가 끝나자 나에게 더 큰 시련이 찾아왔다. 그나마 우리 아버지가 마음을 의지하고 있던 마지막 줄이 끊어지고, 할머니 49재 마저도 끝나고 나니 아버지의 술주정과 폭행은 더욱 심해졌다. 그나마 다행인 것은 할머니가 돌아가시고 난 후 우리 어머니의 병세는 조금씩 나아졌다는 것이다.

그러던 무더운 여름날, 우리 동네에서 걸어서 20분 거리에 있는 바다로 삼촌, 고모와 함께 시커먼 폐타이어를 굴리면서 수영을 하러 갔다. 삼촌들과 고모는 수영을 잘하였기에 폐타이어는 나의 차지가 되어 신나게 폐타이어에 몸을 의지한 채 두 발을 움직이고 있었다. 바닷가 중간 지점까지 갔을 때, 타이어에 물이 차오르기 시작하더니 아무리 발버둥을 쳐도 몸이 바닷물 속으로 가라앉기 시작하는 것이었다. 삼촌들은 멀리 앞서 헤엄쳐가고 있었고, 조금 앞서가던 고모 역시 나를 발견하지 못하고 계속 헤엄치고 있는 상태였다.

나는 계속 손과 발을 허우적거리며 몸부림을 쳤지만, 입안으로는 바닷물이 계속 들어오고 몸은 자꾸만 가라앉았다. 그런 긴박한 상황 중에도 나와 함께 하는 수호령들이 급하게 고모를 영적인 기운으로 부르는 모습이 보였다. 그 영적인 기운에 이끌리듯 한참 앞에서 헤엄치던 고모가 갑자기 고개를 돌려 나를 보게 되었다. 급히 내 쪽으로 헤엄쳐오면서 앞서간 삼촌들을 큰 소리로 불렀다.

사실 나는 바닷속으로 가라앉을 때 점점 의식이 끊어지면서 느꼈던 그 편안했던 기분이 아직도 어제 일처럼 생생하다. 마치 나를 따뜻하게 품어주는 어머니의 품속처럼 편안하고 안온한 그 느낌을 몇십 년이 지난 지금도 잊을 수가 없다. 나는 그대로 깨어나지 않고 순옥 언니와 나의 흰둥이 곁으로 가고 싶은 생각이 간절했다.

바다에 빠져 숨을 쉬지 않는 나를 삼촌들과 고모가 건져준 시간은 몇 분밖에 안 되는 짧은 순간이었지만, 마치 그 시간은 나에게 영원처럼 긴

휴식과 평온함을 가져다주었다. 바닷속으로 자꾸만 내 몸이 가라앉고 입 속으로 끝없이 바닷물이 들어오고 있는데, 일순간 나의 머리 위로 반짝이는 새하얀 빛줄기 같은 것이 강하게 나를 이끌었다.

그 빛줄기를 따라 위로 올라가고 있던 중, 아래쪽에서 고모와 삼촌들이 내 이름을 다급하게 부르는 소리가 들려오자 밑을 내려다보니 축 늘어져 있는 내 모습이 보였다. 순간 너무나 놀란 나는 어찌할 바를 모르고 당황하고 있는데, 내 눈앞에 놀랄 만한 모습이 펼쳐졌다. 바로 앞에 내가 그토록 보고 싶은 순옥 언니와 우리 흰둥이가 평상시 친근한 그 모습 그대로 나를 보며 반갑게 손을 흔들고 있었다. 우리 흰둥이는 생전 모습 그대로 꼬리를 흔들며 반가움에 겨워 나를 향해 껑충껑충 뛰어올랐다.

그리고 그 뒤로는 어린 시절부터 항상 함께 해온 나의 수호령 할아버지, 할머니의 모습도 보였다. 그냥 바라보고 있기만 해도 서로가 느끼는 모든 감정과 생각들이 바로 전해져왔다. 순옥 언니와 우리 흰둥이의 영혼이 편안하고 행복해 보이는 모습에 내 영혼은 더 큰 기쁨을 느꼈다. 우리 삼총사의 반가운 만남을 계속 지켜보시던 나의 수호령 할아버지, 할머니가 이제는 돌아가야 한다는 강한 기운을 나에게 보내셨다. 결코 돌아가고 싶은 생각이 없었지만, 순옥 언니와 우리 흰둥이도 어서 돌아가야 한다는 기운을 계속 전하면서 나를 격려하고 위로해주었다.

순간 아래쪽에서 큰 소리가 나면서 저항할 수 없는 강한 힘이 나를 밑으로 끌어당겼다. 내 이름을 부르는 큰 소리에 천천히 눈을 떠보니, 삼촌들과 고모가 바닷물을 토하게 하려고 내 등을 세게 두드리고 내 뺨을 문지르면서 내 이름을 계속 부르고 있었다. 다시 돌아오고 싶지는 않았지만 바다에 빠져 임사체험을 하게 된 것을 나의 수호령에게 깊이 감사드렸다.

첫 번째 임사체험을 통해서 내가 어린 시절부터 많은 죽음을 목격하면서 받았던 깊은 상처와 충격들을 위로받을 수 있었다. 특히 나와 가장 절친했던 순옥 언니와 흰둥이의 처참한 죽음은 어린 나로써는 상상도 할 수 없는 충격이었다. 그런데 바다에 빠져서 숨이 멈추는 순간, 영혼의 세계에서 살아생전 똑같은 모습의 순옥 언니와 우리 흰둥이를 보면서 깊은 치유를 받게 되었다. 오히려 살아생전보다 더 환하고 행복해 보이는 모습에 내가 지켜주지 못했다는 죄책감에서 벗어날 수 있었다.

첫 번째 임사체험에는 나의 수호령 할아버지, 할머니의 큰 뜻이 있었다. 어린 나이에 수많은 죽음들을 마주하며 절망하는 나에게 임사체험을 통해서 희망을 가지게 해주셨다. 임사체험에서 보게 된 행복한 모습의 순옥 언니와 우리 흰둥이를 만남으로써 끝없는 시련이 내게 닥쳐올 때마다 다시 일어설 수 있는 큰 힘이 되었던 것이다.

내가 자살 시도를 한 이유

나의 첫 번째 임사체험 이후에도 날마다 고난은 계속되었다. 시간이 갈수록 더해지는 아버지의 과격한 술주정도 견디기 힘들었지만, 이상행동을 자주 보이는 어머니의 모습은 예민한 나를 더 큰 방황으로 내몰았다.

아주 어린 시절부터 나는 마치 우리 집에 잠깐 다니러 온 낯선 이방인 같다는 느낌을 자주 받았다. 부모님과 형제들에게는 불쌍한 마음 외에는 깊은 정이 가지 않았었다. 그런 상황에서 나와 제일 마음이 통하던 순옥 언니와 우리 흰둥이가 내 곁을 떠나자 이 세상에 혼자 남겨진 것 같았다. 나는 큰 절망감 속에 더 이상 살고 싶지 않다는 마음만이 가득했다. 그나마 나를 지켜주시는 수호령들의 보살핌으로 행복한 모습의 순옥 언니와 흰둥이의 영혼을 다시 만고 나서 그 시간들을 버틸 수 있었다. 순옥 언니와 우리 흰둥이를 떠나보내고 나는 마음의 빗장을 잠근 채 혼자만의 시간을 보냈다. 학교에서 다른 친구들이 신나게 뛰어 노는 시간에도 교실에 조용히 혼자 앉아 있기를 좋아했다. 학교가 끝나고 집으로 돌아와서도 아픈 엄마를 도와 집안일을 마치고 나면 작은 방에 들어가 혼자 있는 시간이 많았다.

우리 집은 아담한 마당이 있고 마루와 큰방, 그리고 작은방으로 이루어져 있었다. 그 당시 우리 집은 연탄으로 난방을 했었다. 우리 아버지와 어머니 그리고 동생들은 큰방에서 잠을 잤고, 나는 작은방에 혼자 누워 있었다. 그날 밤, 계속 머리가 어지럽고 속이 울렁거렸으나 수면제를 먹고 간신히 잠든 부모님을 차마 깨울 수가 없었다. 친할머니가 간경화로 돌아가신 후, 우리 아버지도 술을 드시지 않는 날이면 수면제가 없이는 잠을 잘 이루지 못하셨다.

그리고 나는 두 번째 임사체험을 하게 되었다. 내가 자고 있는 작은방 구들 쪽에만 연탄가스가 새어나와서 다행히 큰방에 있었던 다른 가족들은 아무런 이상이 없었다. 연탄가스를 많이 마시게 된 나는 의식이 완전히 없어진 지경에 이르렀다. 내가 바다에 빠져서 처음 임사체험을 했을 때처럼 내 머리 위로 새하얀 빛줄기가 강한 힘으로 솟구치면서 내 영혼은 천장 위로 떠오르게 되었다. 마치 연줄처럼 길게 이어진 새하얀 빛줄기가 나의 육체와 천장 위로 떠올라 있는 내 영혼에 길게 이어져 있었다. 사실 나는 두 번의 임사체험을 하기 전에도 아주 어릴 적부터 꿈속에서 이런 유체이탈을 자주 경험하였기에 크게 놀라지는 않았다.

우리 모두는 누구나 잠을 자는 동안에 영혼이 영계를 비롯한 우주 속으로 유체이탈 여행을 한다. 영적인 수행과 수련이 되어 있는 사람들은 자유롭게 유체이탈을 통해서 이 지구뿐만 아니라 우주 어디라도 여행할 수가 있다.

나는 항상 보호해주는 수호령의 안내를 받으며, 유체이탈 여행을 했기에 위험한 일은 겪지 않았다. 하지만 영적인 수행과 수련이 되지 않은 상태에서 수호령의 보호도 없이 호기심 차원에서 유체이탈을 시도하는 것은 치명적인 충격을 받을 수 있기에 주의해야 한다. 내가 아주 어린 시절부터 수호령 할아버지, 할머니와 동자 수호령인 이모와 외삼촌을 따라 이 지구의 많은 산 속을 누비고 다녔다. 내가 어린 시절 본 유체이탈의 세계는 참으로 신비하고 놀라웠다. 내 육신이 완전히 깊은 잠에 빠지면 연줄처럼 생긴 하얀 빛줄기를 따라 나의 영혼이 빠져나온 후 이곳저곳을 자유롭게 다니던 가장 신나는 시간이었다.

우리가 자는 동안에 꾸는 꿈도 실은 육체에서 빠져나온 영혼이 자유롭게 날아다니면서 겪는 일 중 인상 깊은 부분이 전달되는 것이다. 하지만 꿈은 연결되지 않는 내용들과 함께 시간이 지나면 흐릿해지는 일이 많다.

그 반면 유체이탈이나 임사체험은 몇십 년이 지나가도 오히려 더욱 생생하게 뇌리에 떠오르게 된다. 밤마다 유체이탈 여행을 다녀온 뒤에는 순옥 언니에게로 뛰어가 밤새 꿈에서 다녀온 신나는 영계 이야기를 들려주었고, 우리는 가장 마음이 잘 통하는 사이였다. 하지만 우리 어머니는 내가 이런 영적인 이야기를 꺼내면 다른 사람에게는 절대 이야기하지 말라며 무섭게 소리를 지르셨다. 나의 단짝 순옥 언니가 세상을 떠나자 나의 동자 수호령인 이모와 외삼촌이 밤마다 좋은 친구가 되어주었다.

우리 외할머니가 비극적인 사고로 돌아가시고, 8살이었던 우리 어머니 혼자만 살아남았다. 6살 된 이모와 4살 된 외삼촌은 외할머니가 돌아가신 지 얼마 지나지 않아 불의의 사고로 세상을 떠났다고 한다. 나의 동자 수호령이 되어 내 곁을 지켜주는 이모와 외삼촌은 어린 시절 많은 위로를 주었다. 나의 수호령들의 변화가 전혀 없었기에 두 번째 임사체험을 했을 때도, 나는 죽지 않을 것임을 알 수 있었다. 새벽에 화장실을 가려고 깨어난 우리 어머니가 작은방 쪽에서 연탄가스 냄새가 심하게 나는 것을 알아챘던 것이다. 급히 나에게 달려와 내 몸을 주무르고, 얼굴에 냉수를 뿌리면서 의식이 없는 나를 깨웠다. 신나게 유체이탈 여행을 하고 있었던 나는 정신을 차리고 나서 우리 엄마에게 무척 화를 많이 냈던 기억이 생생하다. 어린 시절부터 영계의 신비한 경험을 많이 하고, 영혼의 자유로움을 알아 버린 나에게 현실 세계는 말로 표현할 수 없는 가혹한 시간이었다.

내가 중학교 2학년이 되었을 무렵이었다. 아침부터 동네분들과 어울려 술에 잔뜩 취하신 아버지와 어머니가 온 동네가 떠들썩하도록 동네 한복판에서 싸움을 벌였다. 우리 어머니는 아파서 힘없이 누워계시다가도 한번씩 접신 상태가 되면 아무도 말릴 수 없이 과격한 행동을 하시곤 했다. 그럴 때는 아버지한테 그동안 참았던 울분을 터뜨리면서 격한 싸움으로 이어졌다. 온 동네 사람들의 구경거리가 되어서 끝없이 서로 치고받으며, 온갖 욕설과 폭행이 계속되었다.

마침 그 순간 이웃 동네에 살고 있던 중학교 3학년 선배 오빠와 두 눈이 마주치고 말았다. 우리 중학교 학생회장이었고, 공부도 전교 1등을 하는 모범생인 선배가 우리 부모님이 욕설과 폭행으로 난장판이 된 싸움을 지켜보고 있자 나는 참을 수 없는 삶의 환멸을 느꼈다.

그날 밤, 나는 수치심으로 인해 쥐구멍이라도 있으면 들어가서 숨고 싶은 심정이었다. 더이상 수치심을 참을 수 없었던 나는 우리 집으로 달려갔다. 그리고 안방 서랍 안에 있던 수면제 약통을 손에 쥐고 뒷산을 향해 정신없이 뛰어갔다. 항상 나를 지켜주는 수호령들의 변화가 전혀 보이지 않았기에 다시 깨어날 것을 알았지만 더 이상은 견딜 수가 없었다. 나는 수면제 통에 들어 있는 알약을 모조리 입 속에 집어넣고 삼켜버렸다. 그리고 다시는 눈을 뜨지 않기를 하늘에 두 손 모아 간절히 기도 드렸다.

어린 나에게 다가온 삶의 고통은 왜 이렇게도 잔혹한 것인지 끊임없이 두 눈에서 눈물이 흘러내렸다. 이곳에서 순옥 언니와 소중한 흰둥이, 그리고 나 이렇게 우리 삼총사의 즐거웠던 옛 추억을 떠올리면서 나는 천천히 두 눈을 감았다.

잠시 후 온몸에 약 기운이 퍼지자 나른해진 내 머릿속에서 어머니와 아버지에 대한 증오심과 동네 사람들의 따가운 눈총으로부터 벗어날 수 있다는 안도감에 잠겨 이대로 눈을 뜨지 않기를 바라고 또 바랐다. 내 머리 위로 나를 항상 지켜보시는 수호령 할아버지와 할머니, 동자 수호령 이모와 삼촌의 안타까워하는 모습이 느껴지면서 나는 깊은 잠 속으로 빠져들었다.

05

나를 지켜주는 이들

나는 머리 위쪽으로부터 새하얗게 빛나는 연줄 같은 빛줄기를 따라 소용돌이치듯이 위로 올라갔다. 아래쪽에는 힘없이 누워 있는 내 육신이 보였다. 하지만 나는 다시 내 육신으로 돌아가야 한다는 것을 알 수 있었다. 죽음의 징표가 보이게 되면, 일단 수호령들의 급박한 변화가 느껴지고 육신과 영혼을 이어주는 새하얀 빛줄기가 희미해지면서 끊어졌던 모습을 그동안 많이 봐왔기 때문이었다.

하지만 나의 수호령들은 아무런 변화가 없이 영혼으로 빠져나온 나를 그대로 바라보고 계셨다. 내 영혼과 육신을 이어주는 새하얀 빛줄기도 여전히 강한 빛으로 반짝이고 있었다. 그것은 내가 아무리 거부한다 하더라도 나의 육신으로 되돌아가야 한다는 것을 의미했다. 다시 내 육신으로 돌아가기 싫다는 생각을 강하게 하고 있을 때, 갑자기 저 아래쪽에서 내 영혼을 저항할 수 없는 힘으로 세차게 끌어당기기 시작했다. 순식간에 나의 육신으로 들어온 나는 심한 메스꺼움을 느끼면서 뱃속에 들어 있는 모든 것을 다 토해내기 시작했다.

한참이나 힘없이 누워 있던 나는 불현듯 다시 지옥 같은 현실로 돌아가야 된다는 생각이 들자 서러운 눈물이 하염없이 흘러내렸다. 간신히 진정이 되고 나자, 나는 억지로 어지러운 육신을 일으켜 세워 내키지 않는 발걸음으로 천천히 집을 향해 걸어갔다.

이른 새벽 집으로 돌아와 보니 우리 부모님은 내가 없어진 것도 모른 채, 밤늦도록 두 분이 싸우다 지쳐 큰방에 쓰러져서 주무시고 계셨다. 살며시 작은방으로 가서 어지러운 몸을 눕히자 동자 수호령인 나의 이모와 외삼촌이 다가와 배를 쓰다듬어주며 위로했다. 수호령 할아버지와 할머니는 강력한 기운으로 내 뱃속을 흔들어 약을 모두 토해냈으니 아무 일 없을거라며 나를 안심시켜주었다.

항상 내 주위에서 보이지 않는 강력한 힘으로 나를 지켜주시는 수호령들이 계시기에 수많은 위기들을 무사히 넘길 수 있었다.

내가 고등학교에 막 입학했을 무렵에는 이런 일도 있었다. 봄비가 세차게 내리던 아침, 가방을 들고 서둘러 학교로 가는 버스를 타려고 정류장으로 급히 걸어가고 있었다. 그런데 우리 수호령 할아버지와 할머니, 동자 수호령 이모와 외삼촌이 번갈아가면서 내 앞을 막아섰다. 한 걸음을 걸으면 할아버지가 내 앞을 막아서고, 두 걸음을 걸으면 할머니가 내 앞을 막아서서 걸음을 걸을 수가 없었다. 그러다 보니 그만 버스를 놓치게 되었다. 시골 정류장이라 한 번 버스를 놓치면 한 시간 반 넘도록 기다려야 했기에, 나는 발을 동동 구르며 안타까워했다. 한참을 기다려 버스에 올라 탄 나는 동네 어른들에게 충격적인 이야기를 듣게 되었다.

내가 놓쳤던 버스가 내리막길을 달리다가 빗길에 중심을 잃고 미끄러져서 마주오던 화물트럭과 정면으로 부딪혔다. 그 사고로 20명이 넘는 사람들이 크게 다쳐서 병원으로 실려 갔고, 10명이 넘게 사망했다는 소식이었다. 아침 내내 나를 버스에 타지 못하게 하려고 안간힘을 써서 수호령들이 내 앞을 가로막아 나를 지켜주셨던 것이다. 아침 시간이라 학생들이 버스에 많이 타고 있어서 온 동네가 큰 충격으로 한동안 떠들썩했다.

그 사건이 일어난 충격이 채 가시기도 전에 우리 집 상황은 더욱더 악화되었다. 우리 어머니의 이상행동이 날이 갈수록 더 심해졌기 때문이었다. 밤이 깊으면 온 동네가 떠나가도록 "산왕대신"을 외쳐댔고, 속옷만 입은 채로 밤중에 갑자기 밖으로 뛰쳐나가 몇 시간이고 뒷산을 헤매고 다니셨다. 그러다 아침에는 기운을 못 차리고 힘없이 오후 늦도록 자리에 누워계셨다. 우리 아버지는 친할머니가 돌아가신 이후 더욱더 마음을 잡지 못하고 밖으로 돌며 아예 집에 들어오지 않는 날이 많아졌다. 하루는 우리 집에서 20분 거리에 살고 있는 외사촌 이모가 급히 어머니를 찾아오셨다. 친한 친구분한테 소식을 들으셨는데 아버지가 우리 식구들 몰래 딴 동네 사람에게 밭문서를 처분했다는 것이었다. 그런데 그 이유가 읍내에 사는 술집 주인 여자와 딴살림을 차릴 비용을 마련하기 위해서라는 청천벽력 같은 소식을 듣게 된 것이다.

그런 사실을 전혀 모르고 있었던 우리 어머니는 외사촌 이모와 함께 읍내 술집 여자의 집으로 아버지를 찾으러 달려가셨다. 하지만 아버지를 설득하여 집으로 데리고 오기는커녕 화가 난 아버지로부터 심한 욕설과 구타를 당했다. 온몸에 시퍼렇게 멍투성이가 된 우리 어머니는 외사촌 이모의 부축을 받고 간신히 걸어서 돌아오셨다.

상심이 깊어진 우리 어머니는 집으로 돌아온 날부터 식음을 전폐하다시피하고, 머리를 싸매고 누우셨다. 수호령 할머니 할아버지가 내게 어머니에게 한 시도 눈을 떼지 말고 잘 지키고 있으라고 신신당부를 하시는 바람에 나는 학교에 결석하는 날이 더 많았다. 다행히 교장 선생님이 우리 외사촌 이모와 절친한 사이여서 우리 집안의 이런 상황을 잘 알고 계셨다. 시험 기간에 시험지만 제출하면 출석 처리를 해주셨고, 우리 집에도 가끔 들르시어 힘든 나를 격려해주시곤 했다.

그러던 며칠 후, 낮에 집안일을 도와주러 오신 외사촌 이모와 함께 대청소와 빨래를 하고, 동생들 밥을 챙겨주느라 피곤했던 나는 저녁이 되자 깜빡 잠이 들고 말았다. 깊이 잠들어 있는 나를 우리 수호령 할아버지, 할머니와 동자 수호령 이모와 삼촌이 강한 기운으로 흔들어 깨우기 시작했다. 간신히 정신을 차리고 눈을 떠보니 내 옆에 누워 있던 어머니가 보이지 않았다.

순간 가슴이 철렁 내려앉은 나는 온 동네를 뛰어다니며 어머니를 찾았으나 동네 어디에도 보이지 않았다. 급히 뒷산으로 가보라는 수호령의 계시로 있는 힘을 다해 달려갔다. 그곳에서 나는 큰 나무에 막 목을 매달고 있는 어머니를 간신히 붙잡아 내려놓을 수 있었다. 우리 수호령들의 보호가 없었다면 결코 우리 어머니를 지킬 수 없었을 것이다.

그 일이 있고 난 후, 나는 밤마다 똑바로 정신을 차리고 어머니를 지키기 위해 성심성의를 다했다. 항상 다투시는 일이 많았지만 우리 어머니는 목숨을 끊으려고 할 만큼 아버지가 집으로 돌아오기를 간절히 바라셨다. 어머니의 간절한 마음을 알기에 나도 밤마다 장독대에 정화수를 떠놓고 천지신명님과 나의 수호령 할아버지, 할머니께 간곡한 기도를 드렸다.

기도의 효험이 나타난 것인지 6개월이 지나자 아버지가 다시 집으로 돌아오셨다. 밭문서를 처분한 돈이 다 떨어지자, 술집 주인 여자가 본색을 드러낸 것이다. 아버지는 그 여자에게 심한 구박과 천대를 당하고 나니 그제야 우리 어머니와 자식들이 그리워진 것이다. 다시 돌아온 아버지는 우리 어머니에게 면목이 없고 자식들에게도 미안하셨던지 술도 자제하시고 달라진 모습을 보이려고 노력하셨다. 하지만 우리 가족의 평화는 그리 오래가지 않았다.

내가 고등학교 3학년이 되던 해, 또 다시 어머니의 신병 증세가 상상을 초월할 정도로 심해졌기 때문이었다. 우리 외사촌 이모가 용하다고 소문난 무당을 불러서 몇 날 며칠 큰 굿을 했지만 차도가 없었다. 예전부터 다니던 집 근처에 있는 절에서 신병에 좋다는 큰 불공을 드렸지만 그것 또한 전혀 효과가 없었다. 그러던 중 나의 수호령 할아버지, 할머니가 어머니를 모시고 전국 명산대찰을 돌며 백 일간 기도를 드리면 차도가 생기고, 나에게 큰 변화가 올 거라는 계시를 내리셨다.

우리 아버지께 말씀드렸더니 친지분들에게 급히 융통하여 여비를 마련해오셨다. 아버지가 보기에도 금방 죽기 직전인 어머니의 모습에 덜컥 겁이 나서 마지막 지푸라기라도 잡는 심정이었을 것이다. 나의 외사촌 이모가 학교 선생님에게 심각한 우리 집안 상황을 잘 얘기해주셔서 나는 어머니를 모시고 전국 명산으로 기도를 떠나게 되었다. 지리산을 시작으로 해서 속리산, 계룡산, 태백산, 설악산, 토함산, 향일암, 보리암 등 전국에 있는 유명한 명산 기도처를 찾아가 며칠씩 머무르면서 기도를 드렸다.

그렇게 기도를 드린 지 두 달쯤 지나자 우리 어머니의 증세가 조금씩 나아져갔다. 그동안은 온몸이 칼날과 도끼로 찍히는 것 같은 심한 고통을 호소하시면서 밤잠을 거의 이루지 못하셨다. 그리고 물만 마셔도 속이 뒤집혀져 다 토해내는 바람에 뼈만 앙상하게 남은 처참한 모습이었다. 그러던 어머니가 기도를 드린 지 두 달쯤 되자, 식사도 잘 하게 되었고 밤에 잠도 편안히 이루게 되었다. 우리 어머니의 꺼져 들어가던 생명의 기운이 서서히 다시 살아나기 시작했다. 나의 수호령 할아버지, 할머니가 백 일을 꼭 채워야 효험을 본다고 하셨고, 마지막 남은 한 달은 소백산에 위치한 구인사를 찾아가라는 계시를 주셨다.

나는 구인사에서 내 인생이 완전히 뒤바뀌게 되는 큰 변화를 맞이하게 되었다. 언제나 내 옆에서 시련이 닥칠 때마다 큰 가르침을 주시고, 나를 지켜주시는 수호령이 계셨기에 끝없는 역경을 무사히 넘기고 여기까지 올 수 있었던 것이다.

06

나는 어릴 때부터 수호령을 보았다

전국 각지에 기도 영험이 뛰어나기로 소문이 나 있던 구인사에는 많은 사람들이 정성을 다해 기도 드리는 간절함과 열의로 가득 차 있었다. 그 간절함에 깃든 에너지와 맑은 소백산의 정기로 인해, 우리 어머니의 병세는 시간이 지날수록 호전되고 있었다.

구인사에서 기도를 드린 지 열흘쯤 지났을 때, 서울에서 기도하러 내려온 송현 선생님을 만나게 되었다. 서울에서 큰 철학관을 운영하고 계신 송현 선생님은 영적인 기운이 뛰어난 분이셨다. 한 달에 두세 번씩은 꼭 전국 명산대찰에서 기도를 드린다는 선생님은 이번 기도는 소백산으로 가라는 신의 계시를 받고 구인사에 오셨다고 했다. 어릴 때부터 나를 보호해주시는 우리 수호령 할아버지와 송현 선생님의 수호령 할아버지는 전생에 금강산에서 함께 도를 닦은 깊은 인연이 있었던 것이다. 그리하여 내 인생 가장 중요한 시기에 만남을 가지도록 이끌어주셨다.

송현 선생님은 큰 철학관을 운영하시면서 많은 신도분들의 인생 상담을 해주셨는데, 특히 사람의 관상을 맞추는 데 뛰어난 재능을 가지고 계셨다. 어릴 때부터 나를 이끌어주시는 우리 수호령 할아버지, 할머니, 동자 수호령 이모와 외삼촌과는 서로 영적인 기운으로 소통을 나누고 있었다. 인간의 언어로 전해주시는 게 아니라 느낌과 영감으로 알 수 있는 기운을 보내셨다.

아직은 경험이 부족하고 스무 살도 채 안 된 나는 커다란 계시는 바로 느낄 수 있었으나, 세세한 계시들을 완벽히 이해하는 데에는 어려움이 따랐다. 그러던 시기에 운명처럼 송현 선생님을 구인사에서 만나게 된 것이다.

우리 수호령들이 어린 시절부터 나에게 전해주고자 하는 자세한 계시들을 송현 선생님이 전달해주셨다. 일단 나와 함께 기도 드리던 우리 어머니 관상을 보고 난 후, 8살 이전에 진작 영적인 길로 들어갔어야 하는 운명이었고, 세 번의 죽을 고비를 간신히 넘기겠지만 네 번째 위기가 오면 피할 수 없으리라고 예언했다. 그 시기가 60살이 되는 해이고, 맏이인 내가 당분간 출가한다면 우리 어머니의 증상은 많이 좋아진다고 하셨다.

구인사에서 백일기도 했을 당시 우리 어머니 나이가 40세였는데, 그 후 60세가 되던 해 돌아가셨으니 그 예언은 정확히 들어맞았다. 그리고 내가 출가를 하는 것은 영적인 성장을 위해 꼭 필요한 과정이기 때문이라고 하셨다. 그 성장 과정이 끝나고 나면 다시 세상으로 돌아와서 두 명의 아이를 낳게 되는 운명이라고 말씀하셨다.

세상으로 다시 나와 두 명의 아이를 키우면서 많은 사람들의 인생 상담을 해주며, 내가 받은 거대한 사명을 실행해야 한다는 예언이었다. 또한, 어릴 적부터 함께 했던 나의 수호령들과 겪은 영적인 체험담들은 시기가 올 때까지 절대로 드러내선 안 된다는 단호한 경고도 전해주셨다.

내가 50살이 되는 시기에 전생에 히말라야에서 오랜 기간 같이 수행하던 깊은 인연을 지닌 도반을 만나게 된다고 했다. 나와 함께 히말라야에서 깨달음을 성취하기 위해 공부하던 그 도반을 만나게 되면 내가 겪은 영적 체험들을 세상에 널리 알리게 되는 시기가 온다고 했다. 사실 어릴 적 유체이탈을 하여 내 전생을 보았을 때, 히말라야에서 진리를 찾아 힘겨운 수행 길에 오르는 두 사람의 모습을 본 적이 있었다.

구인사에서 백일기도를 마치고 나자, 우리 어머니의 건강은 큰 차도를 보이며 나아지셨다. 마침 송현 선생님의 언니가 스님이신데, 나를 그곳에서 당분간 출가생활을 할 수 있도록 주선해주셨다.

아버지에게 상황을 설명 드리고, 나는 사천에 있는 금강암으로 내려가 출가생활을 시작했다. 새벽 세 시부터 일어나 온 도량을 돌며 도량석을 시작으로 고행의 길이 시작되었던 것이다. 그런데 몸은 많이 고달팠지만 마음은 그 어느 때보다 평온했다.

백일기도를 마친 후 우리 어머니의 상태도 많이 호전되었다. 내가 출가함으로써 우리 어머니가 60세까지는 신병으로 인한 고통에서 벗어날 수 있다고 하니 내 마음은 행복했던 것이다. 물론 절에서 수행 생활을 하는 일은 육체적으로 대단히 고단했다. 새벽 세 시부터 일어나 기도 시간에 참석해야 했고, 기도가 끝나면 넓은 절 마당을 티끌 하나 없이 청소해야 했다. 또한 청소가 끝나면 공양간으로 가서 많은 대중들의 공양 준비를 하고, 어른 스님의 시봉을 맡았다. 그 절에 89세가 되신 노스님이 계셨는데 허리 수술을 크게 하고 난 후, 자리에 누워 꼼짝도 할 수 없는 상태였다. 하루에도 몇 번이나 기저귀를 갈아드리고, 간식과 약을 챙겨드려야 했다. 그리고 노스님의 대화 상대도 되어드려야 해서 몸이 몇 개라도 부족할 지경이었다. 하지만 그런 과정들을 통해서 나는 영적으로 빠르게 성장할 수 있었다.

어릴 때부터 항상 나와 함께 한 수호령들도 내가 절에 출가하게 되자 몹시도 기뻐하시는 기운이 전해져왔다. 내가 출가함으로써 영적인 성장과 진보를 크게 이루어가는 모습들을 항상 내 옆에서 흐뭇하게 지켜보고 계셨다. 그 바쁜 와중에도 시간 날 때마다 불교 경전과 경문들을 읽었고, 기도를 드리면서 영적으로 충만한 시간을 보냈다. 어릴 적 우리 부모님과 살았을 때에는 마치 나만 낯선 곳에 잠시 와 있는 이질감을 자주 느꼈었는데, 금강암에서는 마치 오랫동안 지내 왔던 것처럼 편안한 기분이 들었다. 물론 육체적으로는 하루 종일 쉴 틈이 거의 없을 정도로 바쁘고 고달팠지만, 내 영혼은 평온을 되찾았다.

금강암에서 출가생활을 시작한 지 1년 반이 조금 넘었을 무렵, 나의 수호령들이 이제는 여기를 떠날 시기가 되었다는 계시를 보내주었다. 수행의 진동수가 높아질수록 수호령의 기운을 더 자세히 느낄 수 있게 되었다. 그 계시를 받은 지 일주일 정도 되었을 때, 금강암 주지스님이 중풍으로 쓰러지는 일이 발생했다. 대중들이 여러 명 생활하는 곳이라 개인적으로 많은 시간을 함께 하지는 못했지만 가끔씩 암자 마당에서 청소하고 있는 나를 만나게 되면 격려와 위로를 많이 해주셨던 자상한 성품의 소유자셨다.

송현 선생님은 언니 스님이 중풍으로 쓰러졌다는 소식을 듣고 그다음 날 바로 금강암으로 내려오셨다. 서울에서 큰 철학관 운영과 전국 각지로 기도를 자주 다니셨기에 우리는 1년 반 만에 다시 만나게 되었다. 송현 선생님은 자신 집안의 친가 내력이라고 하시면서 주지스님을 안타깝게 바라보았다. 그리고 나에게 남해 보리암으로 가서 백 일 동안 기도하면 앞으로 내가 갈 길을 우리 수호령이 알려주신다는 말씀을 남겼다. 송현 선생님은 금강암 주지스님을 시설 좋은 요양원으로 모시고 서울로 올라가셨다.

나는 대중들에게 작별인사를 전하고 걸망을 짊어지고 남해 보리암으로 백일기도를 떠났다. 경남 남해군에 위치한 금산 보리암은 금강산을 닮아 산세가 수려하고, 소금강, 남해금강이라고 불려지는 경치가 빼어난 곳이었다. 북한이 고향이신 우리 수호령 할아버지, 할머니는 금강산을 빼닮은 금산 보리암에 오르자 흥에 겨워 덩실덩실 춤을 추듯 기뻐하셨다. 우리 동자 수호령들도 흥분을 감추지 못하고 껑충껑충 뛰면서 좋아하는 기운이 강하게 전해져왔다.

금산 보리암은 진시황이 신하 서복을 시켜 불로초를 찾게 했다는 전설이 있을 정도로 산세가 수려하고, 기괴교묘한 기암괴석과 가장 영험한 해수관음부처님이 계신 성지이다. 보리암으로 올라가며서 절경을 이루는 기암괴석들과 눈이 부시게 푸른 청보리빛 하늘, 멀리서 보이는 바다의 아름다운 절경에 영혼으로 이어지는 나의 빛줄기가 강하게 반응을 보였다.

금강암에서 출가생활을 한 1년 반의 시간 속에서도 수행과 기도로 많은 성장을 이루었지만, 금산 보리암은 발을 딛는 그 순간부터 강력한 영적인 에너지가 솟아오르는 것을 느낄 수 있었다. 이제 금강암에서는 진보의 단계에서 배워야 할 과정들을 다 익혔기에 더 넓은 영적인 성장을 위한 새로운 출발이었다.

어렸을 때부터 항상 함께 해온 우리 수호령들의 기뻐하시는 강한 기운에 내 마음도 덩달아 크게 환희에 차올랐다. 앞으로 보리암에서 백 일 동안 기도하면서 내 인생은 어떤 새로운 변화를 맞이할까에 대한 기대로 가슴이 벅차올랐다.

새벽 3시부터 시작된 보리암에서의 백일기도는 공양시간을 제외하고는 온종일 수행에 집중할 수 있는 행복한 시간이었다. 계곡 물에 세수하고 깨끗이 씻고 나서 맑은 정신으로 하루 종일 기도에 전념할 수 있었다. 금강암에 있을 때에는 기도나 경전 공부시간 외에 내가 해야 할 소임이 너무 많아서 본격적으로 기도와 수행에만 집중할 수 없었기 때문이다.

하지만 노스님을 시봉하고 주지스님에게 경전 공부를 배우고, 행자 시절을 바쁘게 보냈던 시간은 세속의 번뇌를 깨끗이 정화할 수 있었던 소중한 시간이었다.

보리암에서 기도 수행하며 보내는 시간 동안 나는 점점 더 정신 감응 능력이 커져갔다. 사실 우리 수호령 할아버지, 할머니와의 교감은 내가 영적인 감응 능력이 진보할수록 더 자세한 기운을 읽을 수가 있었다. 어릴 적부터 지금까지도 나는 더 큰 영적인 감응 능력의 진보를 위해 끊임없이 수행하고 있다. 그리하여 깨달음을 이룬 대사들은 아무리 먼 곳에 있는 상대하고도 정신의 감응 능력 혹은 텔레파시로 소통할 수 있게 되는 것이다.

어린 시절부터 나를 지켜주시고 이끌어주면서 내가 하루 빨리 더 큰 영적인 능력을 깨닫고 발전시키기를 우리 수호령 할아버지 할머니는 원하셨다. 그리하여 어릴 적 유체이탈을 통해 무수히 많이 여행하며 보았던 어둠의 기운들을 제도하고, 이 세상에 빛을 가득 가져다주는 큰 사명을 실현하는 진보한 영적인 단계를 성취하기를 바라신 것이다.

보리암에서 기도하면서 나날이 영적인 감응 능력이 커지고 있던 늦은 밤이었다. 기도에 집중하고 있는 내게 우리 수호령들이 내일 아침, 나와 평생토록 영적인 성장을 함께 나누는 스승님이 계시는 곳을 알려줄 사람을 만난다고 하는 계시를 주셨다. 내일이 밝아오기를 기다리는 시간이 천년처럼 길게 느껴진 밤이었다.

새벽기도를 마치고, 산책을 하려고 보리암 뒤편 사람들이 잘 다니지 않는 샛길로 천천히 걷고 있는데, 저 앞에 위치한 큰 바위 위에 어떤 스님이 두 눈을 감고 가부좌 자세로 앉아 계셨다. 혼자 조용히 참선기도를 하시는 것 같아 소리 내지 않고 살며시 지나쳐 가려는 순간, 그 스님이 두 눈을 뜨셨다. 잠시 나를 바라보시더니 충청도에 있는 수덕사로 가고 딱 한마디 하시더니 다시 두 눈을 감아버리는 것이다. 나는 갑자기 닥친 일에 놀라서 얼른 내가 기도하던 보리암 법당으로 돌아왔다. 이제 백일기도가 끝나려면 삼 일이라는 시간이 남아 있었다.

보리암 법당에 앉아 나의 수호령 할아버지, 할머니에게 삼 일이 지나고 수덕사로 가겠다고 영적인 기운으로 전해드리니 환한 기운으로 응답하셨다. 나의 동자 수호령인 이모와 삼촌도 펄쩍펄쩍 뛰며 기뻐했다.

어릴 적부터 내 영혼의 모든 과정을 함께 해왔던 우리 수호령들은 내가 영혼의 성장을 이루고 진보하는 모습을 보는 것이 가장 기쁜 듯했다. 많은 시련과 역경들을 거치고, 드디어 평생토록 나의 영적인 발전을 이끌어주실 스승님을 수덕사에서 만날 수 있다고 생각하자 내 가슴은 세차게 뛰기 시작했다.

우리 수호령 할아버지, 할머니는 내가 어린 시절부터 봐왔던 그 어떤 때보다 태양처럼 밝은 모습으로 나를 환하게 비춰주며 더 큰 세계로 이끌어주셨다.

07

나는 과연 누구인가!

어린 시절부터 유체이탈과 임사체험을 많이 경험하면서 '과연 진정한 나는 누구인가!'에 대한 의문을 많이 가져왔다. 임사체험과 유체이탈에서 새하얀 빛줄기가 내 육신과 영혼을 마치 연줄처럼 길게 연결하고 있는 모습을 많이 봐왔기에 나의 육신은 진짜 내가 아니라는 것을 어린 시절부터 알고 있었다.

하루의 해가 지면, 우리는 외출복을 다 벗고 잠옷으로 갈아입듯이 우리 영혼은 몸이 깊이 잠들고 나면 그 몸을 벗어나 빠져나온다. 마치 우리가 입고 있는 옷이 오래 되어서 다 찢어지면 버리듯이 영혼은 몸이 낡아 헤어지고 찢어지면 그 몸을 벗어버리게 된다. 그래서 죽음은 새로운 곳에서 다시 태어나는 것이다. 우리가 죽는 것은 단지 다른 삶으로 새롭게 재탄생하는 것일 뿐이다.

우리 모두의 영혼은 영원불멸한 존재이다. 나의 육신은 다만 한 때, 영혼이 걸치는 옷이고, 그 옷은 우리가 이 땅 위에서 어떤 일을 하게 되냐에 따라서 변하게 되는 것이다. 겉으로 드러나 보이는 모양은 큰 문제가 되지 않는다. 우리 안에 존재하는 영혼, 그것이 진짜 나의 참모습인 것이다.

나는 영원불멸한 나의 참모습을 간절히 찾고 싶었다. 내가 어린 시절부터 소중한 이들의 죽음을 많이 접하게 된 이유는 무엇인지 알고 싶었다. 그리고 유체이탈의 경험을 자주 하는 이유도 무엇인지 궁금했다. 나의 참모습을 찾기 위한 보리암에서의 백일기도 시간은 빠르면서도 무척이나 길었다. 보리암에서 97일간의 시간은 새벽부터 밤늦도록 쏜살같이 빠르게 지나가더니, 마지막 삼 일은 백 년보다 천천히 흘러갔다.

사실 시간이란 우리의 물질적, 육체적인 개념일 뿐 영계에서는 시간이라는 개념이 존재하지 않는다. 내가 어린 시절 바다에 빠져서 임사체험을 했을 당시, 몇 분밖에 되지 않는 시간이 마치 영원처럼 길게 느껴졌다. 우리가 밤에 꿈을 꿀 적에도 대단히 길고 복잡한 내용의 꿈인 것 같

있는데, 불과 몇 분이나 몇 초밖에 안 되는 듯한 경험을 할 때가 많다.

보리암에서 백일기도 드리는 시간도 97일째까지는 완전히 기도에 몰입되어 있어서 하루가 몇 분밖에 안 되는 느낌이었는데, 막상 수덕사로 빨리 가고 싶다는 생각이 들자 삼 일이 백 년보다 길고 지루하게 느껴진 것이다. 길고 긴 시간이 드디어 끝나고, 보리암 백일기도를 무사히 마친 나는 빠르게 짐을 꾸려 걸망에 넣고 수덕사로 힘찬 출발을 시작했다. 여러 번 버스를 갈아타면서 드디어 저녁 무렵 나는 설레는 가슴을 안고 수덕사로 들어섰다.

아직도 잊을 수 없는 10월의 고즈넉한 산사의 그윽한 정취는 내 영혼을 편안히 감싸주었다. 수덕사 일주문을 지나니 큰 바위 위에 내가 예전부터 좋아하는 글귀가 새겨져 있었다. "삼 일 동안 닦은 마음은 천년의 보배요, 백 년 동안 탐해 모은 재물은 하루아침의 이슬과 같다네." 환희심에 가득 찬 나는 역시 한국 최고의 참선의 본가답다는 감탄사를 연발하면서, 우리 수호령 할아버지, 할머니가 이끄는 대로 발길을 재촉했다.

수덕사는 예로부터 경허 큰 스님의 법맥을 이어서 만공스님, 일엽스님, 숭산스님, 원담스님, 법장스님, 수경스님 등 한국선의 종가이며, 참선의 법맥이 살아 있는 대단한 도량이다. 수덕사라는 절 이름이 생기게 된 수덕각시설화도 몹시 흥미롭다. 백제 때 창건된 절이 통일신라시대에 들어와 쇠락하여 거의 무너질 지경에 이르자, 수덕이라는 미모의 여인이 찾아왔다. 거의 쇠락한 지경에 이른 절에 공양주를 자청하고, 사람들에게 삶의 깨달음을 주는 법문까지 들려주자 전국에서 절세미모를 가진 지혜로운 수덕각시를 만나러 몰려들게 된다.

수많은 사람들이 전국 각지에서 인산인해를 이루며 찾아오게 되자 쇠락했던 절은 급속도로 일어나게 된다. 관세음보살님의 현신이었던 수덕각시는 절이 크게 번창하자 커다란 관음바위의 갈라진 틈 속으로 들어가 홀연히 사라져버렸다. 그 뒤로 관세음보살님의 현신이었던 수덕이라는 이름을 따서 '수덕사'라는 이름의 절이 탄생된 것이다.

사실 보리암에서 예산 수덕사로 가라는 수호령의 계시를 받기 전, 금강암에서 지낼 적에 경허스님과 만공스님에 관한 책을 많이 읽었다. 그러던 중 만공스님의 법맥을 이어받아 제자가 되어 수덕사에 입문한 일엽스님의 『청춘을 불사르고』라는 책을 감명 깊게 읽고 수덕사를 동경하고 있는 중이었다. 일제시대 불꽃같은 치열한 삶을 불사른 그 시대 최초의 신여성이었다.

독실한 신앙심을 지닌 목사 아버지의 영향으로 기독교 집안의 개화된 의식을 가진 어머니 지원을 받아 이화여전을 졸업하고 일본 유학을 한 최초의 인텔리 여성이었다. 그 당시 문화계를 주름잡던 나혜석, 윤심덕과 교류하며 여성해방운동을 이끌었고, 여성들을 위한 잡지인《신여자》를 최초로 창간하기도 했다. 1896년에 태어난 일엽스님이 그 당시 자유연애론과 신문화를 선도하던 시대는 여성이 일본 유학을 간다는 것은 상상도 할 수 없는 시대였다. 그렇게 여성해방을 부르짖던 인텔리 여성이 1933년 돌연 모든 것을 버리고 수덕사 만공스님 문하로 출가해 비구니 스님이 되었다.

이 사건은 당시 불교계와 문화계뿐만 아니라 사회 전체에 큰 충격을 준 사건이었다. 세상 사람들은 일엽스님의 출가하기 전에 있었던 자유연애 사건이나 일본 유학 중에 명문가 집안의 일본인 남자와의 사이에서 낳은 아들 이야기에 더 큰 관심을 가졌다. 하지만 스님은 바깥 세상의 이야기에 귀를 닫은 채 참선과 후학 양성에 몰두하셨다고 한다.

일엽스님은 한국 최초의 여자 유학생으로 일본으로 유학을 가게 되는데 여기서 일본인 '오다 세이조'와 운명적인 사랑을 하게 된다. 오다 세이조는 아버지를 은행 총재로 둔 일본 최고 명문가의 아들이며, 당시 규수제국대 학생이었다. 남자 부모님의 거센 반대로 결혼하지 못하고 헤어지는 아픔을 겪는데, 이때 둘 사이에 아들이 태어난 것이다. 그 후 오랜 시간 어머니를 그리워한 아들이 수덕사로 일엽스님을 찾아온 적이 있었다.

하지만 일엽스님은 "속세에 맺어진 너와 나의 모자 인연은 속세에서 끝났으니 더 이상 나를 어머니라 부르지 말고, 스님이라 불러라."라고 했다는 유명한 일화가 있다. 어머니의 뒤를 따르고 싶었던 일엽스님 아들도 직지사에서 출가를 했다. 그 후 한국과 일본에서 인정받는 유명한 동양화가인 일당스님이 되었다.

내가 어린 시절부터 가부장적인 아버지의 불합리하고 폭력적인 모습을 많이 봐왔기에, 일엽스님의 사회적 편견을 깬 용기에 깊이 심취했던 것이다. 이제야 비로소 진정한 나를 찾을 수 있으리라는 설렘을 안고 일엽스님이 주석하시다 열반하신 수덕사 환희대 경내로 들어갔다.

마침 저녁기도 시간이 되어서 '원통보전'이라고 쓰여 있는 법당으로 다가가 살며시 문을 열었다. 내 심장은 터져나갈 듯이 뛰기 시작했다. 우리 수호령들도 나와 스승님과의 만남을 앞두고 가슴 벅차하는 기운이 전해져왔다. 법당 안으로 조심스럽게 들어가자 맑은 영적인 기운을 지닌 스님 한 분이 금강경을 독송하고 계셨다.

내가 처음으로 출가생활을 했던 암자이름도, 금강경을 따서 지은 '금강암'이었다. 그런데 수덕사 환희대에 오자마자 금강경 독송을 듣게 되니 영적인 깊은 인연에 내 가슴은 기쁨으로 가득 찼다. 평생 동안 나의 영적인 진보를 이끌어주실 스승님을 수많은 시련을 이겨낸 끝에 만나게 된 것이다.

나는 어린 시절부터 많은 죽음을 보았고, 임사체험을 겪으면서 진정한 '참 나'를 찾기 위해 혼자서 여기까지 오게 되었다. 하지만 나는 더 이상 혼자가 아니라는 벅찬 감동에 가슴 깊은 곳에서 눈물이 쏟아졌다.

진정한 나는 과연 누구인지를 깨닫게 해줄 나의 영원한 스승님을 이번 생에서 드디어 다시 만나게 된 것이다.

08

신이 나에게 허락한 임사체험

나는 환희에 찬 기쁨으로 세차게 뛰는 가슴을 진정시키면서 스님의 금강경 독경 소리를 듣고 있었다. 한참이 지나자 드디어 기도를 다 마친 스님이 조용히 앉아 있는 나를 돌아보며 관세음보살과 같은 자비로운 미소를 지으셨다. 스님의 인자한 미소를 보며 더욱 가슴이 벅차오른 나는 환한 미소로 화답했다. 그 모습은 마치 부처님과 그 제자인 가섭이 이심전심으로 진리를 주고받는 모습과 같았다.

어느 날 부처님이 제자들을 영취산에 모아놓고 설법을 하셨다. 그때 하늘에서 수없이 많은 꽃비가 내렸다. 부처님은 손가락으로 아름다운 연꽃 한 송이를 말없이 들어 보이셨다. 그 자리에서 설법을 듣던 많은 제자들은 그 뜻을 알 수 없었다. 그러나 가섭만이 부처님의 뜻을 깨닫고 빙그레 웃었다. 그제서야 부처님도 빙그레 웃으시며 가섭에게 말씀하셨다.

"나에게는 정법정안과 열반묘심의 깨달음이 있다. 이 진리를 깨우치는 법은 언어나 경전에 있지 않다. 오직 이심전심으로만 전하는 오묘한 진리를 너에게 주노라."

이렇게 하여 부처님이 열반하신 후 불교의 진수는 많은 제자들 중에서 가섭에게 전해지게 된다.

'이심전심'이란, 말이나 지식이 아닌 마음과 마음으로 전하는 것이다. '진리'란 글이나 말로써는 결코 전할 수 없는 것이기 때문이다. 마치 그 당시 부처님과 가섭의 모습처럼 스님과 나의 영혼은 이심전심으로 통하였다. 은사스님과 나에게 신비한 또 하나의 인연은 출가 계기가 비슷하다는 점이다.

스님이 어린 시절, 태어나자마자 숨을 쉬지 않아서 스님 어머니가 방안 구석 쪽에 눕혀놓았다고 한다. 이미 6명의 자식이 있었던 스님 어머니는 어려운 집안 형편으로 인해 병원을 갈 엄두도 내지 못했다. 다음 날 아침, 집 근처 산 아래에 묻어주려고 아기를 들어 올리니 그제서야 약하게 숨을 쉬고 있는 것을 보고 젖을 물렸다고 한다. 그 후로도 여러 차례 죽을 고비를 넘기고 난 스님은 어릴 적부터 삶과 죽음에 대한 생각을 골똘히 하게 되었다.

그 후 우연히 경허스님과 만공스님의 참선에 관한 책을 읽고 수덕사로 출가하겠다는 결심을 굳히셨다. 우리 은사스님은 고등학교 졸업을 하자마자 출가하여 깨달음을 성취하고자 참선 수행에 정진하셨다. 다른 스님들은 대부분 강원과 승가대학을 졸업한 후 선방을 다니셨는데, 우리 은사스님은 출가할 당시부터 깨달음을 구하기 위해 목숨을 걸고 참선을 한다는 원력을 세우셨다. 전국 명산에 있는 선방에 가서 참선 수행을 하고 경주와 강원도에 있는 깊은 토굴에서 '하안거'와 '동안거'를 보내기도 하셨다.

'하안거'란 음력 4월 보름부터 음력 7월 보름까지를 일컫는다. '동안거'는 음력 10월 보름부터 음력 정월 보름까지를 가리킨다. 이 기간에는 참선 수행을 하는 스님들은 일체 바깥 출입을 하지 않고, 깨달음을 구하기 위해 참선에 매진하는 것이다.

우리 은사스님은 하안거를 마친 후 동안거가 오기 전까지 본사인 수덕사 환희대에서 기도를 하시는 중이었다. 내가 수덕사에 도착했을 때가

10월 말일경이었으니 조금만 늦게 갔더라면 만나지 못했을 것이다. 전생부터 이어진 깊은 인연은 아무리 먼 곳에 있더라도 만날 시기가 오면 운명처럼 만나게 된다. 동안거가 오기 전까지 환희대 원통보전에서 기도드리는 은사스님을 따라 정성을 다해 금강경을 독송했다. 이제는 영적인 길을 이끌어줄 스승님이 계시다는 벅찬 감격에 시간은 빠르게 흘러갔다.

참선 수행에 매진해야 되는 동안거가 일주일 정도 남았을 무렵, 우리는 경주 남산 근처에 있는 토굴로 향했다. 경주 남산은 대단히 신비로운 기운을 가진 곳이었다. 금오봉과 고위봉의 두 봉우리에서 흘러내리는 40여 개의 계곡과 산줄기로 이루어졌다. 남산 곳곳에 100여 개가 넘는 절터가 남아 있었고, 80여 구나 되는 석불과 60여 기의 석탑이 산재해 있는 놀라운 곳이었다. 남산에 있는 40여 개가 넘는 골짜기마다 미륵골, 탑골, 부처골들의 수많은 돌 속에 묻힌 부처님들이 영험한 기운을 내뿜고 있었다.

우리 수호령 할아버지, 할머니가 가지고 있는 강한 영적 기운을 수행할 수 있는 산신의 기운도 대단히 높은 신비한 산이었다. 계곡마다 변화무쌍한 경관들과 웅장한 기암괴석들이 뛰어난 자태를 바라보고 있으니 기도하고자 하는 열망이 내 가슴 깊숙이 솟아올랐다. 동안거가 시작되자 은사스님은 법당 안에서 '이 뭣고'라는 화두를 참구하면서 참선 수행에 정진하셨다. 하루에 두 번 생식가루를 드시고 잠이 올 때면 마당을 포행하면서 밤새도록 화두참구를 하셨다. '이 뭣고'라는 화두는 망상이 달라붙지 못하고 한 생각에 몰입하여 의식이 크게 깨어나게 하는 수단이다. 하루 온 종일 '밥 먹고 옷 입고 말하고 보고 듣는 이 놈, 언제 어디서나 소소영령한 주인공 이 놈이 무엇인고?'라는 '이 뭣고' 화두를 쉬지 않고 참구해서 확철대오 할 때까지 수행하는 것이다.

은사스님이 생식가루만 두 번 드셨기에 며칠 먹어보았는데 아직은 적응이 되지 않아서 그만 배탈이 나버렸다. 스님께 말씀드렸더니 환하게 웃으시면서 "너는 밥을 지어서 먹고, 차츰 적응이 되면 생식가루도 번갈아 섭취하면 좋을 것이다."라고 말씀하셨다. 처음부터 무리하면 상기병이 따르니 내 근기에 맞추어 공양을 하고, 남산에서 기도를 하며 수행에 정진하라고 격려해주신 것이다.

은사스님이 참선 수행을 하는데 최대한 방해되지 않도록 조심스럽게 아침공양을 하고 난 뒤, 두툼하게 승복을 챙겨 입고 기도를 하기 위해 근처에 있는 남산으로 향했다. 이른 시간이라 인적이 드문 서남산 골짜기를 힘찬 발걸음으로 걸어가는 중이었다. 바로 30미터 정도 앞 쪽에 어제까지도 눈에 보이지 않던 커다란 바위가 내 눈에 띄었다. 우리 수호령 할아버지, 할머니가 큰 바위 위에 앉아 기도 드리는 것을 좋아하셔서 나는 인적 드문 곳에 있는 영험한 바위들을 찾아다녔다. 마음에 드는 커다란 바위를 발견한 나는 신나는 마음으로 기도를 드리러 바위 위로 올라가는 중이었다.

큰 바위 위로 중간 지점까지 올라갔을 때, 그만 발이 미끄러지는 바람에 나는 아래로 굴러 떨어지고 말았다. 마침 바닥에 뾰족하게 튀어나와 있던 돌에 머리를 세게 부딪친 나는 큰 충격과 함께 완전히 의식을 잃었다. 그 후 소용돌이치는 새하얀 빛줄기를 따라서 위로 올라와보니 바위 아래에 의식을 잃고 쓰러져 있는 내 육신이 보였다. 그리고 우리 수호령 할아버지, 할머니 옆에 낯선 두 분의 스님이 나를 바라보고 있었다.

심한 충격으로 머리를 부딪치고 나서 내 육신으로부터 급히 빠져나온 나는 새로운 스님 두 분의 모습에 잠시 당황했다. 하지만 스님 두 분을 바라보고 있노라니 어릴 적 유체이탈 여행을 했을 때 한 번 만난 적이 있는 스님들이었다.

나는 어릴 적에 유체이탈 여행을 통하여 전생의 모습을 본 적이 있었다. 그때 우리 수호령 할아버지, 할머니께서 성인이 되어서 임사체험을 하는 세 번째 시기가 오는데 그때 전생의 수호령 스님들이 자세히 안내해준다는 계시를 내리셨다. 나는 수호령 스님들의 안내를 받으면서 전생에 내가 수행하던 히말라야 사원으로 향했다.

히말라야는 세계의 지붕이라 불리는 곳으로 만년설로 뒤덮여 있는 신들이 머무는 최고의 신성한 곳이다. 해발 8,000미터가 넘는 세계 최고봉들이 몰려 있는 인도와 중국, 네팔, 부탄, 티벳에 걸쳐진 광활한 산맥으로 지구상에서 가장 해발고도가 높은 신들의 거처이다. 우리 지구는 히말라야에서 오는 신들의 신성한 축복과 수행자들의 정화의 기운과 대사들의 높은 에너지로 인해 이만큼이나마 유지되고 있는 것이다.

어릴 적 유체이탈 여행에서 본 히말라야는 신비스러운 힘이 솟아나면서 저절로 어머니 품에 안기는 자녀와 같이 엎드리게 되는 신비스러운 산이다. 나는 '히말라야'라는 말만 들어도 가슴이 설레면서 진짜 내 집을 찾아가는 가슴 벅찬 감동이 차올랐다. 히말라야는 신비스런 우주와 텔레파시를 주고받는 지구의 중심 안테나로서 우리 영혼이 정화되는 구심점인 것이다.

전생의 내 모습은 마치 영화관에 앉아서 스크린을 보듯 선명하게 펼쳐졌다. 나는 6살도 안 된 나이에 사원에 출가했고, 같은 또래인 도반스님과 함께 엄한 스승님 밑에서 수행을 하고 있었다. 잠을 잘 수 있는 시간은 하루에 4시간 이상 허락되지 않았고, 식사는 쌀과 버터를 넣은 죽 한 그릇이 하루 식사의 전부였다. 그 후로 6년 동안 엄한 스승님의 가르침을 받으며 서로를 의지하고 격려하던 어린 두 스님은 끝내 배고픔과 혹독한 수행을 견디지 못하고, 한밤중에 몰래 스승님 곁을 떠났다.

사실 스승님이 그렇게 철저한 수행을 시켰던 것도 두 제자의 전생 카르마 때문이었다. 전생에서도 두 사람은 식탐 때문에 수행의 진척이 다른 제자들보다 많이 느렸었다. 이런 부분을 안타까워하신 스승님께서 이번 생에서는 깨달음의 과정을 빠르게 수련하기 위해 더욱 엄하게 하신 것이다. 수행자가 먹는 것을 컨트롤 하지 못하면 그 사람의 수련은 절대 앞으로 나갈 수 없기 때문이다.

우리가 수행을 한다는 것은 육신에 갇혀 있는 본래의 영원불멸한 영혼을 신으로 되돌리기 위한 과정이다. 우리는 원래부터 신이지만 오랜 시간 환생을 하면서 육신 속에 갇혀 살아가는 동안 우리의 참면목을 잊어버렸다. 우리의 근본 성품을 육신으로 가리고 있을 때 직접 수행을 통해 본래의 성품을 밝히는 체험을 해보아야 하는 것이다. 그러기 위해서는 육체의 에너지 진동수가 바뀌지 않으면 결코 근본 성품을 깨달을 수가 없다.

어떤 사람들은 한순간에 도를 통할 수 있는 돈오돈수의 수행법을 이야기하지만 육신은 절대 한 순간에 바뀌지 않는다. 그리고 깨달음이란 한 순간에 완성되는 것이 아니다. 수많은 단계를 거치고 고난과 시련을 이겨내면서 때가 무르익어야만 깨달음에 이를 수 있다.

전생의 수호령 스님들과 함께 어린 두 스님이 엄한 스승님의 혹독한 가르침을 이겨내지 못하고 한밤중에 몰래 도망치는 모습을 지켜보던 나는 안타까운 마음을 금할 길이 없었다.

6살도 되지 않은 어린 나이에 출가하여 혹독한 수행 생활을 하면서 죽 한 그릇으로 하루 두 끼를 간신히 때우는 모습에 마치 어린 자식을 보는 듯한 애절한 마음이 들었다. 그것마저도 엄한 스승님이 내준 과제를 제때 마치지 못할 때에는 굶는 날도 많았던 것이다. 굶주림에 지친 어린 두 스님의 간절한 생각과 느낌이 내 영혼으로 그대로 전해져왔다.

하지만 수행 생활은 이런 힘든 역경과 고난을 거쳐야 더 높은 깨달음의 단계로 나아갈 수 있는 것이다. 신이 나에게 허락한 은총으로 세 번째 임사체험을 하게 된 나는 전생의 모습을 보면서 예전에는 느낄 수 없었던 큰 깨달음을 얻을 수 있었다.

09

죽음의 저편에서 내가 본 일들

히말라야의 신비로운 설산에는 곳곳에 토굴이나 움집을 짓고 깨달음을 위해 정진하는 수행자들이 많다. 혹독한 수행과 배고픔에 지친 어린 두 스님은 자신들을 근기에 맞는 가르침으로 잘 이끌어줄 스승님을 찾기 위해 산 속 여기저기를 헤맸다.

나는 전생의 수호령 스님 두 분과 함께 가슴 졸인 채 두 사람을 지켜보고 있었다. 산 속 토굴이나 움집에서 정진하는 수행자들은 어린 스님들이 찾아오자 따뜻한 차와 마른 음식들을 주며 인연 닿는 스승님을 곧 만나게 될 것이라며 격려했다. 자신들을 잘 이끌어주실 스승님을 찾기 위한 두 스님의 여정은 계속됐다.

산속 토굴이나 움집을 만나지 못할 때에는 숲 속에서 나무뿌리나 열매를 먹으면서 버티었다. 그렇게 석 달이 넘도록 히말라야를 헤매던 어느 날, 신비한 기운으로 마음을 끌어당기는 천연 동굴을 발견하게 되었다.

두 스님은 떨리는 가슴을 진정시키며 서로를 깊이 의지하면서 조심스럽게 동굴 안으로 들어갔다.

동굴 안은 마른 풀들이 잔뜩 깔려 있었고, 내부도 비교적 따뜻했으나 두 사람이 찾고 있는 스승님 모습은 보이지 않았다. 석 달이 넘게 히말라야 산 속 곳곳을 헤매던 두 스님은 너무 피곤한 나머지 마른 풀 위에 누워 곧바로 잠에 빠져 들었다.

몇 시간이 지난 후 인기척에 화들짝 놀라서 깨어난 어린 두 스님 앞에 인자한 미소를 띠고 있는 맑은 기운의 스승님이 서 계셨다. 한 달에 두 번 정도 인근 마을에 가서 탁발을 통해 식량을 구하러 다녀오신 길이었다. 인자한 스승님은 전생에 세 사람이 깊은 인연이 있어서 다시 만나게 되었다고 환하게 미소를 지었다.

스승님은 두 제자에게 하루 두 번의 식사를 하게 했고, 6시간 동안만 잠을 자라고 하셨다. 전생의 어린 두 스님의 카르마를 알고 계셨던 스승님은 음식 통제를 조절하는 일에 대해 알아듣기 쉽게 가르쳐주셨다. 음식은 호흡하는 수련법과도 밀접하게 관계가 깊다. 음식을 조절하지 않으면 깨달음의 진보가 느리고 몸이 더 상할 수 있기 때문이다.

음식 조절에 대한 중요성은 스승님이 제자에게 지도해야 할 가장 중요한 일이라고 하셨다. 야생의 짐승 새끼들이 살아남으려면 어미를 따라다니며 먹어도 되는 풀과 독초를 가리는 법을 꼭 배워야 한다. 만일 어미를 따라다니며 독초 가리는 법을 배우지 못한다면 새끼들은 모든 풀들을 먹어보고 판단해야 한다.

하지만 판단하기 전에 독초를 먹고 죽을 가능성이 많아지는 것이다. 스승님은 수행에 있어서 음식도 이와 같다고 하셨다. 어린 두 제자는 눈망울을 반짝이면서 인자한 스승님의 가르침을 들었다.

제자들의 근기에 맞게 스승님이 가르친 수련법은 호흡을 조절하면서 만트라를 외우는 수행법이었다. 많은 종류의 만트라가 있으나 두 제자에게는 '옴 마니 반메 훔'이라는 만트라를 수행하게 하셨다.

'옴'이란 음절은 하늘, 땅, 대기의 삼계와 힌두의 삼신인 브라마 · 비슈누 · 시바신을 의미한다. 그리고 자성법신인 비로자나 부처님을 상징하고 근본 우주의 모든 중생이 함께하는 근본 성품 자리를 뜻한다. 이같이 '옴'은 전 우주의 진리를 신비롭게 구현하고 있다.

'마'라는 음절은 동방의 아촉여래를 상징하며 중생의 어리석은 마음에서 나오는 성내고 분노하는 마음이 잦아들어서 청정한 고요함을 얻게 한다.

'니'라는 음절은 남방 보생여래를 상징하고 헐벗고 굶주리는 중생을 하나도 남김없이 구제하여 탐욕으로부터 벗어나서 중생들을 안락국토로 이끄는 것이다.

'반' 자는 서방정토 극락세계의 교주이신 아미타불을 상징하고 지옥, 아귀, 축생의 삼악도를 멀리하여 영원히 부처님의 법계에 들게 한다.

'메' 자는 북방 불공성취여래를 뜻하며 공들여 수행한 중생은 공에 빠지지 않고 수련에 더욱 정진하여 모두 안락국토에 태어나게 한다.

'훔' 자는 불세계 즉 부처님이 계시는 법계를 수호하고 수행자들을 마의 유혹에서 벗어나서 삼독을 멸하게 하여 정진할 수 있도록 부처님의 세계로 이끌어준다는 뜻이다.

이런 우주의 진리를 담고 있는 만트라를 수행하면서 최고의 경지에 오르려면 바로 음식 조절이 중요했던 것이다. 입으로 만트라를 아무리 12시간이 넘도록 외워도 내 몸과 마음이 탁하면 아무 효험이 없기 때문이다.

반면에 몸과 마음이 깨끗하게 정화된 수행자가 만트라에 하나로 합일되어 정진하면 바로 삼매에 들 수 있었던 것이다. 하루 두 시간 이상 자지 않고, 한 끼만 생식하시며 만트라를 수행했던 스승님은 삼매에 들어 계시는 시간이 많았다. 그런 스승님을 따라서 어린 두 제자도 하루 두끼만 먹고 '옴 마니 반메 훔' 진언을 외우며 수행에 열심히 매진했다. 세 사람의 진지한 수행의 열기는 히말라야의 고요한 동굴 안을 가득히 채웠다.

그 후 3년의 시간이 흘렀다. 두 제자의 수행의 진보가 나날이 빠르게 성장하던 어느 겨울 밤, 인자한 스승님이 삼매에 드신 채 육신의 옷을 벗고 입적하신 것이다. 어린 나이에 집을 떠나 혹독한 과정을 거치며 이 자리까지 오게 된 두 제자는 큰 자비로 수행을 이끌어주던 스승님이 이 세상을 떠나자 하늘이 무너지는 듯한 슬픔에 통곡했다.

수호령 스님들과 지켜보고 있던 나에게도 두 제자의 슬픔이 그대로 전해져서 비통한 마음이 들었다. 하지만 100년이 지난 후 큰 사명을 가지고 다시 만나게 된다고 하셨다. 더욱 수행에 힘쓰라는 스승님의 유언을 받들기 위해 두 제자는 서로 격려하며 만트라 수행에 더욱 정진했다.

두 제자는 한 달에 두 번 정도 식량을 탁발하기 위해 세 시간 정도 떨어져 있는 인근 마을로 가야 했다. 눈이 많이 내려서 산길이 미끄러웠고 바람이 많이 불어왔지만 식량이 다 떨어졌기에 두 스님은 조심스럽게 마을로 걸어가는 길이었다.

'옴 마니 반메 훔' 만트라를 큰 소리로 외우며 서로를 의지하면서 마을로 향해 걸어가던 두 스님은 그만 가파른 산길에서 미끄러지면서 깊은 낭떠러지로 굴러떨어지고 말았다.

그리고 바로 그 순간, 세찬 힘으로 나를 끌어당기는 강력한 기운에 눈을 떠보니 걱정스런 눈빛으로 나를 흔들어 깨우는 은사스님이 보였다.

새벽 일찍 기도하러 나간 제자가 저녁 공양시간이 한참이나 지나도 들어오지 않자 근처 암자에 계신 친한 스님과 같이 남산으로 올라오셨다. 나는 그날 아침 일찍 사고를 당해 10시간이 넘도록 서남산 자락에 의식을 완전히 잃고 쓰러져 있었던 것이다.

어린 시절 연탄가스를 마시고 임사체험을 했을 때에는 우리 어머니가 유체 여행을 하는 나를 깨워서 무척 화를 많이 냈었다. 그런데 지금 나를 걱정해주시는 은사스님 얼굴을 다시 보게 되니 감격에 겨운 눈물이 흘러내렸다. 내가 의식을 완전히 잃고 10시간이 넘도록 우리 수호령 할아버지, 할머니와 두 스님들과 함께한 임사체험에서는 어릴 적 볼 수 없었던 새로운 영계를 많이 보게 되었다.

나의 전생의 모습뿐만 아니라 죽음의 단계와 이 우주에 수없이 많이 존재하는 다른 종족들과 영적인 세계의 놀라운 일들을 보여주셨다.

의식이 완전히 돌아온 나는 은사스님에게 영계에서 내가 본 놀라운 일들을 쉬지 않고 이야기했다. 그렇게라도 하지 않고서는 내 머리가 돌아버릴 것 같았기 때문이다. 아무 말 없이 오랜 시간 동안 내 이야기를 다 들으신 은사스님은 조용히 미소를 지으시면서 나를 바라보셨다. 스님의 인자한 미소를 보고 있노라니 흥분으로 가득 찼던 내 머릿속은 차츰 평온을 되찾았다.

남산 바위에서 미끄러져 완전히 의식을 잃고 전생에 나와 함께 생사를 같이 하며 수행했던 도반스님의 죽음을 보게 된 나는 더욱 수행에 매진하겠다는 결심을 했다.

어린 시절부터 남들이 경험하지 못한 많은 일을 체험하게 된 것은 바로 전생에 같이 수행한 도반을 이 세상에서 다시 만나 꼭 이루어야 할 커다란 사명을 가지고 왔기 때문이었다.

전생에서 오랜 기간 동안 '옴 마니 반메 훔' 진언 수련을 하였기에, 이번 생에도 이 진언을 할 때마다 영혼에서 강렬한 반응을 보이곤 했다.

영혼의 정화를 신속히 이루어주는 '옴 마니 반메 훔'을 수련할 때마다 몸과 마음이 집중되면서 심신이 맑아지는 기운을 느꼈다. 우리가 수행정진을 하는 목적이 바로 내 몸과 마음을 깨끗하게 정화하려는 것이다. 어떤 큰 깨달음일지라도 심신이 청정하지 않으면 이루어지지 않기 때문이다.

관세음보살님의 참된 뜻을 전해주는 '옴 마니 반메 훔' 진언은 내 몸과 마음을 깨끗이 정화해주었다.

'옴 마니 반메 훔'은 산스크리스트어로는 '큰 연꽃 속의 참보물'이라는 뜻이다. 수행의 마지막 단계의 차크라가 열리게 되면 연꽃과 똑같은 아름다운 빛의 꽃이 인간 내면 속에서 피어나게 된다. 더러운 진흙탕 속에 뿌리를 내리고 있지만, 결코 더러움에 물들지 않고 아름다운 꽃을 피어내는 연꽃의 모습이 진정한 수행자를 닮아 부처님의 꽃이라고도 부른다.

내 안에 존재하는 내면의 빛은 세상 어떤 빛보다 밝고 눈부시다. 아무리 비싼 보석의 빛도 내 안에 있는 참된 빛 앞에서는 초라해진다. 내 안에 피어난 환한 그 빛은 세상 그 어떤 물질의 가치로도 살 수 없다. 그만큼 내 안의 연꽃 같은 찬란한 빛은 신비롭고 가장 값어치 있는 것이다.

그런 연꽃 속에 빛나는 참보석이 되고자 나는 연꽃을 상징하는 묘법연화에서 따온 '묘법사'로 우리 암자 이름을 지었다. 은사스님에게 허락을 받아서 법명도 '묘법'으로 정하였다. '옴 마니 반메 훔'에 집중하면서 소리를 듣고 있노라면 내 안에서 피어난 찬란한 연꽃의 빛을 보게 된다.

우리의 내면에는 누구에게나 참면목의 빛이 존재하기 때문이다. 문화권이나 나라에 따라서 그 명칭이 부처님, 예수님, 하느님, 알라신 등으로 다르게 부르고 있을 뿐 그 빛은 하나이다.

우리는 본래 하나이고, 그 내면의 빛과 합일되어 참면목을 밝히기 위해 수행을 하는 것이다. '옴 마니 반메 훔'의 진언을 통해 내면의 빛을 보게 되면 우주와 합일하는 경험을 하게 되고, 비로소 신과 내가 하나가 되는 황홀한 느낌을 맞이하게 된다.

그러므로 '옴 마니 반메 훔'은 종교에 상관없이 내면의 빛과 하나가 되는 수련 방법이 모두 녹아 있는 핵심의 진언인 것이다.

세 번째 임사체험을 통해서 전생의 죽는 순간을 보게 된 나는 '옴 마니 반메 훔'이라는 만트라의 환한 연꽃 속에서 나와 도반스님의 영혼이 함께 수행하는 것을 보았다. 죽음의 저 편에서 나는 빛나는 연꽃 속의 보석을 드디어 발견하게 된 것이다.

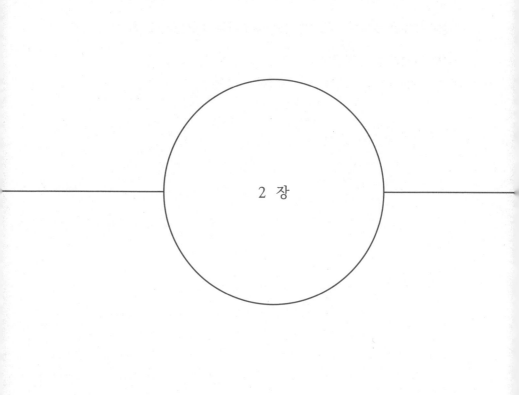

2 장

영혼은

사라지지 않는다

영혼은 사라지지 않는다

어린 시절 여러 번 경험한 임사체험과 유체이탈 여행을 통해서 나는 육신은 죽더라도 영혼은 사라지지 않는다는 사실을 잘 알고 있었다.

남다른 집안 내력으로 인해 수호령이 보이는 점 외에도 나는 어릴 적부터 귀신을 여러 번 보았다.

사람들은 각기 타고난 성품이 다르다. 인자한 사람, 급한 사람, 욕심 많은 사람, 배려심이 많은 사람, 시기 질투가 많은 사람 등 다양한 성격의 사람이 있다. 우리가 죽고 난 후 보게 되는 귀신들도 각각 성품이 다르다.

어릴 적 나와 단짝인 순옥 언니처럼 유순한 성품의 사람은 죽어서도 그 상황을 순응하고 편안하게 자신이 가야 할 길로 향한다. 우리 친할머니가 살던 옆 동네에는 재봉틀로 옷을 수선하는 일을 하는 아주머니가 살고 있었다. 친할머니 집과 가까운 곳에 있어서 내가 잠시 놀러 가면 예쁜 헝겊들로 아기자기한 인형을 만들어주곤 하셨다. 결혼한 지 10년이 다 되어가는데 아이가 생기지 않아 항상 근심과 걱정이 많던 아주머니는 나를 예뻐했다.

가끔 우리 어머니가 집 근처 절에 기도 드리러 가는 날엔 그 아주머니도 따라가곤 하셨다. 하지만 나에게 인형도 만들어주고, 친절하게 대하는 그 아주머니는 자식을 못 낳는다는 열등감으로 동네분들과는 자주 다투시곤 했다. 그런 상황이다 보니 부부 사이도 큰 다툼이 많았다. 그러던 중 그 아주머니 남편이 다른 동네 과부하고 딴살림을 차리는 일이 벌어졌다. 자식을 낳지 못한다는 열등감에 가뜩이나 신경이 날카로워져 있던 아주머니는 더 이상 참지 못하고 안방에서 목을 매는 극단적인 선택을 한 것이다.

예로부터 우리 동네에서는 아들을 낳지 못하고 저승을 가게 되면 상주가 없어 편안히 갈 길을 못가고 이승을 떠돈다는 얘기를 관습처럼 굳게 믿고 있었다. 그런데다가 자살로 한이 서린 인생을 마감했으니 동네 어른들은 초상집 조문 가는 것도 꺼리는 분위기였다.

누구나 죽음을 피할 수는 없는 일이지만 특히 자살을 한 영가에 대한 공포심은 더욱 컸던 것이다. 우리 시골 동네에서 초상을 치르는 일은 결혼식보다 더 떠들썩한 분위기 속에서 근처에 있는 마을도 다 합심해서 3일장을 치른다. 그런데 그 아주머니네 초상집은 친척들만 와 있을 뿐 썰렁한 분위기였다. 급히 그 아주머니의 시신을 매장할 산소터를 마련하여 친지들끼리 간소하게 장례를 치루었다. 그 후부터 인근 마을에는 무서운 형상을 한 귀신을 보았다는 소문이 돌기 시작했다. 어린 시절부터 수호령을 보아왔고 귀신들도 여러 번 봤지만 그 아주머니 귀신은 머리 끝이 쭈뼛 설 정도였다.

그 아주머니 남편은 초상을 치른 지 얼마 되지 않아 바람이 났던 과부와 헤어지게 되었다. 그리고 밤마다 끔찍한 악몽에 시달려 병원 신세를 지게 되었다. 동네 사람들은 여자의 가슴에 큰 한이 맺히면 오뉴월에도 서리가 내리는 법이라며 안타까워했다. 그 아주머니 친정 식구들이 집 근처 절에서 49재를 지냈다. 그러나 그 후에도 계속 그 집 근처에서 귀신을 보았다는 사람이 생기자 용한 무당을 불러 망자를 달래는 굿을 했다.

옛날부터 무속계에서는 억울하게 한맺힌 죽음을 당하거나 객사, 자살

등과 같이 망자의 한이 큰 경우 무당을 불러 진오귀 굿을 했다. 이승에 남아 있는 원한을 달래고 저승길을 닦아주는 진오귀 굿은 온 동네가 떠들썩하도록 며칠 동안 행해졌다. 가뜩이나 생전에 자식이 없어 한이 많았던 망자는 믿었던 남편마저 다른 여자와 살림을 차리자 서릿발 같이 맺힌 한이 더욱 커져서 저승에 편히 갈 수 없었다.

진오귀 굿이란 망자의 가슴에 맺혀 있는 한을 풀어주는 의식인 것이다. 우리의 영혼을 삶에서 죽음으로 이어주는 통과의례인 셈이다. 진오귀 굿은 무속의 시조인 바리데기 공주가 저승세계의 신이 되길 자청해 고통 받는 영혼을 구제하는 데서 유래했다. 우리나라의 무속신앙의 시조신인 바리데기 공주 설화는 불교와 무속신앙이 융합된 모습을 보인다.

옛날 불라국이라는 나라에 오구대왕이 살고 있었다. 오구대왕이 왕비를 맞이하라는 신하들의 간청을 따라 길대부인을 만나게 된다. 길대부인의 미모에 반한 대왕은 아들을 낳으려면 혼인 시기를 1년 뒤로 미루라는 조언을 듣지 않고 바로 혼인을 하였다. 그로 인해 여섯 번 동안 내리 딸만 낳게 되었다. 길대부인이 7번째 아이를 가지고 태몽으로 용꿈을 꾸어 아들인 줄 알고 기뻐하였는데 또 여자아이가 태어난 것이다. 화가 머리 끝까지 치민 오구대왕이 아이를 내다버리라고 명령했다. 그러나 바리데기 공주를 마굿간에 버리니 말들이 보살펴주고, 숲속에다 버리니 새들이 보살펴주었다. 그러자 더 화가 난 오구대왕이 다시는 돌아올 수 없도록 강물에 내다버리라고 명령했다. 어머니인 길대부인이 울면서 이름만이라도 지어서 버리자고 간청하여 버려진 아이라는 뜻의 바리데기 공주가 되었다.

옥함에 담아 강물에 띄워 보낸 공주를 비리공덕 할배와 할매가 발견하여 기르게 된다. 바리데기 공주가 15세가 되던 해, 자신을 낳아준 아버지와 어머니를 찾자 노부부는 사실대로 이야기해주었다. 그 사실을 알고 바리데기는 통곡을 했는데 공주를 버린 오구대왕은 그 과보로 불치병을 얻어 죽어가고 있었다. 오구대왕이 불치병을 앓고 있는데, 지나가는 고승이 병을 고칠 약을 알려주었다.

그 약은 서천서역의 생명수 즉 저승세계에 있는 동대산에 무장승이 지키는 약수만이 병을 낫게 해준다고 알려주었다. 이 말을 들은 길대부인이 6명의 딸에게 다녀올 것을 요청했지만 모두 거절했다. 이에 어릴 때 버린 바리데기 공주를 찾게 되고, 어머니 길대부인과 해후하게 된다. 궁에 들어가 가족들을 만난 바리데기 공주는 곧바로 약수를 구하러 저승길로 떠났다.

저승길을 가는 바리데기는 밭을 가는 할멈의 일을 대신 도와주고 삼색

꽃과 방울을 선물 받는다. 드디어 지하세계 황천수 앞에 도착해서 지키는 군사에게 삼색꽃과 방울을 흔드니 나룻배를 타고 황천수를 건너게 해주었다. 황천수를 건너는 동안 저승세계의 많은 영혼들이 지하세계의 고통을 호소하는데 바리데기가 이들의 영혼을 구원해준다. 바리데기는 천신만고 끝에 동대산에 도착해서 무장승을 만난다. 그는 하늘나라의 옥황상제를 지키던 무사인데 벌을 받아 동대산에 내려와 있었다.

무장승은 바리데기 공주에게 아들 일곱을 낳아주면 약수가 있는 곳을 가르쳐준다고 했다. 바리데기 공주는 무장승과 결혼해서 아들 일곱을 낳았다. 오구대왕을 살릴 수 있는 약수를 구한 바리데기는 가족들과 함께 불라국으로 돌아왔다. 오구대왕은 3년 전에 이미 죽었는데 바리데기 공주를 기다리느라 장례식을 미뤘다. 더 이상 기다림을 포기하고 이제 막 장례를 치르려는 찰나 공주 일행은 장례 행렬과 마주치게 된 것이다. 바리데기가 오구대왕의 관을 열고 그 뼈에 약수를 뿌리고 입 안에 생명수를 넣으니 살이 돋아나고 오구대왕이 다시 살아나게 되었다.

오구대왕은 바리데기 공주를 버린 것을 눈물로 참회하며 상으로 불라국의 절반을 떼어 주겠다고 하지만 이를 거절한다. 바리데기는 오구대왕에게 자신이 저승세계의 신이 되고자 청했다. 지하세계에서 고통 받는 많은 영혼들을 구제하는 일을 자청한 것이다.

바리데기의 남편과 일곱 아들들도 지하세계의 염라대왕이 되어 저승을 관장하는 역할을 하게 되었다. 그 험하디 험한 저승길을 다녀온 바리데기 공주의 원력과 자비로 서릿발처럼 맺힌 망자의 원한을 풀어주는 것이 진오귀 굿이다.

온 동네 사람들이 지켜보는 가운데 며칠에 걸쳐 진오귀 굿을 정성을 다해 지내자 원한이 쌓여 있던 그 아주머니 귀신의 모습이 바뀌고 있는 것이 내 눈에 보였다. 두 눈에 핏발이 서고 온통 피범벅인 모습에서 살아생전의 순박했던 모습으로 변했다.

육신은 이미 땅에 묻히고 망자가 되어 떠돌고 있지만 온 동네 사람들이 맺힌 한을 풀어주고자 하는 정성어린 마음에 감복한 것이다. 우리 어머니와 함께 나무아미타불을 외우며 아주머니의 극락왕생을 두 손 모아 빌던 중에 망자가 내게 춥다는 기운을 강하게 전해왔다. 우리 수호령 할아버지, 할머니가 어머니에게 얘기하라고 하셨다. 나는 우리 어머니에게 "엄마, 그 아주머니가 아주 춥대."라고 속삭였다.

어릴 때부터 내가 영혼을 본다는 것을 잘 알고 있던 어머니는 망자의 친정언니에게 전해주었다. 사실 급하게 장례를 치루었던 까닭에 지관에게 보이지 않고 산소 터를 잡았던 것이 마음에 걸렸던 친정 식구들은 이장을 하기로 결정했다. 산소 이장에 좋은 날짜를 잡아 그 아주머니 무덤을 파던 동네 사람들은 깜짝 놀라게 되었다. 무덤 속에 물이 가득 차 있고, 관도 물에 둥둥 떠 있는 형상이었던 것이다. 조심스럽게 관 뚜껑을 열어본 사람들은 더욱더 믿기지 않는 일을 보았다.

몇 달이나 물에 잠긴 시신이 하나도 썩지 않았고, 머리털과 손톱이 길게 자라나 있었던 것이다. 이 놀라운 현장을 지켜본 동네 사람들은 얼마나 서릿발 같은 큰 한이 맺혔으면 물 속에 잠겨서도 썩지 않고 있었겠느냐면서 경악을 금치 못했다. 처음에는 꺼림칙하고 피하기만 하던 동네분들이 힘을 합쳐 산소 이장을 해주고 진심으로 망자를 위로하니 다음부터는 그 아주머니 귀신이 나타나는 일은 없게 되었다.

우리의 육신은 언젠가는 죽음으로 인해 사라지지만 참주인인 영혼은 죽음 이후로도 결코 사라지지 않는 것이다. 살아가는 동안 우리의 참면목인 영혼을 밝히고 수행하는 일은 가장 소중한 일이다.

내가 본 저 너머의 세상

어린 시절부터 나는 친구들과 어울리는 것에는 흥미가 없었고, 신이나 죽음 등에 관해 관심이 많았다. 다른 친구들은 근처 절에서 큰 불공을 한다거나 동네 초상이 나서 용한 무당을 불러 진오귀 굿 등을 할 때면 꺼려하면서 피했지만, 나는 오히려 흥미롭게 지켜보곤 했다.

어린 시절, 임사체험과 유체이탈 체험을 하게 된 나는 새하얀 빛줄기를 따라 찬란하고 아름다운 영계를 보았다. 내가 본 영계는 비슷한 에너지를 가진 영혼들끼리 모여 있었다. 따뜻한 마음과 지혜를 지닌 영혼은 기쁨의 파동을 보내면서 더 높은 에너지를 수련하며 아름답게 반짝이고 있었다. 그러나 남을 해치고 욕심 많은 영혼들은 흐릿한 에너지를 가지고 모여 있었다. 내가 본 저 너머의 세상 모습은 말이나 글로는 다 표현할 수 없을 만큼 신비로웠다.

저 너머 세상에서는 생전에 친했던 영혼들은 파동과 에너지를 통해 금방 알아볼 수 있다. 하지만 내 주변 사람들은 저 너머 세상에 대해 온통 부정적인 생각들을 많이 가지고 있었다. 개똥밭에 굴러도 이승이 더 좋다고 하면서 현재의 삶에 집착했다. 어릴 적 수호령들이 보이고 죽음에 임박한 사람을 데리러 오는 조상령이 보였던 나는 한 번도 본 적 없는 우리 친할아버지를 보았다.

바로 우리 할머니가 간경화로 돌아가시기 삼 일 전이었다. 할머니는 돌아가시기 삼 일 전부터 방문 앞에 나의 친할아버지가 데리러 오셨다며 기뻐하셨다. 우리 할머니는 평생토록 그리워했던 나의 친할아버지가 마중을 나오시자 저 너머 세상이 기쁨으로 가득 찬 세상이 되었던 것이다. 나의 주변 많은 사람들은 죽음을 기피하고 강한 거부감을 가지고 있었지만 우리 할머니는 내가 보아 온 그 어떤 모습들보다 행복한 죽음의 순간을 맞이하셨다.

나는 환하게 웃으시는 할아버지를 따라서 우리 할머니가 저 세상의 밝은 빛 속으로 올라가시는 모습을 바라보았다. 사실 우리 모두가 태어나서 살아가는 과정은 죽음을 향한 준비의 시간인 것이다. 하지만 많은 사람들은 죽음에 대한 두려움이 크기 때문에 준비하는 것이 아니라 회피하는 경향이 많다.

'죽음'이나 '저 세상'이란 단어만 보아도 기분 나빠하는 사람이 많다. 인간이 생긴 이래 영생에 대한 갈망은 전 시대를 통해 있었던 것이다. 진시황도 불로초를 찾아 전 세계를 헤맸지만 결국 찾지 못하고 죽음을 맞이했다. 하지만 많은 사람들이 그토록 피하고 싶은 죽음은 실상은 신이 내려준 가장 큰 축복이다. 죽음을 통해서 우리의 영혼이 육체에서 벗어나게 되어 우주의 실상을 바로 보는 기회를 가지게 된다.

태어남은 우리에게 선택의 여지를 주지 않지만 죽음은 우리에게 선택의 기회를 준다. 우리가 피할 수 없는 것이 죽음이라면 어떻게 받아들이고 준비하는가가 중요하다. 우리가 살아 있는 동안 '웰빙(well-being)'을 추구하듯이 행복하게 임종을 맞이하는 '웰다잉(well-dying)'은 더욱 중요한 일인 것이다. 죽음이란 우리가 성장하는 가장 마지막 단계이기 때문이다.

행복하게 눈을 감으신 할머니가 돌아가신지 3년이 지난 봄이었다. 우리 친할머니와 가장 가까운 사이였던 이웃 동네 사시던 할머니가 폐결핵으로 얼마 살지 못한다는 진단을 받으셨다. 동네 사람들이 할머니가 돌아가시기 전에 얼굴을 본다고 병문안을 갔고, 우리 어머니를 따라 나도 인사드리러 갔다.

그 할머니는 평생 문턱이 닳도록 구인사를 다니셨고, 밤낮으로 관세음보살님께 기도하시는 불심(佛心)이 강한 분이셨다. 어머니를 따라 할머니 병문안을 하러 들어갔더니, 조상령이 문 앞에 와 계셨다. 나는 할머니가 이삼일 후에 세상을 떠난다는 것을 알 수 있었다. 우리 친할머니와 가장 가까운 친구 사이였고, 어머니가 심하게 아팠을 때 구인사로 기도가라고 격려해주신 따뜻한 분이었다.

우리가 조심스럽게 방 안으로 들어가자 할머니는 염주를 돌리며 관세음보살님께 기도를 드리고 있었다. 환한 얼굴로 어머니와 나를 쳐다보시더니 문 앞에 관세음보살님이 할머니를 극락으로 데려가려고 오셨다고 했다. 평생 관세음보살 기도를 쉬지 않고 하신 할머니의 눈에는 방문 앞에 마중 나온 조상령이 관세음보살님으로 보이신 것이다.

이틀이 지난 후 그 할머니는 손에 염주를 쥔 채 편안히 눈을 감으셨다. 내가 죽음 너머의 세상을 보았을 때, 여러 가지 단계들이 있었다. 우리의 육신으로부터 영혼이 분리될 때는 서서히 시간을 가지고 분리되는 것이다. 우리 조상님들이 보통 3일장을 치르는 것은 대단히 영적으로 지혜로운 일이다.

우리의 영혼은 육체와 긴밀하게 연결되어 있고, 죽음의 순간에 영혼이 몸과 밀접하게 이어져 있는 부분으로부터 차츰 분리시켜 빠져나간다. 물론 평상 시 수행이 많이 되어 있고, 기도의 파동이 높은 사람들은 이 분리가 빨리 끝난다. 그러나 물질에 집착하고 생명에 대한 미련이 많은 사람들은 시간이 오래 걸린다. 또한 영혼에 대해 무지하고 죽음의 공포가 심한 사람들의 경우에는 육신으로부터 영혼이 방출되는 데에 많은 힘이 든다. 하지만 우리 친할머니와 그 친구분처럼 죽음을 편안하게 받아들이는 사람들에게는 아무 어려움 없이 잠자는 것처럼 행복하다.

나의 단짝이었던 순옥 언니도 비록 약을 먹는 극단적인 선택을 했지만 영혼의 세계를 믿고 있었기에 편안하게 저 너머로 건너갔다.

내가 두 번째 임사체험에서 언니와 우리 흰둥이의 밝은 영혼의 모습을 보고 얼마나 기뻤는지 글로는 다 표현할 수 없다.

그 후에도 순옥 언니와 영계에서 몇 번 만나게 되었는데 어머니와 남동생, 할머니와 함께 행복한 모습으로 더 높은 영적인 단계를 수련하고 있었다. 순옥 언니네 가족들이 아버지만 남기고 세상을 떠나게 됐던 이유는 전생의 카르마 때문이었다.

이번 생에서 가족으로 만나는 이유는 전생에서 해결하지 못한 문제를 이생에서는 해결하기 위함이다. 가족 내에서 자신이 해야 할 역할을 맡아서 서로의 성장을 서로 돕기 위해 다시 만나게 되는 것이다. 전생에서도 순옥 아버지는 가족들에게 심한 폭행을 하고 노름빚을 지어 가산을 탕진하는 생활을 했다. 이번 생에서도 그런 행동이 더 심해지자 충격적인 방법으로 깨달음을 준 것이다. 그 후로 순옥 아버지는 전혀 다른 사람이 되었다. 연로하신 부모님을 도와 농사도 열심히 지으시고, 술은 입에도 대지 않으셨다.

가족이란 단순히 유전자를 물려주는 관계가 아니라 이번 생에서 주어진 과제를 해결해나가고 지혜를 닦아가는 동지인 셈이다. 세상에 많은 사람들은 종교를 가지고 있다. 죽음 이후의 세계에 대한 공포가 클수록 더욱 종교에 의지하고 믿고 싶어 한다.

흔히 사람들은 하느님을 믿으면 천국을 가고, 부처님을 믿으면 극락세계에 간다고 생각한다. 하지만 천국과 지옥은 모두 우리 마음속에 있다. 어떤 종교를 가지고 있느냐는 하나도 중요하지 않다.

우리가 살아가는 동안 어떤 행위를 하고, 어떠한 공덕을 쌓으며 살아가느냐가 중요한 것이다. 우리의 영혼이 육신으로부터 분리가 다 되고 나면 그 이후의 세계는 사람들이 평소에 가지고 있던 신념대로 펼쳐진다. 우리 할머니는 저 세상에 갈 때 친할아버지가 꼭 자신을 데리러 온다고 굳게 믿으셨다.

그리하여 임종하는 순간에 우리 할아버지가 보이자 기쁜 마음으로 편안히 저 세상으로 떠나셨다. 이웃집 할머니는 평생토록 염주를 손에서 놓지 않고 임종할 때 관세음보살님이 마중 오기를 기도하셨다. 세상을 떠나는 순간이 오자 그 할머니 눈앞에 나타난 관세음보살님 모습을 보고 환하게 웃으며 임종하셨던 것이다.

우리 이웃 동네에 살고 있던 외사촌 이모는 나의 어머니와 함께 절에 열심히 다니셨다. 나보다 9살 많았던 육촌 언니는 외사촌 이모가 심하게 만류하는데도 친구를 따라서 교회에 열성적으로 다니고 있었다. 고등학교를 졸업하자마자 아이를 가지게 된 육촌 언니는 일찍 결혼했다. 우리 육촌 언니는 나에게도 교회에 다녀야 구원 받을 수 있다면서 적극적인 전도를 하곤 했다.

어린 시절 나는 언니를 따라 크리스마스 때마다 교회에 함께 갔다. 크리스마스 캐롤도 부르고 찬송가도 따라 부르면서 재미있게 보냈던 추억이 아직도 떠오른다. 하지만 결혼한 지 8년도 되지 않아서 육촌 언니는 자궁암 말기라는 진단을 받았다. 우리 외사촌 이모는 하나뿐인 딸의 쾌유를 위해서 절에서 지성으로 기도 드렸다. 우리 육촌 언니는 예수님이다 천국으로 인도하신다며 오히려 외사촌 이모를 위로했다.

우리 육촌 언니의 병문안을 갔을 때, 나는 언니를 데리러 온 이모부를 볼 수 있었다. 나를 바라보며 흥분한 모습의 언니는 문 앞에 예수님이 천국으로 인도하러 오셨다며 기뻐했다. 언니가 평소에 강하게 믿는 그대로 보여지는 것이 저 너머의 세상인 것이다.

나는 우리 외사촌 이모에게 문 앞에 10년 전에 세상을 떠난 이모부가 와 있다고 말씀드렸더니 가슴을 쓸어내리셨다. 교회를 다니지 않는 우리 외사촌 이모는 언니가 예수님이 마중 나오셨다고 하니 안심이 되지 않았던 모양이다. 이처럼 육신에서 영혼이 분리되고 나면 저 세상은 평소에 자신이 가지고 있는 믿음대로 보여지는 것이다.

죽음은 삶의 끝이 아니라, 다른 차원으로의 새로운 이동이다. 우리가 현재 살고 있는 삶은 마치 학교와 비슷하다. 한 학기를 다 마치고 나면 방학을 맞이하듯이 육신이 수명을 다하면 죽음을 맞이하게 된다.

죽음이라는 통로를 통해 육신을 벗어던지고 저 너머의 세상에서 영혼의 성장을 이루어간다. 이런 과정의 반복인 윤회를 통해 다른 사람에 대한 이해와 배려를 넓히고 신성을 조금씩 실현해나가는 것이다.

우리의 삶이 비록 힘들고 많이 고달프지만 그걸 이기고 나면 깊어지고 넓어진다. 인생이라는 항해 길에서 폭풍우를 만나면 죽을 고비를 넘기게 되지만 헤치고 이겨내면 더 큰 축복이 우리를 맞이해준다.

내가 본 저 너머의 세상은 우리의 삶의 의미를 깨닫게 해주는 놀라운 세상이었다. 우리 모두는 고귀한 영혼의 존재이며 눈에 보이지 않지만 서로 연결되어 있다.

내 삶의 궁극적인 목적인 영적인 성장을 계속해나가기 위한 저 너머의 세상에 대한 탐험은 끝없이 신비롭게 펼쳐지고 있었다.

임사체험 후 평화가 찾아왔다

남산에서 세 번째 임사체험을 한 후 나의 내면은 더욱 평화로 가득 차올랐다. 사람들은 죽음을 강하게 부정하고 싶어 하고 기피하지만 임사체험을 여러 번 겪은 나는 영계의 진리를 잘 알고 있었다. 내 육신에서 벗어난 영혼의 자유로움을 크게 만끽했기에 깊은 평온을 되찾았던 것이다.

전생에 히말라야의 사원에서 어린 시절부터 혹독한 수행생활을 서로 격려하며 이겨냈던 도반과의 영적인 만남은 내게 큰 힘이 되었다. 눈으로 뒤덮인 산길에서 탁발을 나서다 죽음을 맞이하고 그 후 100년이 지난 뒤, 더 큰 사명을 가지고 다시 만나는 것을 보았다. 그 모습을 임사체험을 통해 보게 된 나는 수행에 더욱 전념할 수 있었다.

이런 경험들을 통해서 나는 죽음이 나 자신을 전혀 지배하지 못한다는 것을 알았다. 죽음 이후에도 나는 계속 존재하고 내 영혼은 죽음을 뛰어넘는다는 것을 알게 된 것은 놀라운 선물이었다. 전생에 나와 도반스님을 근기에 맞춰 인자한 가르침으로 이끌어주신 스승님도 이번 생에서 운명처럼 만났다. 평생 나의 영적 성장을 이끌어주실 스승님을 만나게 된 하루하루가 행복한 날이었다.

어린 시절부터 힘든 수행을 같이 했던 전생의 도반도 운명의 시기가 다가오면 다시 만난다는 것을 알았다. 나는 그들을 다시 만나고, 우리는 더 높은 의식으로 성장해나가는 것이다. 구인사에서 만났던 송현 선생님의 예언대로 내 나이 50살이 되는 시기에 히말라야에서 같이 수행한 도반도 다시 볼 수 있다고 생각하니 더욱 희망이 솟아났다. 동안거가 끝나는 정월 보름까지 나는 우리 '묘법사' 암자에서 만트라를 수행하며 다쳤던 상처가 빨리 회복되기를 기다렸다. 동안거가 끝난 후, 내 머리의 상처가 다 회복되면 은사스님이 지리산으로 만행을 함께 가자고 하셨기 때문이다.

음력 10월 15일부터 이듬해 정월 15일까지 동안거가 끝나는 기간을 '해제철'이라고 부른다. 이 기간에 주로 스님들은 만행을 떠나 자신의 공부를 점검하는 기간으로 삼는다. 지리산이라는 은사스님 말씀에 우리 수호령 할아버지, 할머니는 크게 기뻐하셨다. 나의 동자 수호령들도 덩달아 기쁨에 겨워 뛰어올랐다. 북한에서 전쟁 통에 남한으로 내려와 자리를 잡은 곳이 바로 지리산이었던 것이다.

지리산은 화엄사, 천은사, 연곡사, 쌍계사 등 유서 깊은 사찰과 국보, 보물 등의 문화재가 많으며 800여 종의 식물과 400여 종의 동물 등 생태계가 풍부한 곳이다. 특히 멀리 백두대간에서 흘러 내려왔다 하여 '두류산'이라 불리기도 한다. 백두산 줄기에서 흘러온 산맥이라 우리 수호령들이 더욱 강한 영적인 기운을 주셨다. 어리석은 사람이 머물면 지혜로운 사람으로 달라지게 한다고 해서 '지리산(智異山)'이라 불렸다.

지리산 정상인 천왕봉에서 노고단에 이르는 주 능선을 중심으로 각각 남북으로 큰 강이 흘러 내리고 있다. 그 중 하나는 낙동강 지류인 남강의 상류로서 함양과 산청을 거쳐 흐른다. 그리고 또 하나는 멀리 마이산과 봉황산에서 흘러 온 섬진강이다. 이들 강으로 화개천, 연곡천, 동천, 경호강, 덕천강 등 10여 개의 하천이 흘러들며 맑은 물과 아름다운 경치로 '지리산 12동천'을 이루고 있다.

이런 아름다운 지리산은 고대로부터 산신 신앙의 중심지로서 자리를 잡아왔다. 대대로 명산 대천에서 산신님께 기도 드리던 우리 외갓집이었기에 지리산 만행에 대한 나의 기대는 더욱 컸던 것이다. 설악산, 태백산, 계룡산, 속리산 등 대부분의 산신님이 할아버지로 많이 나타나시는데 지리산은 성모라고 칭해지며 '산신할머니' '천왕할매' 등으로 불리운다. 마을이나 개인의 대소사가 있을 때에는 치성과 공경의 대상이 되고 있다.

신라시대 때에는 '산신할머니'에게 제사 지내던 삼산오악 중 하나였다. 노고단(老姑壇)이란 지명 역시 산신에 대한 성대한 제사의식이 신라시대부터 현재까지 지속적으로 거행되고 있는 성모신단(聖母神壇)을 뜻한다. 지리산 천왕봉에는 아직까지도 '성모신앙'에 대한 설화가 전해진다.

옛날 천왕봉에는 마고라고 하는 성모천왕이 살고 있었다. 하루는 성모천왕이 산을 내려다보는데 '법우'라는 수행력이 높은 화상이 도를 닦고 있었다. 성모천왕은 '내가 저 사람과 부부의 연을 맺어 하늘의 뜻을 펼치고 백성들을 구제하리라.' 하고 마음을 먹고 산꼭대기에서 소변을 보았다. 법우화상이 홀연히 올려다 보니 산골짜기에 비가 내리지도 않았는데 갑자기 물이 불어나기 시작했다. 그 물은 큰 시냇물이 되어 세차게 흘러내려왔다. 법우화상은 큰 물줄기를 따라 천왕봉 꼭대기로 올라가니 키가 크고 힘이 센 여인을 발견하고는 깜짝 놀랐다. 이에 성모천왕은 "내가 인간세계에 귀양을 내려와 있는데, 그대와 인연을 맺고자 물의 술법을 이용했노라."라고 하는 것이었다. 법우화상과 성모천왕은 부부가 되어 딸 여덟을 낳았다.

이들에게 무업(巫業)을 가르쳐서 조선팔도로 내보냈다. 지금 전국 팔도의 무당들은 이들의 후손이다. 지리산에 있는 백무동(百巫洞)이라는 지명이 상징하듯 지금도 무당들이 많이 거주하고 있다. 다른 지역의 무당들도 지리산을 '큰산'으로 섬기며 참배를 하는 대상인 것이다.

또한 법우화상과 성모천왕이 혼인하여 팔도 무당의 시조가 되게 하였다는 전승은 무속과 불교의 융합된 모습을 보여주고 있다. 대대로 산신을 수호했던 집안 내력으로 인해 나는 지리산으로 만행을 간다는 생각에 들떠 있었다. 드디어 동안거가 끝나고 손꼽아 기다리던 해제철이 되었다. 은사스님이 몇 년 전 선방에서 참선수행을 하실 때, 친하게 된 도반스님이 지리산 토굴에 살고 계셨던 것이다. 우리는 버스를 몇 번이나 갈아타고 지리산 깊은 자락 함양에 있는 토굴에 오후 늦게 도착했다.

도반스님은 전기와 수도가 들어오지 않아서 촛불로 불을 밝힌 채 저녁 공양을 준비하고 있었다. 새벽마다 30분을 계곡까지 걸어서 물을 길어 온다고 하며 우리를 바라보며 활짝 미소 지으셨다. 은사스님과 나는 조그만 호신불이 모셔져 있는 법당 방으로 삼배를 올리러 들어갔다.

법당의 벽 윗면에 수행의 깨달음이 적힌 글귀가 붙어 있었다.

"인생은 다리이니, 지나는 가되
그 위에 집을 짓지 말지니라.
세상에 변하지 않는 것은 아무것도 없나니
나도 어제가 다르고 오늘이 다르리라
조건이 맞으면 존재했다가도
그것이 다하면 사라져버리느니라
나 하나에 모든 것이 담겨 있고
전체 속에 나 하나가 담겨 있느니라."

내 가슴 속에 큰 감명을 준 깨달음의 글귀를 바라보며 더욱더 수행에 매진하리라는 다짐을 했다. 부처님께 삼배를 올린 은사스님과 나는 밥과 나물 반찬으로 차려진 저녁공양을 맛있게 먹었다. 산세가 수려하고 약수나 다름없는 계곡 물로 밥을 지어서인지 반찬이 없어도 꿀맛 같았다. 저녁공양 후에는 우리가 묵을 방에 나무 장작을 쪼개어 아궁이에 불을 지폈다. 그 방에서 은사스님은 저녁 내내 참선수행을 하셨다.

비록 전기도 들어오지 않고, 수도도 나오지 않는 불편한 점 투성이인 지리산 자락 토굴이었지만 산신기도를 드리기엔 최고의 장소였다. 인적이 드문 계곡 쪽으로 15분 정도만 걸어가면 기도 드리기 좋은 큰 바위들이 영험한 기운을 내뿜고 있었던 것이다.

우리 수호령 할아버지, 할머니가 내게 오늘 밤 산신기도를 드릴 때 살아 있는 산신의 수호령을 보여준다는 계시를 내려주셨다. 설레는 가슴을 안고 내 앞길을 환히 비춰주는 달빛을 친구 삼아 계곡 쪽으로 씩씩하게 걸어갔다. 수호령들이 함께 지켜주시기에 무서움은 전혀 들지 않았다.

오히려 인적 없는 산길이기에 다른 사람들 눈치 볼 필요가 없어 큰 소리로 산신기도를 하면서 기도 드리기 좋은 바위를 찾았다. 우리 수호령 할아버지가 정해주신 바위 위로 올라간 나는 정성을 다해 '산왕대신'을 부르며 산신기도에 몰입했다. 한 시간 가량이 빠르게 흐른 후 나는 커다란 몸집에 두 눈에 불을 켜고 나를 바라보고 있는 산신의 수호령을 보고 말았다.

오래 전, 나의 수호령 할아버지가 백두산에서 천 일 동안 산신님에게 기도를 드릴 때의 일이었다. 매일 밤마다 집채만 한 거대한 호랑이가 두 눈에 불을 환하게 켜고 우리 수호령 할아버지가 산신기도를 끝낼 때까지 밤새 지켜주었다고 한다. 그런 신비스러운 일이 산신기도가 끝나는 천 일 동안 계속되었다.

예로부터 호랑이는 산신을 수호하는 영험한 영물로 잘 알려져 있다. 내가 지리산에서 기도를 드리자 우리 수호령 할아버지가 산신의 살아 있는 수호령인 호랑이를 보여주고 싶으셨던 것이다. 처음 두 눈에 불을 켠 산신의 수호령인 호랑이를 보게 되었을 때 온몸이 충격으로 굳어져 꼼짝할 수가 없었다.

마치 임사체험을 처음 했을 당시, 영혼이 빠져나와 축 늘어진 내 육신을 봤을 때처럼 놀란 나는 온몸이 굳어졌다. 하지만 수호령 할아버지, 할머니가 영적인 기운을 불어넣어주셨고, 차츰 시간이 지나자 오히려 마음이 편안해졌다. 산신의 수호령을 바라보고 있자니, 영적인 기운이 밑바닥부터 강렬하게 차오르면서 새로운 힘이 샘솟았다.

세 번째 임사체험을 무사히 잘 넘기고, 머리의 상처도 완전히 낫지 않는 상태로 기도 드리는 내가 기특하셔서 기운을 불어넣어주고 싶으셨던 모양이다.

임사체험으로 인해서 나의 삶에 큰 평화가 찾아왔고, 나의 수호령들에게 위로를 듬뿍 받은 그날 밤은 내 생애 가장 큰 선물을 받은 행복한 시간이었다.

영적인 세계를 믿는 사람들, 믿지 않는 사람들

나는 어린 시절부터 수호령들과 함께 지냈고, 임사체험을 통해 나의 영적인 세계를 직접 보았다. 하지만 교회를 열정적으로 다녔던 육촌 언니와 천주교를 다니던 고모는 영적인 세계를 믿지 않았다. 내가 자라면서 출가생활을 했던 우리 묘법사 암자의 근처 마을에는 교회에 다니는 사람들의 수가 더 많았다. 그 사람들은 윤회와 환생도 믿지 않았고, 사후 세계의 체험도 불신하였다. 오직 하느님을 믿어야만 천국을 간다는 강한 신념으로 다른 종교를 존중하지 못하는 배타적인 태도를 우리에게 보여 주었다.

내가 직접 경험한 임사체험과 여러 번의 죽음을 맞으면서 겪었던 일들을 그 사람들에게 아무리 설명한다고 해도 믿지 못할 것이다. 나는 오히려 종교를 떠나서 영적인 세계의 관심을 갖지 않는 사람들이 안쓰럽다. 배타적이고 편협한 의식으로 인해서 더 큰 영계의 진리를 받아들이지 못하는 것이다.

환생은 힌두교, 불교 같은 세계 종교들이 3000년이 넘는 시간 동안 구체적인 많은 근거를 가지고 있는 정통 교리이다. 또한 주변에서도 환생이나 윤회가 아니면 설명되지 않는 것들이 많다. '내가 지금의 가족을 만난 것은 어떤 인연이 있는 것일까.'라는 의문을 가져보지 않은 사람은 거의 없다. 또한 '나는 이전에 어떤 삶을 살았던가.'라든가 '내가 죽고 난 후에는 어떻게 되는 것일까.'라는 생각을 하다 보면 사후세계 문제에 관심을 갖는 것은 당연한 결과이다. 오랜 시간 동안 환생과 윤회를 당연하게 받아들였던 동양에서보다 요즘은 서양에서 더욱 활발히 연구되고 있다.

미국에 전생요법이라는 최면 치료법이 있다. 예를 들어 어떤 사람이 여동생과 유난히 사이가 좋지 않아서 최면요법으로 전생을 보았다고 한다. 그 사람의 여동생은 돈을 주지 않으면 술을 마시고 와서 언니를 협박하고, 집안을 부수는 등 심한 행동을 했다. 이번 생의 모습만 보면 원수가 따로 없는 지경이었다. 그런데 최면요법으로 전생을 들여다보니 여동생에게 은혜를 무척이나 많이 입은 것을 알게 되었다. 그리하여 동생은 자신도 모르는 사이에 언니의 돈을 가져가는 것이 당연하다는 무의식적인 인식이 있었던 것이다. 만약 전생에 동생에게 은혜 입은 것을 몰랐다면 원한만 가득 생길 것이다. 그러나 전생요법을 통해 알게 되니 동생에게 기꺼이 돈을 줄 수 있고, 원한이나 악감정에서 해방될 수 있었다고 한다. 그리고 천주교나 기독교에 다니는 사람들은 똑바로 알아야 할 점이 있다.

종교는 신이 만들어놓은 게 아니라 인간들이 만든 것이라는 점이다. 윤회는 초기 기독교 역사에서 약 400년간 정식으로 인정되던 교회신학의 일부였다. 윤회와 환생은 다양한 삶을 통한 인생 공부인 것이다.

이슬람교의 '코란'에도 윤회와 환생의 개념은 이렇게 기록되어 있다. '신이 생명을 창조했고, 생명은 거듭거듭 태어난다. 신에게 돌아올 때까지.' 그리스의 신학자 오리게네스와 성아우구스티누스, 알렉산드리아의 클레멘스도 환생설을 가르쳤다. 예수님의 가르침 이후 초기 기독교에서 윤회와 환생은 정식으로 인정되던 교회신학의 일부였다.

실제로 초기 기독교 역사의 400년 동안에는 윤회와 환생 사상이 널리 퍼져 있었고, 보편적인 교회의 가르침이었다. 따라서 여러 교파들도 그것을 받아들여 가르쳤다. 기독교 초기엔 그노시스파(영지주의)와 마니교

도들의 세력이 컸고, 그들은 윤회설을 가르쳤었다. 그노시스파들은 윤회와 환생을 가르쳤고, 그것은 불교의 가르침과 비슷했다. 마치 부처님이 되기 위해 불교의 수행자들이 고행을 쌓는 것처럼 스스로 그리스도가 되려고 노력했다고 한다. 그러나 종교와 권력이 결탁하면서 윤회를 가리키던 당시의 용어인 '선재론(先在論)'의 개념이 교회신학에서 삭제되었다.

서기 4세기에 콘스탄티누스 대제는 기독교를 공인하면서 신약성경에 실려 있던 윤회에 대한 언급들을 일체 없애기로 결정했다. 서기 325년의 니케아 공의회 이후에 모든 복음서에서 환생을 암시하는 구절들을 완전히 삭제해버렸다.

6세기경 동로마제국의 폭군 유스티니아누스 황제는 독단적으로 윤회설을 이단이라고 멋대로 결정했다. 서기 553년에 콘스탄티노플 공의회를 소집하여 환생사상을 가르쳤던 오리게네스와 그의 지지자들을 이단으로 규정하였던 것이다. 그리고 당시의 용어인 '선재론'의 개념이 교회신학에서 완전히 삭제되었다.

아마도 로마의 황제들이 이런 억압을 가한 이유는 개인적인 노력과 수행으로 영혼의 구원이 가능하다면 황제의 권위가 무너진다는 정치적 우려가 크게 작용했기 때문일 것이다. 이런 이유로 로마의 황제들은 윤회사상을 왕권에 대한 도전으로 간주하고 자신들을 신격화하는 데 방해가 된다고 생각했던 것이다. 하지만 기독교 이전부터 윤회설을 믿는 사람들은 많았다.

고대에서는 그리스의 소크라테스와 플라톤, 피타고라스, 그리스의 신학자 오리게네스, 성아우구스티누스, 알렉산드리아의 클레멘스 등이 있다. 특히 서양철학의 뿌리를 이루는 그리스의 플라톤(BC427~347)은 자신의 여러 저서에서 인간 영혼의 존재와 윤회전생에 대해 많은 가르침을 남겼다. 그리고 서양의 대표적인 지성들 가운데에는 쇼펜하우어, 헤겔, 볼테르, 에머슨, 발자크, 베토벤, 나폴레옹, 톨스토이, 벤저민 프랭클린, 헨리 포드 등이 윤회론을 믿었다. 로마들 황제들 중에서 특히 콘스탄틴 황제는 기독교에 전생과 윤회를 완전히 자취를 감추게 만든 큰 죄인이다.

이 콘스탄틴 황제 때문에 기독교는 전생과 윤회를 무조건 이단으로 매도하고 있다. 그리하여 기독교는 배타적인 관념에 세뇌를 당하여 전생과 윤회를 부정하게 된 것이다. 그러나 거짓과 진실은 반드시 밝혀져야 하며, 성경에서 삭제된 말씀들은 모두 원래대로 복원되어야 한다. 천주교와 기독교에 다니는 사람들은 우주의 진리를 똑바로 새겨야 할 것이다.

내가 세 번째 임사체험에서 본 지구의 감춰진 모습은 가히 충격적이었다. 지금은 조금씩 알려지기 시작한 그림자 세계 정부의 어둠의 실체를 보았기 때문이다. 세계 정치와 경제, 언론, 종교의 80% 이상을 장악하고 있는 사악한 외계인과 결탁된 세력이었다.

내가 세 번째 임사체험 때, 전생의 수호령 스님들과 함께 UFO를 보았다. 흔히 '미확인 비행물체'란 뜻으로 보통 우주인(외계인)들이 타고 오는 비행물체를 말한다. 이 UFO는 지구 밖 세계나 지하세계에서 오는 것으로 원반형·접시형·토성형·구형 등 다양한 형태가 있다.

자유자재로 텔레파시를 통해 매우 빠른 속도로 비행하며 우리의 과학 상식을 뛰어 넘는다. 우주는 어느 세계나 빛과 어둠이 공존한다. 이 외계인들도 선한 세력이 있고, 악한 어둠의 세력이 있었다. 그림자 정부와 결탁한 외계인들은 악한 어둠의 세력들이었다.

지구에서 발견된 UFO에 대한 연구가 본격화된 것은 1947년 6월 미국인 실업가 케네스 아놀드가 9개의 이상한 비행물체를 목격한 것이 보도되면서부터이다. 현재 UFO 목격이나 외계인에 대한 접촉은 거의 모든 나라에서 일어나는 현상으로 지난 30년간 총 8만 건 이상이나 된다. 추락한 UFO가 실제 발견된 건수만도 지금까지 30건 이상이 된다. 그러므로 죽은 외계인 시신은 물론 생존한 외계인도 여러 명 있었던 것으로 알려지고 있다. 우리에게 잘 알려진 영화 〈ET〉에 나오는 외계인의 모습은 미공군기지에 보관되어 있던 외계인의 사체를 본떠 만든 것이라고 한다.

그러나 오늘날 지구에 살고 있는 많은 사람들은 UFO의 존재를 잘 모르거나 믿지 않고 있다. 그 이유는 그림자 정부에서 UFO와 외계인에 관한 정보를 은폐하고 있기 때문이다. 그들은 태양계의 별 중에서 생명체가 존재할 수 있는 환경의 별은 지구뿐이며, 다른 별에는 생명체가 절대로 존재하지 않는다고 교육시키고 세뇌하고 있는 것이다. 그리고 지구 문명보다도 고도로 진화한 우주 문명의 실상을 아는 것을 극도로 숨기고 있다. 미국을 비롯한 서구사회는 '기독교 정신'을 종교 세력의 버팀목으로 삼고 있다. 일례로 미국의 대통령은 취임 시 성경에 손을 올리고 서약을 한다. 그런데 외계의 별에 지구와는 비교할 수 없이 고도로 진화된 문명을 가진 생명체들이 존재한다는 것은 기독교 교리에 정면으로 부딪친다. 또한 서구사회에 가치관의 혼돈을 가져오고 정신적 대공황, 사회체제의 붕괴까지 초래할 가능성이 있는 것이다.

그 이유는 기독교 사상의 근본에는 이 우주에서 유독 지구만이 생명이 꽃피는 유일한 행성으로 묘사되어 있다. 그리고 지구인만이 하느님의 형상대로 창조된 신의 은혜를 입은 유일한 생명체라는 사상이 전제되어 있기 때문이다. 그런데 지구와 비교할 수 없이 고도로 진화된 외계문명의 실체가 드러나면 기독교의 모든 교리가 송두리째 흔들리고 마는 것이다. 또한 우주탐사를 주도해온 미국과 소련은 공동밀약을 맺어 달과 화성, 금성 등 우주탐사 내용을 왜곡하여 발표하고 있다. 신병기의 개발을 위해 군사적 우위를 확보하기 위해서 UFO 정보를 적극 은폐하고 있다.

UFO와 외계인에 대한 진상 은폐를 행하는 미·소 양국 정부와 NASA를 뒤에서 조종하고 있는 세력이 그림자 세계 정부이다. 이들은 악한 어둠의 외계 세력과 오래 전부터 결탁하여 세계 80% 이상의 종교, 경제, 교육, 문화 사업을 장악하고 있다. 악한 어둠의 외계 세력과 오랜 시간 결탁해 온 주요 세력들은 '고급 프리메이슨'과 '국제 유태인 신디케이트'라는 세력이다.

'고급 프리메이슨'은 유태인에 의한 정치 경제적 세계 지배를 목적으로 결성된 지하비밀결사 조직이다. 현재 전 세계에 걸쳐 거미줄 같은 하부조직망을 가지고 있다. 이 세력의 배후에는 미국의 록펠러, 유럽의 로스차일드가, 그리스 오나시스 등의 거대한 유대인 재벌 세력들이 버티고 있다.

미국의 역대 대통령 중 거의 대부분이 프리메이슨 출신이다. 세계 여러 나라의 대통령들은 이 세력들에게 조종되고 있다. 암살당한 미국의 케네디 대통령은 예외로 유대계가 아닌 앵글로색슨계였다.

이 비밀 조직의 최고 상부 세력과 악한 어둠의 외계 세력이 결탁하여 지구의 80%를 장악하고 있었던 것이다. 영적인 세계를 믿지 않고 세뇌를 당한 많은 사람들은 그림자 정부에 의해 악한 외계 세력의 통제 아래 종교와 교육, 방송매체 등을 통해 장악당했다. 그리하여 그들 본래의 밝은 빛을 잃어버리고 말았다. 우리의 근본은 영원불멸한 신성한 존재이다. 신성한 영혼의 자리를 찾아 자신 안에 있는 영적인 세계의 진실을 찾아야 한다.

우리는 영원히 존재하는 영원불변한 빛이다. 어둠의 세력은 결코 참된 빛을 이길 수 없는 법이다.

영적인 우리의 내면 세계야말로 환한 빛으로 가득 찬 불변의 자리이고 마침내 돌아가야만 하는 진리의 자리인 것이다.

05

죽음은 새로운 출구이다

이 세상을 살아가는 대부분의 사람들에게는 죽음이란 단어는 생각하기도 싫은 공포로 다가오는 경우가 많다. 하지만 어린 시절부터 몇 번의 죽음을 경험하고 임사체험을 하고 난 후, 영혼의 참모습을 보게 된 내게 죽음은 새로운 의미로 다가왔다. 신비롭고 존귀한 영적인 존재를 깨달아가는 과정이 내겐 큰 성취감을 안겨주었다.

남산 기슭에 있는 큰 바위에서 떨어져서 완전히 의식을 잃고 난 후 전생의 일들을 봤을 때에도 죽음은 새로운 출발점이라는 것을 더욱더 잘 알게 되었다. 그동안 내가 만나게 된 수많은 죽음들이 다 소중한 가르침을 주었지만, 특히 우리 어머니의 죽음은 새로운 깨달음을 남겼다.

나의 어머니는 남다른 내력을 가진 집안에서 태어났다. 대대로 북에서 명산대천에 암자를 지어놓고 기도와 수행을 하시면서 중생구제를 많이 하셨다고 한다. 전쟁 통에 남한으로 내려오셔서 할아버지와 할머니는 지리산 근처에 자리를 잡으셨다.

어린 시절부터 할아버지와 할머니가 수행하며 기도 다니시는 모습을 많이 보며 자랐던 우리 외할머니는 수행의 길을 강하게 거부했다. 우리 외할머니는 부모님의 반대를 무릅쓰고 17살의 나이에 이웃 마을 총각과 결혼을 하였다. 하지만 어린 시절부터 강한 신병의 증상을 앓고 있었던 외할머니는 거의 누워서 지내는 날이 많았다고 한다.

신병의 고통을 도저히 견디기가 힘들어지면 친정집을 찾아와서 할아버지, 할머니와 함께 명산을 찾아다니며 기도를 다니셨다. 그런 생활을 반복하면서 우리 외할머니는 세 명의 아이를 낳았다. 일상적인 생활을 잘 해내지 못하자 엄격한 시댁 어른들에게 구박을 많이 당하셨다.

그러던 중, 친정 부모님이 두 분 모두 돌아가시자 우리 외할머니의 신병의 증상은 더욱 강해졌다. 우리 외할머니는 영적인 길을 강하게 거부하면서 끝까지 버티셨다. 시부모님의 엄한 시집살이도 견디기 힘들었을 어린 나이에 신병까지 앓으시는 힘든 나날을 보내셨다. 그런 와중에 철

썩 같이 믿고 있던 외할아버지는 딴살림을 차리시고 집에는 아예 들어오지도 않았다.

외할아버지의 외도로 큰 충격을 받은 우리 외할머니는 신변을 비관하여 강한 농약을 마시고 이 세상을 떠나셨다. 그때 나의 어머니는 8살 정도 되었을 무렵이었다. 국민학교를 마치고 집으로 돌아와 보니, 안방에서 외할머니는 숨져 있었고 동네 사람들이 초상 치를 준비를 하고 있었다고 한다. 마당에서는 6살인 우리 이모와 4살이 된 외삼촌이 철모르고 뛰어 놀고 있었다.

그 모습을 바라보고 있던 어머니는 그대로 쓰러져서 삼 일 후에 의식을 되찾았다고 한다. 엄하고 괴팍한 성격의 친할아버지와 할머니 아래서 자라게 된 어머니는 어린 시절부터 건강이 좋지 않았다. 외할머니가 돌아가신 후에는 우리 어머니에게 더욱 강한 신병 증세가 나타나기 시작했다. 어린 시절 어머니는 힘없이 방 안에 누워 있다가도 수호령이 이끄는 힘에 이끌리게 되면 정신없이 산 속을 헤매고 다니셨다.

엄격한 친할아버지도 그런 어머니를 막지 못할 정도로 괴력의 힘을 발휘하셨다. 산속을 헤매고 난 뒤에는 신병의 증세가 호전되고, 시일이 지나면 반복되는 과정이 계속되었다.

그러던 따뜻한 봄날, 친할머니가 우리 어머니에게 빨래터에 가서 동생 옷들을 빨아오라는 심부름을 시키셨다. 엄격한 할머니를 따르지 않았던 우리 이모는 나의 어머니와 함께 시냇가로 향했다.

삼 일 전에 큰 폭우가 쏟아졌던 시냇가는 물살이 굉장히 불어나 있었다고 한다. 나의 어머니가 시냇가에 앉아 빨래를 하는 사이에 근처에서 놀고 있던 6살된 어린 이모가 그만 발을 헛디뎌서 시냇가에 빠지고 말았다.

시냇가 주위에 피어 있는 들꽃들을 꺾으려다가 발을 잘못 디뎌 미끄러져버린 것이다. 며칠 전에 심한 폭우가 쏟아져 내렸던 터라 시냇가에는 물살이 빠르게 흘렀다. 나의 어머니는 빨래를 하다 말고 비명소리에 놀라 이모가 빠져버린 시냇가로 달려갔지만 8살밖에 안 된 어머니는 거센 물살 앞에서 주저앉았다.

주위에 도움을 청하려고 하였지만 그날 따라 동네 어른들이 다 밭일을 나가서 시냇가에는 아무도 보이지 않았다. 나의 어머니는 목 놓아 어린 동생을 부르며 시냇가 주위를 달려갔지만 이미 동생은 거센 물살에 휩쓸려 보이지 않았다고 한다. 눈앞에서 어린 동생이 세상을 떠난 비극은 평생 우리 어머니 가슴에 깊숙이 박힌 멍에가 되었다.

다음 날 옆 동네 시냇가로 떠밀려온 이모의 시신이 발견되었고, 나의 어머니는 큰 충격을 받고 한 달간 방 안에서 일어나지 못했다. 그런데 이모가 세상을 떠난 지 석 달도 되지 않아서 막내 외삼촌이 큰 열병을 앓다가 열흘 만에 숨을 거두게 되었다.

동네 사람들은 우리 외할머니가 이모와 삼촌을 저승으로 데리고 간 것이라며 안타까워했다. 엄격하고 괴팍하던 친할아버지와 할머니는 연달아 비극적인 일이 벌어지자 큰 충격을 받고 일 년 간격으로 이 세상을 하직하셨다.

다른 동네에서 딴살림을 차려서 살고 있던 외할아버지는 부모님이 다 돌아가시자, 나의 어머니를 데려가셨다. 하지만 계모의 따가운 눈총과 구박이 심해지자 어머니는 이모가 살고 계신 안양으로 올라갔다. 그곳에서 집안일을 돕고 사촌 동생들을 돌봐주며 학교를 다니셨다.

하지만 점점 심해지는 신병 증상 때문에 결석하는 날이 더 많았다고 한다. 날이 갈수록 피골이 상접하는 어머니의 모습에 걱정이 된 이모는 안양에서 가장 용한 무당에게 상의를 하였다. 그 무당이 우리 어머니를 보더니 당장 큰 절에 출가시키라는 계시를 내렸다. 하지만 외할머니와 마찬가지로 나의 어머니도 끝까지 영적인 길을 거부하셨다.

내가 어릴 적에 항상 힘없이 누워 있는 어머니를 바라보면서 나의 어머니가 아프고 힘없는 분이라는 생각을 했었다. 하지만 내 나이 오십이 넘는 지금 다시 돌이켜 생각해보니 어머니는 가장 강한 분이셨다.

사실 신병의 고통이란 겪어보지 않은 사람들은 감히 짐작할 수 없는 것이다. 마치 한 번도 아이를 낳아보지 않았던 사람에게 산고를 설명하는 것과 비슷한 이치이다. 나는 신병의 고통도 다 겪어보았고, 두 명의 아이를 낳는 산고도 경험했다. 하지만 신병에서 오는 괴로움과 고통은 산고에 비교할 수 없이 더욱 강했다.

아이를 낳는 고통은 하루나 이틀 정도 통증을 겪고 난 후, 출산 후에는 끝이 난다는 희망이 있다. 하지만 신병은 언제 끝날지 기약할 수 없는 공포의 날들이 이어진다. 온몸이 칼날로 찌르는 듯하고 도끼로 찍히는 듯한 고통은 겪어보지 않은 사람들은 짐작도 할 수 없을 것이다.

냉수만 마셔도 속이 다 뒤집혀지고, 잠도 제때 이룰 수 없는 그 고통은 직접 겪어보지 않고서는 결코 알 수가 없다. 외할머니가 돌아가신 후 더욱 강한 신병의 증상으로 힘들어하던 어머니는 견디다 못해 이모와 함께 평창군에 있는 오대산 기도터로 백일기도를 떠났다. 우리 어머니는 완전히 영적인 길로 들어가서 수행하는 것은 강하게 거부하였다. 하지만 명산대찰에 자주 기도를 드리러 가는 것은 굉장히 좋아하셨다.

안양에서 유명한 무당에게 나의 어머니의 증상을 상의하러 갔던 이모는 출가시키라는 계시를 받았었다. 하지만 어머니가 강하게 거부하자 난감해진 이모는 다시 그 무당에게 다른 방법을 의논하러 가셨다.

그러자 평창에 있는 오대산 방아다리 약수터에 있는 약수를 마시고, 백일동안 기도를 드리면 신병의 증상을 몇 년 동안 잠재울 수 있다는 계시를 받게 되었다.

죽음보다 더한 신병의 고통을 이겨내고자 나의 어머니는 오대산으로 새로운 출발을 위한 백일기도를 떠났던 것이다.

06

우리는 언제나 혼자가 아니다

오대산(五臺山)은 풍경이 빼어난 산으로, 강릉시, 홍천군, 평창군에 걸쳐져 있다. 태백산맥에서 서쪽으로 뻗는 차령산맥의 시작점에 우뚝 솟아 있다. 주봉우리인 비로봉 외에도 호령봉(1,531m) · 상왕봉(1,491m) · 두로봉(1,422m) · 동대산(1,434m) 등 높게 솟은 산봉우리가 많다. 이 다섯 봉우리와 일대의 사찰들을 일컫는 평창 오대산 지구와 노인봉(1,338m) 일대의 강릉 소금강 지구로 나눌 수 있다.

신라가 삼국을 통일하기 직전에 자장율사가 수도한 중국의 오대산에서 유래했다고 전해지고 있다.

자장율사가 다섯 봉우리가 있는 오대산에 부처님 진신사리를 모시고 절을 지은 자리가 바로 오대산 적멸보궁이 되었다.

오대산의 맑은 정기를 담은 방아다리 약수는 우리나라 3대 약수 중 가장 유명한 효험을 가지고 있다. 오대산 방아다리 약수에는 흥미로운 전설이 전해져 내려온다.

옛날 한 노인이 큰 병을 얻어 고생을 하다 방아다리 근처에 이르렀다. 이곳에서 기거하며 산신기도를 드리던 백 일째 되는 밤이었다. 꿈속에 산신령이 나타나서 "네가 누워 있는 자리를 파보아라."라는 현몽을 내리셨다고 한다. 잠에서 깨어난 노인은 산신님의 계시에 따라 땅을 파기 시작했다. 얼마 지나지 않아 그 구덩이에서는 맑은 물이 차오르기 시작했다. 노인이 그 물을 마시자 점차 정신이 맑아지고 원기가 회복되어 오랫동안 앓던 병이 씻은 듯이 나았다고 한다.

이 오대산 방아다리 약수는 조선 숙종 때부터 위장병과 피부병 등에 효과 좋은 물로 인정을 받아왔다. 오대산에서 백 일 동안 약수를 마시면서 백일기도를 드린 나의 어머니는 많은 효험을 보았다. 오대산에서 백일기도를 마치고, 이모와 함께 안양으로 돌아온 어머니는 그 뒤부터는 정상적인 생활을 해나갈 수 있었다고 한다. 이모가 하는 가게를 도와주며 생활하던 어머니는 지인의 소개로 우리 아버지를 만나게 되었다.

첫눈에 반한 두 사람은 만난 지 석 달도 되지 않아 혼인신고를 하셨다. 맏이인 나를 낳고 2년 간격으로 동생들을 낳으셨다. 내가 일곱 살 무렵이 되자 우리 어머니의 신병 증상이 다시 시작되었다. 그리고 아버지의 술주정과 폭행도 그 무렵부터 더욱 심해지기 시작했던 것이다. 나의 어머니는 신병 증상이 악화될 때마다 유명한 명산 기도터를 찾아가 백일기도를 하며 간신히 버텨나가고 있었다.

그러던 어느 날, 내가 고등학생이 되었을 때에는 그동안 나타났던 증상보다 더욱 악화되어 어머니는 사경을 헤매는 지경에 이르렀다. 큰 절에서 불공을 드리고, 용한 무당을 불러 큰 굿도 해봤지만 전혀 소용이 없었던 것이다. 그때 우리 수호령 할아버지와 할머니께서 내게 소백산 구인사로 백일기도를 떠나라는 계시를 내려주셨다. 아버지가 친지들에게 여비를 융통하여 내가 어머니를 모시고 소백산으로 향했다. 구인사에서 백일기도를 드리자 우리 어머니의 증상은 차츰 나아지면서 생명의 기운이 다시 살아나기 시작했다. 백일기도를 시작한 지 석 달이 다 되어갈 무렵, 그곳에서 송현 선생님을 만나게 되었다. 전생에 금강산에서 우리 수호령 할아버지와 송현 선생님의 수호령 할아버지는 함께 도를 닦았던 절친한 사이였던 것이다.

가장 중요한 시기에 소백산에서 다시 만나게 이끌어주셨다. 송현 선생님은 서울에서 큰 철학관을 운영하였다. 한 달에 두세 번 명산대찰에 기도를 하러 내려오셨는데 이번에는 소백산으로 가라는 계시를 받았다고 했다. 관상을 보는 데 타고난 재능을 가지고 계셨고, 우리 어머니를 보자 아주 어린 시절부터 영적인 길로 가야 했던 운명이라고 했다. 나를 보시더니 대대로 내려오는 수행의 기운이 내게 다 집중되니 당분간 절에서 출가수행을 하면 어머니의 신병은 20년 동안 괜찮아질 거라고 하셨다.

하지만 우리 어머니가 60세가 되는 해 다시 신병의 고통이 재발하면, 그때는 피해가기 어려울 것이라는 계시를 전해주었다. 나는 십여 년 동안 출가생활을 하다가 다시 세상으로 나와서 더 큰 사명을 이루어나간다는 말씀을 전했다.

마침, 송현 선생님 언니가 스님이셔서 나를 그곳으로 주선해주셨다. 금강암에서 시작한 출가생활은 새벽 세 시부터 밤늦게까지 몸이 몇 개라도 부족할 정도로 바쁜 시간들이었다. 비록 몸은 많이 고달팠지만 마음만은 내 집에 돌아온 것처럼 편안했다. 그렇게 바쁘게 출가생활을 보낸 지 2년이 지난 어느 날, 금강암 주지스님이 중풍으로 쓰러지는 안타까운 일이 벌어졌다. 서울에서 송현 선생님이 주지스님을 시설 좋은 요양원으로 모시고 올라갔다. 내게는 금산 보리암으로 백일기도를 떠나면 평생 나를 이끌어주실 스승님을 만나게 된다는 말씀을 남겼다.

금산 보리암에서의 백일기도 시간은 나의 영적인 수행에 높은 진보를 가져다 주었다. 백일기도가 끝나기 삼 일 전이었다. 보리암에서 참선기도를 하시던 스님이 나를 보더니 "수덕사로 가십시오."라는 계시를 주신 것이다.

어린 시절부터 경허 큰스님과 만공 큰스님의 책을 많이 읽은 나에게는 수덕사는 동경의 대상이었다. 그 후 금강암에서는 일엽 큰스님의 『청춘을 불사르고』라는 책을 읽고 나서 수덕사에 더욱더 심취해 있었다.

보리암 백일기도를 마친 후 나는 떨리는 가슴으로 수덕사로 향했다. 만공 큰스님의 법맥을 이어받은 일엽 큰스님이 주석하셨던 수덕사 환희대로 가는 길은 기쁨으로 가득했다. 그리고 수덕사 환희대에서 평생 나를 이끌어주실 은사스님을 만나게 되었던 것이다.

그 후 경주 남산에 있는 토굴과 강원도를 오고 가며 스승님과 10년 동안 수행과 기도에 매진하였다. 나의 스승님이 이끌어주시는 대로 수행과 기도에 열심히 전념하고 있던 중 우리 수호령들께서 새로운 계시를 내리셨다. 이제는 더 큰 세상에서 새로운 출발을 할 때가 왔다는 것이다.

며칠이 지난 후 송현 선생님으로부터 연락이 왔다. 그동안 서울에서 운영하던 상담실을 안산으로 옮기셨고, 몸이 좋지 않아서 내게 맡기신다는 소식이었다.

1년 전부터 몸이 많이 편찮으신 송현 선생님은 명산대찰에서 기도에 전념하시고, 안산 묘법사 상담실은 내가 운영하게 되었다. 은사스님께 허락을 맡고 나는 묘법사 상담실로 옮기고 다시 세상으로 나와서 더 큰 사명을 감당하기 위한 역경들과 맞섰다.

송현 선생님의 소개로 결혼을 했고, 두 아이를 낳게 되었다. 사실 결혼하고 두 아이를 키우는 과정은 그동안 출가생활에서 오는 고난보다 더욱 강한 시련들을 내게 주었다. 그런 역경들을 헤쳐나가는 과정에서 나는 더 크게 성장할 수 있었다.

다시 세상으로 나온 나는 변함없이 기도와 수행을 하며 주위의 많은 도움으로 묘법사 상담실을 운영해나갔다. 그러던 중 나의 어머니가 60세가 되던 해 그 비극적인 일이 벌어졌다.

예전과는 비교할 수 없는 신병의 강력한 증상이 다시 재발되신 어머니가 투신을 하신 것이다. 나의 어머니가 투신으로 이 세상을 떠나신 후 내게는 새로운 영적인 변화가 찾아왔다. 어머니의 죽음은 나에게 더 넓은 세상으로 향하는 영적인 깨달음의 문을 크게 열어주었던 것이다.

어린 시절부터 나를 지켜주시던 수호령들의 영적인 기운은 어머니의 죽음 이후 더욱 강해졌다. 그리고 수없이 많은 어려움이 내 앞에 찾아올 때마다 수호령이 되어 내 곁을 지켜주는 어머니의 강한 영적인 보살핌으로 다 이겨낼 수 있었다.

그 후 출가생활을 할 적에도 은사스님의 자비로운 가르침으로 인해 수행과 기도에 전념할 수 있었다. 다시 더 큰 세상으로 나오라는 계시를 받았을 때에도 송현 선생님의 도움으로 상담실과 묘법사 포교당을 잘 운영할 수 있었던 것이다. 묘법사 포교당을 운영하며 수많은 사람들을 상담하고 한 달에 보름 동안 기도를 다니는 생활을 할 때, 주변의 많은 신도분들이 육아를 도와주지 않았다면 혼자서는 결코 해내지 못했을 것이다.

우리는 언제나 혼자가 아니며 서로 연결되어 있는 존재이다. 항상 내 주위에서 나를 도와주는 많은 분들이 계셨기에 지금의 내가 존재할 수 있는 것이다.

07

내가 찾게 된 평화

나는 어머니의 비극적인 죽음의 충격에서 벗어나 평화를 되찾기까지 더욱 기도와 수행에 전념하였다. 한 달에 반 이상은 은사스님이 수행하시는 강원도 깊은 토굴에서 기도에 매진했다.

다시 넓은 세상 속으로 돌아와 두 아이를 낳았지만 출가 시절과 다름 없이 많은 시간 동안 기도를 드리며 열성을 다했다. 송현 선생님의 배려로 안산에서 묘법사 상담실을 운영하였는데 수많은 사람들이 상담을 하러 나를 찾아왔다.

그 중 상당수가 가족들의 비극적인 죽음을 마주하고. 그 괴로움에서 벗어날 방법을 문의해오셨다. 우리 외할머니와 어머니, 그리고 순옥 언니도 자살로 이 세상을 하직했다.

어린 시절, 가장 절친했던 순옥 언니의 자살 현장을 맨 처음 목격했던 나는 오랜 시간 죄책감에 시달렸었다. 순옥 언니에게 다가온 죽음의 징표를 보았지만 지켜주지 못했다는 자괴감에 괴로워했다. 묘법사 상담실로 가족을 자살로 떠나보낸 후 찾아오시는 분들도 극심한 죄책감을 가지고 있었다.

사실 가족과 친한 지인을 자살로 떠나보낸 상실감은 스트레스 지수 중에서도 최고의 단계이다. 이 상실감의 감정으로 심각한 우울증 증상을 보이는 경우가 많다. 특히 상실이 갑작스럽고 전혀 예측하지 못한 경우일 때는 더욱 그런 경향이 강해진다.

자살에 이르도록 가족과 지인이 고통스러워 했음에도 정작 자신은 아무것도 하지 못했다는 자책감이 크기 때문이다. 어린 시절 순옥 언니를 죽음으로부터 지켜주지 못한 죄책감에 나는 오랜 시간 동안 괴로워했었다. 특히 나는 순옥 언니의 죽음의 징표를 미리 보았기에 괴로움은 더욱 컸다. 나를 찾아오셨던 자살 유가족분들과 지인분들도 비극을 미리 막지 못한 것에 대해 죄책감을 크게 가지고 있었다.

다른 질병으로 인해 가족이나 지인을 잃을 경우에는 이별을 준비할 마음의 시간을 가질 수 있다. 하지만 자살은 급작스러운 결별이므로 어떤 준비도 하지 못한 채 갑작스러운 이별을 맞이하게 된다. 주위에 자살자에 대한 편견과 불편한 시선까지 더해져 그 괴로움은 더욱 커진다. 다른 유족들에 비해 자살 유가족과 지인들은 고통과 슬픔을 표현할 기회도 거의 가지지 못하게 된다. 가족이나 지인의 자살 현장을 목격하고 시신을 발견한 경우에는 더욱 심한 충격을 받는다. 어린 시절 순옥 어머니와 언니의 죽음을 직접 발견하게 된 나는 오랫동안 죄책감과 충격에 시달렸었다. 그 이후 임사체험을 통해 순옥 언니와 어머니를 만나고 난 후 평화를 되찾을 수 있게 되었다. 우리 묘법사 상담실을 찾는 많은 분들이 가족이나 지인의 자살로 인한 죄책감에 시달리고 있었다.

우리나라는 10년 넘도록 경제협력개발지구(OECD) 회원국 중 자살률 1위를 기록하고 있다. 이런 높은 자살률을 낮추려면 자살 유가족과 지인들의 관리가 중요하다. 가족이나 친한 지인이 자살하면 심각한 우울과 불안을 겪게 되는데 이를 극복하지 못하면 또 다시 자살로 이어지는 극한 상황에 처할 수 있다.

몇 년 전, 우리 묘법사 상담실로 지인분이 소개했다며 43세의 여자분이 찾아오셨다. 극심한 절망감을 담은 얼굴로 1년 전 겨울 남편이 자살했다면서 두 시간이 넘도록 펑펑 울었다. 3년 전 20년 가까이 다니던 회사가 어려운 상황에 처해 정리해고를 당한 남편이 오랫동안 직장을 구하지 못한 삶을 비관하다 스스로 목숨을 끊었다고 한다. 그 여자분은 남편이 "우리 다 같이 죽을까?"라는 말을 자주하자 고등학생인 아들 장래를 생각해서 정신을 바짝 차리라며 심하게 다그쳤다고 한다. 직장이 오랫동안 안 구해지자 너무 힘든 나머지 푸념을 늘어놓는다고 생각했지, 남편이 정말 자살할 거라고는 꿈에도 생각을 못 했다고 했다.

시댁 식구들과 친지들도 온통 죄인 취급을 하는 통에 정작 본인의 괴로움은 호소할 곳이 없었다고 한다. 그리하여 직장이나 주변인들에게는 남편의 사인을 심장마비라고 둘러댔다고 한다. 시댁과 친지들은 "오죽 남편에게 못 되게 굴었으면 자살을 했을까."라며 색안경을 끼고 쳐다보았다. 이제 고등학생인 아들의 양육 책임도 혼자 져야 했기에 휴직하여 정신 치료를 받고 싶었지만 포기했다고 한다. 겉으로는 직장에 열심히 다니고, 아이를 돌보고 있지만 죄책감과 우울감으로 죽고 싶은 마음뿐이라며 오랫동안 흐느껴 울었다.

남은 자들의 그 고통은 어쩌면 죽은 자보다 더욱 클지도 모른다. 그분은 가슴속에 쌓인 응어리를 다 토해내듯이 아프게 울었다. 한참의 시간이 흐르자 진정이 되신 듯 나를 향해 이제 남편은 편안하게 잘 지내는지 궁금하다고 상담을 해오셨다. 그 여자분이 우리 상담실에 들어올 때부터 머리가 깨질 듯 아파왔던 나는 남편이 투신하셨는지 물어보았다. 내 질문에 깜짝 놀라면서 "투신했다고 말씀드리지 않았는데 어떻게 아셨어요."라며 놀라워했다.

우리 묘법사에 들어왔을 때부터 머리가 깨어질 듯 아팠다고 하자 25층 아파트 옥상에서 투신했다고 하며 울먹이셨다. 자신이 책임져야 하는 아들만 없었다면 남편을 따라가고 싶다는 생각을 1년 넘도록 했다고 한다.

시댁은 무교이고, 친정 부모님은 불교이신데 본인은 특별한 종교를 가지고 있지는 않다고 했다. 결혼하기 전에는 독실한 불교신자이신 부모님을 따라 1년에 몇 차례 절을 방문했던 것이 전부였다. 그런데 남편이 투신으로 세상을 떠나자 마음의 고통을 홀로 견디다 못해 지인분 소개로 우리 묘법사를 찾아온 것이었다. 사실 나는 그분 남편의 모습을 우리 묘법사에 들어올 때부터 보았다.

우리의 육체는 영혼과 가느다랗고 빛나는 긴 줄로 이어져 있다. 이 육체와 영혼을 이어주는 하얀 줄이 질병이나 사고, 또는 자살로 인해 끊어지게 되면 우리는 죽음을 맞이하게 된다. 영혼은 차츰차츰 빠져나와서 그 육체의 밖에서 모습을 나타낸다. 죽음을 맞이하게 되면 하얀 줄에서 빛나던 빛이 꺼지게 된다. 우리의 육신에서 영혼이 완전히 떠나는 데 걸리는 시간은 사람들마다 다르다. 보통 사람들은 사흘 정도가 걸리지만 수행의 정진력을 많이 닦은 분들은 순식간에 영혼이 분리된다.

우리의 몸에는 세 가지 종류가 있다. 물질적인 육신과 욕망으로 구성된 욕망체, 그리고 불멸의 영혼으로 이루어져 있다. 사람들이 죽음에 이를 때는 세 단계를 거쳐야 한다.

첫째, 육체는 매장이나 화장으로써 분해되어야 한다.
둘째, 욕망체는 마음의 한을 다 풀고 편안하게 허공에서 빛으로 분해되어야 한다.
셋째, 불멸의 영혼은 영계로 인도되어야 하는 것이다.

흔히 우리나라에서 귀신을 보았다는 목격담이 수없이 많이 전해지고, 외국에서도 유령을 직접 봤다는 체험담이 많다. 그 귀신이나 유령의 정체가 바로 우리의 두 번째인 욕망체에서 비롯된다.

살아생전 주위에 많은 배려와 공덕을 쌓은 사람들은 욕망체가 쉽게 분해된다. 하지만 사람에게 병적인 집착을 가지거나 물질에 대한 탐욕이 강한 경우에는 지박령으로 남아서 분해되지 않는 경우가 자주 발생한다.

그 탐욕과 집착이 크면 클수록 사람들의 눈에도 잘 띄게 되는 것이다.

내가 출가했을 때의 일이다. 우리 묘법사에서 삼십 분 거리에 살던 남산댁 할머니가 심장마비로 돌아가신 일이 있었다. 30년 전에 혼자 되셔서 농사를 지으며 세 아들을 키워낸 할머니는 몇십 년 된 세간살이를 하나도 버리지 않으셨다. 얼마나 세간살이에 애착이 많으셨는지 자식들이 새 것을 사준다고 해도 예전 살림살이를 손도 못 대게 하셨다.

그러다가 심장마비로 돌아가시자 자식들이 전부 할머니 세간살이를 내다버리고 정리를 했다. 그날 밤 자식들의 꿈에 나타나셔서 노기 띤 얼굴로 당장 그 세간살이를 갖다놓으라고 호통치시는 꿈을 연속해서 꾸었다며 우리 묘법사로 상담을 하러 왔다.

은사스님과 함께 남산댁 할머니의 49재를 지내면서 세간살이에 대한 집착을 놓으시도록 정성껏 기도드렸다. 그 후로는 자식들의 꿈에 나타나는 일은 없게 되었던 것이다.

이처럼 우리가 생전에 어떤 마음가짐으로 살아가느냐는 죽은 후에도 지대한 영향을 끼친다. 남편이 투신하여 그 괴로움에 묘법사 상담실을 찾아왔던 그 여자분에게 영계의 진실을 들려주었다. 혼자 된 부인과 아들이 염려가 되어 남편의 욕망체의 기운이 1년이 넘도록 떠나지 못하고 있다고 전해드렸다. 가족들이 걱정되어 그 주위를 맴돌면서 자주 부인과 아들의 꿈속에 나타났던 것이다. 그 부인은 남편이 편안한 마음으로 떠날 수 있도록 우리 묘법사에 기도를 부탁하셨다.

나는 고인이 마음 편히 갈 수 있도록 아들과 함께 꿋꿋하게 잘 사는 모습을 보여야 한다고 격려했다. 앞으로 고인이 편히 떠날 수 있도록 욕망체를 잘 인도해주는 백일기도를 드리기로 했다.

그다음 날부터 아들이 학교에서 끝나는 시간에 맞춰서 두 사람은 백일 동안 묘법사에서 정성으로 기도를 드렸다. 백일기도가 끝나기 하루 전날 밤, 부인과 아들의 꿈속에 고인이 환한 얼굴로 나타났다고 한다. 이제는 무거운 마음의 짐을 다 놓아버리고 갈 수 있다면서 환하게 웃는 꿈을 두 사람이 동시에 꾼 것이다.

그 후로부터 극심한 우울증과 죄책감도 사라졌고, 아들과도 행복하게 잘 지낸다고 하며 감사의 마음을 전해오셨다. 우리 묘법사에서 백일기도를 마치고 행복한 두 사람을 보고 있노라니 예전의 내 모습이 떠오르며 감동이 밀려왔다.

어린 시절 우리 흰둥이와 순옥 언니를 지켜주지 못했다는 죄책감에 나는 심하게 괴로워했다. 순옥 언니와 우리 흰둥이를 위해 기도하며 지내던 중, 임사체험에서 행복한 영혼의 모습을 만나게 되었을 때, 비로소 나는 죄책감에서 벗어나 평안을 얻을 수 있었다.

그 후 나의 어머니의 죽음에 대한 죄책감에서도 수호령이 되신 어머니의 영적인 보살핌을 크게 체험하면서 평화를 되찾게 되었던 것이다.

08

더 이상 내게 슬픔은 없다

이 세상에서 '어머니'라는 단어보다 더 아름답고 위대하고 슬픔으로 가슴을 울리는 단어는 없을 것이다. 가만히 혼자 앉아서 '어머니' 하고 조용히 불러보아도 가슴이 미어지면서 눈물이 고여온다. 나의 어머니가 투신으로 이 세상을 떠나기 1주일 전, 내게 걸어왔던 마지막 전화가 떠오른다.

"어린 시절부터 엄마가 아파서 부모 노릇을 잘해주지 못해서 미안하다. 엄마가 죽은 후에라도 우리 맏딸 잘 돌봐줄게. 엄마가 정말 미안하다."라고 거듭 사과를 하셨다. 나는 어머니만 건강해지면 더 바라는 게 없겠다고 잘 위로하고는 전화를 끊었다. 그리고 삼 일 후 어머니에게 다가온 죽음의 징표가 나에게 보였던 것이다.

예전에 구인사에서 백일기도를 할 때 송현 선생님에게 어머니가 60세가 되는 해를 넘기지 못할 것이라는 예언이 떠올라 가슴이 무너져 내렸다. 비록 나의 어머니는 죽음을 맞이하여 육신의 몸은 버리셨지만 나의 수호령이 되어 언제나 든든히 내 곁을 지켜주시는 존재가 되셨다.

나의 수호령 할아버지, 할머니와 함께 어머니와 동자 수호령들이 강력한 기운으로 나를 보호해주고 있다. 우리 묘법사 상담실로 신도분들이나 상담 손님들이 찾아오시면 나의 수호령들이 많은 도움을 주신다. 이번에는 우리 묘법사의 오랜 신도 네 분의 가슴 아픈 어머니들의 사연을 함께 나누려고 한다.

첫 번째 신도분은 경기도에서 유통 사업을 하시는 박 사장님의 가슴 시린 어머니에 관한 상담 내용이다. 벌써 15년도 넘은 겨울이었다. 창백한 모습으로 경기도에 사시는 박 사장님이 우리 묘법사 상담실로 들어오셨다.

평소 말이 없고 과묵한 성격의 박 사장님은 그날은 묘법사에 들어 오시자마자 흐느끼기 시작하셨다. 우리 묘법사에 방문하시는 많은 분들이 상담실에 들어서면 눈물이 터져나온다는 말씀을 많이 하신다.

가난한 생선 장사를 하시는 홀어머니 밑에서 자란 어린 시절 이야기를 하며 박 사장님은 하염없이 눈물을 흘렸다. 아버지는 한 푼이라도 더 벌고자 막노동을 하시다 5층에서 떨어져 일찍 세상을 떠나셨다고 한다. 그후 어머니 혼자 생선 장사를 하시며 하나뿐인 아들을 서울에 있는 대학교까지 졸업시키셨다. 어려운 형편으로 인해 국민학교도 졸업하지 못한 어머니는 글자를 읽을 수 없었다. 어린 시절 글도 못 읽고 냄새 나는 생선 장사를 하시는 어머니가 친구들 보기에 창피해서 학교 근처에도 오지 못하게 했다.

가정 환경이 좋은 부인과 결혼하고 나서는 더욱더 혼자 계신 어머니를 찾아보지 않았다. 명절이 돌아오면 하나뿐인 아들을 애타게 기다리실 어머니 생각에 마음이 무거웠지만 잘사는 처갓집과 비교되어 초라해지는 마음에 더욱더 어머니를 외면해왔다고 한다.

그러던 일주일 전, 고향에 계신 작은아버지에게 어머니가 돌아가셨다는 비보를 듣고 장례식을 치른 후 묘법사를 찾아온 것이다. 박 사장님이 우리 묘법사에 들어서자 나는 숨쉬기가 힘들어지면서 쉴 새 없이 기침이 터져나왔다.

한참 후에 박 사장님을 바라보면서 어머니가 폐가 안 좋아서 돌아가셨냐고 물으니 고개를 끄덕이셨다. 몇 년 동안 어머니를 찾아뵙지 못했는데 작은 아버지에게 전해들으니 그동안 어머니가 기침을 심하게 하며 괴로워하셨다고 한다. 주위에서 병원에 가보라고 해도 끝까지 버티시던 어머니를 작은아버지, 작은어머니가 병원으로 강제로 모시고 갔다. 여러 가지 정밀검사를 받은 결과 폐암 말기라는 청천벽력 같은 진단을 받으셨다.

어머니 장례식에서 작은 아버지에게 더욱 가슴 아픈 소식을 듣게 되었다고 한다. 폐암 말기라서 시간이 얼마 남지 않았다는 진단을 받은 어머니는 주위에 친지들에게 절대로 서울에 있는 아들에게 알리지 말라고 당부하셨다.

어머니는 한창 사업에 바쁘고 피곤할 아들에게 끝까지 걱정을 끼치고 싶지 않았던 것이다. 그리고 작은아버지에게 자신의 장례식 비용은 장판 밑에 모아뒀으니 장례비용으로 쓰고 남는 것은 모두 아들에게 꼭 전해달라고 신신당부하셨다고 한다. 잘사는 처갓집에 행여라도 자신의 아들이 기가 죽어서 지낼까 봐 늘 노심초사하며 지냈던 어머니였다. 작은아버지가 어머니의 장판 밑을 열어보았더니, 끝도 없이 많은 지폐들이 쭈욱 널려 있었다.

한글도 읽지 못하고 평생 은행 한 번 가지 않았던 어머니는 생선 장사를 하시며 평생 모은 돈을 모두 장판 아래에 차곡차곡 모아두셨던 것이다. 혹시라도 돈이 상할까 봐 난방도 하지 않고, 추운 겨울에도 전기장판으로 긴 겨울을 보내셨다.

어머니의 장례식을 치르고 난 후 아직도 수북히 남아 있는 어머니의 구겨진 지폐를 바라보며 한참을 통곡했다고 한다. 평생을 혼자의 몸으로 자식의 뒷바라지를 위해 이른 새벽부터 저녁까지 추울 때나 더울 때나 고생하신 어머니 생각에 마음이 무너져 내렸던 것이다.

어린 시절에는 친구들과 선생님께 부끄러워 어머니를 피해 다녔다. 성장하고 결혼하고 나서는 더욱더 초라한 어머니의 행색을 보기 싫어 몇 년 동안 찾아뵙지도 않았던 자신이 너무도 원망스러웠다고 했다. 차마 다른 곳에 쓸 수가 없어서 어머니가 모아놓은 돈을 가지고 우리 묘법사로 찾아오셨던 것이다. 박 사장님 어머니의 애절한 사연에 우리 수호령들께서도 눈물을 지으셨고, 내 가슴도 미어졌다. 마지막 순간까지도 오로지 자식 걱정만 하시다 이 세상을 떠난 그 어머니의 하늘같은 사랑에 가슴이 저렸다.

우리 수호령 할아버지와 할머니, 그리고 어머니는 49재를 지낸 후 백일기도를 함께 하라는 계시를 주셨다. 박 사장님에게 전하니 그동안 찾아뵙지 못했던 자신의 불효를 어머니의 영혼 앞에서 백 일 동안 정성을 다해 기도하겠노라고 눈물로 다짐하셨다.

그다음 날부터 백 일 동안 하루도 빠짐없이 차로 40분 거리를 달려서 우리 묘법사에서 백일기도를 드렸다. 백일기도가 끝나기 삼 일 전, 내 꿈 속에 우리 박 사장님 어머니가 환한 미소를 지으며 나타나셨다. 생전에 아들을 보고 싶었던 소망이 백일기도를 통해서 다 이루어졌다며 활짝 웃으시며 환한 빛으로 사라지는 꿈을 꾼 것이었다. 놀라운 사실은 우리 박 사장님도 똑같은 내용의 꿈을 꾼 것이다. 어머니의 49재와 백일기도를 정성스럽게 마친 박 사장님은 그동안 어머니를 향한 죄책감에서 벗어날 수 있게 되었다며 고마워하셨다.

두 번째 사연은 우리 묘법사의 오랜 신도분이신 오뚜기 님 어머니의 가슴 절절한 사연이다. 어린 시절부터 역경과 풍파를 다 헤쳐나가서 오 뚜기처럼 불굴의 의지로 다시 일어서는 모습에 묘법사에서 '오뚜기'라는 별명을 지어드렸다. 우리 오뚜기 님의 친정어머니는 18살의 어린 나이에 중매로 시집을 오셨다. 오뚜기 님의 아버지는 그 옛날 일본 유학까지 다 녀오신 분이었다. 그런데 성격이 얼마나 까다롭고 화를 잘 내시는지 오 뚜기 님 어머니는 하루도 마음 편할 날이 없었다고 한다.

오뚜기 님이 장녀였고, 세 살 터울의 여동생이 하나 있었다. 내리 딸 둘을 낳자 더욱 가시방석 같은 생활이었는데, 고대하던 막내아들을 낳고 이틀 만에 세상을 떠나셨다.

그 시대에는 다들 집에서 아이를 낳았는데 막내아들을 낳고 하혈이 멈추지 않아 이틀 만에 돌아가신 것이다. 그런데 더 기가 막힌 일은 오뚜기 님의 어머니가 돌아가신 지 일주일도 안 되어 아버지가 새어머니를 들이신 것이다.

그 당시 우리 오뚜기 님이 5살 정도 무렵이었다고 한다. 우리 오뚜기 님의 불행은 그때부터 시작되었다. 태생적으로 아이를 낳지 못했던 새어머니가 특히 맏이였던 오뚜기 님에게 쌓인 울분을 터뜨리며 구박을 일삼았다. 어린 오뚜기 님에게 집안의 모든 설거지와 빨래, 청소들을 다 시켰고 조금만 마음에 들지 않으면 모진 매질을 했다.

추운 겨울날, 속옷만 입혀서 바깥에 몇 시간 동안 세워두는 일도 자주 있었다고 한다. 그 후 중학교도 보내지 않고 14살 어린 오뚜기 님을 공장에 보내어 월급을 모두 새어머니가 가져갔다고 한다. 우리 오뚜기 님이 19살도 되기 전, 새어머니와 아버지에게서 벗어나고 싶어서 일찍 결혼을 했다. 온갖 고난을 다 이기고 지금은 서울에서 자영업을 하시며 아들을 외국 유학까지 시키신 불굴의 의지를 지닌 우리 오뚜기 님이 너무나 자랑스럽다. 우리 수호령들께서도 오뚜기 님을 항상 격려해주시고 잘 되시도록 충만한 영적인 기운을 보내주신다. 우리 오뚜기 님의 친정집에서는 몇십 년 동안 한 번도 어머니의 제사를 지내주지 않았다.

결혼 후에는 시댁의 제사를 모시느라 정작 자신의 친정어머니의 제사는 한 번도 지내지 못했던 오뚜기 님은 가슴에 쌓였던 커다란 한을 풀고자 우리 묘법사로 찾아오셨던 것이다. 워낙 이십대의 꽃 같은 나이에 어린 세 아이들을 두고 떠나셨던 터라 그 한을 달래드리고자 천도제를 정성껏 지내드렸다. 몇십 년 만에 어머니의 천도제를 지내게 된 우리 오뚜기 님은 그날 얼마나 울었던지 나중에는 눈을 뜨지 못할 지경으로 두 눈이 퉁퉁 부으셨다. 그렇게 눈물로 천도제를 지낸 그날 새벽, 우리 오뚜기 님 어머니가 꿈속에 빛나는 모습으로 나타나 말씀하셨다. 오뚜기 님을 잘 보살펴주셔서 감사하고, 정성 가득한 천도제에 감응하셔서 더 높은 영적세계로 가게 되었다며 환한 미소를 지으셨다.

친정어머니의 꿈 이야기를 오뚜기 님에게 전해드렸더니, 몇십 년 동안 가슴에 쌓여 있던 한이 다 풀려서 홀가분하다며 지금처럼 편안한 기분은 처음이라며 활짝 웃으셨다. 그 모습을 지켜보는 우리 수호령님들과 나는 앞으로 슬픔은 더 이상 없는 희망찬 길을 걸으시기를 기도 드렸다.

09

우리는 결코 멈추지 않는다

이 세상에서 아픈 자식을 향한 결코 멈추지 않는 어머니의 사랑보다 더 강한 것은 없을 것이다.

세 번째, 우리 묘법사 신도분이신 시흥에 사시는 신재 어머니는 강인한 모성애를 가진 분이었다. 조그만 세탁소를 부부가 힘을 합쳐 성실히 운영하면서 결혼한 지 6년 만에 어렵게 신재를 낳았다.

어릴 적부터 유난히 병치레가 잦은 허약한 신재 때문에 부부는 더 이상 자식도 낳지 않았다. 세탁소를 꾸려가는 넉넉하지 않은 형편에도 주위에 어려운 이웃들을 잘 챙겨주는 따뜻한 심성을 가진 부부였다.

한 달에 서너 번은 꼭 우리 묘법사 포교당에 오셔서 허약한 신재를 위해 부부가 함께 정성껏 기도를 드렸다. 그동안 죽을 고비를 여러 번 맞이했던 신재가 이런 부모님의 정성어린 보살핌으로 잘 이겨내고 고등학생이 되었을 무렵이었다.

예전에도 두통을 자주 호소하던 아이가 심하게 구토를 하다가 의식을 잃고 쓰러졌다. 큰 병원에서 정밀검사를 받은 신재의 검사결과는 악성 뇌종양이라는 충격적인 병명이었다.

뇌종양 중에서도 예후가 나쁜 교모세포종이라는 청천벽력 같은 소식이었다. 더군다나 종양의 위치가 수술하기 어려운 자리에 있어서 수술도 불가능하다는 진단이었다. 항암치료나 방사선치료를 하더라도 길어야 2년을 넘기기가 어렵겠다는 기막힌 소식에 신재 아버지는 충격을 받고 쓰러지셨다. 평소에 혈압이 높았던 신재 아버지는 뇌졸중이라는 진단을 받았고, 온몸에 마비가 왔다. 연달아 아들의 뇌종양으로 입원한 지 얼마 되지 않아 남편마저 쓰러진 상황에서 신재 어머니는 참으로 강인했다. 역시 여자는 약하나 어머니는 강한 존재인 것이다.

주변의 친지들과 이웃들을 잘 챙겨왔던 신재 부모님에게 따뜻한 온정의 손길이 이어졌다. 우리 묘법사 신도회에서도 후원금을 거두어서 병문안을 다녀왔다.

예전부터 묘법사에서는 각자의 상황에 맞추어 한 달씩 회비를 모아서 주변의 어려운 이웃과 유기동물들을 후원해왔다. 하지만 2년 넘는 기간 동안 항암치료비와 입원비는 눈덩이처럼 불어났고, 결국 신재 어머니는 세탁소와 집을 내놓게 되었다. 신재 아버지는 온몸이 마비된 상태에서 여동생인 신재 고모가 병간호에 많은 도움을 주었다.

이런 어려운 상황에서도 얼굴 한 번 찌푸리지 않고 아들과 남편을 지성으로 돌보는 신재 어머니의 모습에 친지들과 주변에서 칭찬이 끊이지 않았다. 다행히 가까운 곳에 사는 친정언니가 버섯농사를 지으며 식당을 하고 있었는데 많은 도움을 주었다.

신재가 뇌종양으로 병원에 입원한 지 2년이 다 되어가는 오후 늦은 날이었다. 언니에게 신재를 부탁하고 우리 묘법사로 찾아오셨다. 그리고 자리에 앉기도 전에 그동안 참아왔던 눈물을 두 시간 가까이 쏟아 내셨다.

온몸이 마비되어 누워 있는 남편과 시한부를 선고받고 언제 떠날지 알 수 없는 아들을 지켜보는 어머니의 심정은 어떤 말로도 표현할 수 없을 것이다. 오랜 시간 동안 가슴에 쌓아두었던 눈물을 다 흘리고 나서 신재 어머니는 꼭 상담하고 싶은 두 가지 일이 있다고 하셨다.

첫 번째, 신재가 이 세상을 떠나게 된 후 가게 될 영계의 모습이 알고 싶다고 했다. 두 번째, 자신의 가족과 전생에 어떤 인연이었는지 너무나 궁금해서 병간호에 지친 상태인데도 밤에 잠이 잘 오지 않는다는 것이다. 평소에 굳세고 강인했던 신재 어머니는 가슴에 눈물을 깊숙이 감추고 아들 앞에서는 약한 마음을 내색하지 않았다.

한참을 흐느끼는 신재 어머니를 지켜보다가 진정이 되신 후, 내가 어린 시절부터 체험했던 영계의 모습을 차근차근 설명해주었다. 신재 어머니는 우리의 육신을 빠져나간 진짜 주인공인 영혼이 영원불멸하다는 내 설명에 큰 위로를 받았다. 그리고 지금은 독한 마약성 진통제로 간신히 아픔을 버티어내고 있는 신재가 육신을 벗은 다음에는 평온을 얻는다는 이야기에 안도의 눈물을 흘렸다. 뇌종양이라는 병마의 고통에 시달리고 있는 아들이 아픔이 없는 세상에서 행복하기만 바랄 뿐이라며 내 앞에서 그동안 숨겨왔던 아픈 눈물을 터뜨리셨다.

신재 아버지와 신재가 아프기 전에는 세탁소가 쉬는 일요일마다 세 식구가 우리 묘법사 포교당을 자주 들렀다. 어린 시절부터 유난히 허약했던 신재가 묘법사에서 백일기도를 드리고 나서 몇 번의 위험한 고비를 무사히 넘기곤 했었다.

신재가 12살이 되던 여름, 천식이 심해져서 병원에 입원했을 때의 일이었다. 그해의 천식 재발은 유난히 심해서 신재 부모님이 우리 묘법사에 백일기도를 부탁하셨다. 그때 백일기도를 회향하기 삼 일전, 우리 수호령들께서 내게 신재의 가족에 얽힌 전생의 인연을 보여주셨던 것이다. 전생에 가난한 집안에 태어난 신재 어머니는 10살 때 논마지기가 많은 남자의 집으로 민며느리로 팔려갔다. 가난한 친정집에서는 밥을 굶다시피한 날이 많았으므로 비록 민며느리로 팔려온 신세지만 밥은 굶지 않으리라는 기대로 무서움을 누르고 시집을 왔다. 하지만 층층시하의 시집살이는 거의 노예살이와 다를 바 없었다. 중풍으로 거동을 못 하는 시할머니의 병수발과 농사일이며 집안일까지 어린 10살의 아이가 감당하기엔 지옥이 따로 없었다.

거기다 16살도 안된 나이에 첫아이를 낳고 2년 후 둘째 아이를 낳은 후에는 조리를 하지 못하여 산후풍이 심하게 들어서 온몸이 시리고 아팠다. 거기다 둘째 아이를 낳고 난 후 시어머니까지 몸져 눕는 상황이 되자 더욱더 힘든 상황이 되었다. 남편이란 사람은 얼굴을 볼 겨를도 없이 친구들과 어울려 집 밖으로만 나돌았다. 시할머니에 이어 시어머니의 병간호와 집안일, 그리고 두 아들의 양육까지 고스란히 어린 신재 어머니의 몫이 되었다. 그런 와중에 남편은 집 안으로 첩을 들이게 되었다. 예전부터 무심하긴 했지만 첩을 들이고 난 뒤에는 신재 어머니만 보면 화를 내며 폭행을 일삼았다. 가뜩이나 산후풍을 심하게 앓아 뼈가 약해진 가엾은 신재 어머니는 남편의 폭행으로 한쪽 어깨가 완전히 내려앉았다. 그러자 남편은 어깨 병신이 되었다면서 더욱 심한 구박을 일삼았다. 두 아들을 생각해서 간신히 지옥같은 나날들을 버티던 신재 어머니는 시간이 갈수록 심해지는 남편의 횡포에 견디다 못해 집 근처에 있는 강물로 몸을 던졌던 것이다.

우리 수호령들께서 보여주시는 신재 어머니의 전생의 모습에 내 가슴이 너무 아팠다. 예전의 우리 어머니들과 할머니들의 애달픈 삶은 눈물로 바다를 채우고도 남을 것이다. 어린 두 아들을 남기고 안타깝게 세상을 떠나게 된 전생의 신재 어머니는 다음 생에서 다시 만나면 끝까지 보살펴주리라 굳은 영혼의 약속을 했다.

지금의 신재 아버지는 전생의 큰아들이었고, 신재는 전생의 작은아들이었다. 신재가 어린 시절 신재 어머니가 우리 묘법사에 기도하러 오실 때마다 남편을 보면 마치 자식을 보는 듯한 애절한 마음이 끓어오른다는 얘기를 자주 하곤 했었다.

남편이 온몸이 마비되어 손 하나도 움직이지 못하는 상황에서도 더 잘 해주지 못해서 안타까운 심정이라며 전생의 인연을 놀라워했다. 그로부터 일주일 후, 우리 신재는 어머니에게 나중에 하늘에서 다시 만나자는 작별인사를 남기고 이 세상을 떠나갔다. 신재의 49재를 우리 묘법사에서 지냈는데 친지들과 주위의 가까운 이웃들이 참석해서 신재 어머니를 위로하고 격려해주었다.

신재 어머니는 우리 아들이 이제는 뇌종양의 고통에서 벗어나 자유롭게 하늘에서 행복하게 지내라며 정성을 다해 49재의 기간 동안 기도를 드렸다. 신재의 49재가 끝나는 그날 밤, 신재 어머니의 꿈속에 이제껏 한 번도 본 적 없이 밝은 모습의 신재가 어머니에게 손을 흔들며 하늘로 오르는 꿈을 꾸었다.

우리 묘법사에 방문하셔서 신재가 빛나는 좋은 곳으로 갔다며 기뻐하던 신재 어머니의 모습이 아직도 생생하다. 그 후로 5년 동안 남편을 지극정성으로 보살폈고, 신재 아버지는 편안히 눈을 감으셨다. 신재 아버지의 49재를 우리 묘법사에서 지내드렸고, 마음이 평화를 되찾았다며 신재 어머니는 편안한 미소를 지었다. 하지만 오랜 병간호에 관절을 비롯한 온몸은 성한 곳이 없었다. 마침 친정언니도 1년 전 대장암으로 남편을 떠나보내고 몸이 좋지 않아 식당을 접고 지인이 살고 있는 지리산으로 귀농을 결심한 상태였다.

지리산에서 자그마한 규모로 약초를 재배하면서 남은 여생을 자연에서 살고 싶은 두 사람은 식당과 집을 다 정리하고 행복한 출발의 여정을 위해 지리산으로 떠났다.

이 세상에서 어떠한 장애물이나 힘든 난관 앞에서도 결코 멈추지 않는 가장 강인한 사랑은 바로 위대한 어머니의 사랑인 것이다.

10

임사체험 후 삶이 시작되다

나는 여러 차례에 걸친 임사체험을 한 후 다양한 사람들을 만나고 새로운 삶을 시작했다. 어린 시절 출가한 후 다시 송현 선생님의 주선으로 더 큰 세상으로 나왔을 때 두 번째 내 삶이 시작되었다.

네 번째 사연의 주인공은 우리 묘법사의 오랜 신도분이신 김행도 님의 가슴 아픈 어머니 사연이다. 서울에서 원단 인쇄업체인 해성인터내셔널을 운영하고 있는 김행도 님은 고향이 상주이시다.

평소 말수가 적고 감정표현에 서툰 김사장 님은 우리 묘법사에만 오시면 마음이 편안해진다며 가족들과 함께 자주 기도하러 오셨다. 한 달에 두세 번은 묘법사에 오셔서 사업의 번창을 위해 온 가족이 지성으로 특별기도를 드렸다. 사실 우리 김행도 님은 남다른 내력을 지니고 있었다. 증조할머니가 큰 약사불의 원력으로 법당을 차리시고 많은 사람들을 고쳐주셨다고 한다. 그런데 그 이후 증조할머니가 돌아가시자 친할아버지에게로 영적 기운이 내려왔는데 끝까지 거부하고 삼십대 중반의 젊은 나이에 심장마비로 돌아가셨다.

우리 김행도 님은 5남매의 막내였는데 어린 시절부터 심한 신병에 시달리셨고, 세 번의 죽을 고비를 넘겼다고 한다. 국민학교 5학년 무렵에는 신병의 증상이 극심해서 거의 먹지도 못하고 백 일 동안 방 안에만 누워서 지냈다. 얼마나 증상이 심했던지 어머니는 막내아들을 떠나보내는 줄 알고 피눈물을 흘리며 묻을 장소까지 알아보셨다.

병원을 데리고 가도 병명이 나오지 않아 어머니는 그저 장독대에 정화수를 떠놓고 지성으로 막내아들의 회복을 빌었다고 한다. 그러던 중 김행도 님은 완전히 의식을 놓았고, 처음 보는 머리에 쪽진 하얀 한복을 입은 증조할머니를 따라 임사체험을 하게 되었다.

그 당시 12살 어린 나이였던 김행도 님은 극심한 고통에 의식을 놓아버리자 자유롭게 떠오른 영혼의 상태에서 증조할머니를 따라 아름다운 꽃과 나무들이 가득한 영계를 신나게 돌아다녔다. 오랫동안 방 안에서 먹지도 못하고 손 하나 움직일 수 없는 고통에 시달리던 김행도 님은 유체이탈이 되어 느꼈던 황홀한 기분을 몇십 년이 지난 지금도 잊을 수 없다고 했다. 영계의 아름다운 세계를 증조할머니를 따라 신나게 돌아다니는 중에 이 세상에서는 볼 수 없는 신비한 빛깔의 강물 앞에 다다르게 되었다고 한다. 다양한 빛깔의 신기한 강물을 보는 순간 감탄을 금치 못했다.

바로 그때, 증조할머니가 김행도 님에게 "너는 아직 이 강을 건너올 때가 아니다."라고 하시며 세게 밀쳐내시는 순간 의식이 돌아오셨다고 한다.

가족들은 김행도 님이 장례를 치를 준비를 하는 중에 다시 의식을 되찾자 기절할 듯이 놀랐다. 증조할머니의 보살핌으로 다시 살아난 김행도 님은 그 이후 건강을 회복하여 다시 학교에 다닐 수 있게 되었다. 집안의 모든 생계를 책임진 어머니는 하루 종일 산에서 나물을 캐고 시장에 내다팔며 생계를 꾸려나갔다고 한다.

김행도님 아버지는 친구들과 어울려 술을 드시고, 노름판을 드나들며 집안일에는 일절 신경을 쓰지 않으셨다. 어머니는 허리 한 번 펼 사이 없이 산에 나가서 나물을 뜯고 밭일을 하며 자신은 굶더라도 자식들을 챙기시느라 온갖 궂은일을 하셨다.

　김행도 님의 시골집에서 시장까지는 걸어서 세 시간 거리에 있었는데 무거운 나물 보따리를 머리에 이고 그 먼 거리를 다니신 어머니는 정말 위대하다. 밖으로 나돌아 다니시다 가끔씩 집으로 들어오는 김행도 님의 아버지는 어머니에게 폭행을 일삼고 엄포를 놓아 어렵게 모은 돈을 가로챘다. 부엌의 아궁이 앞에서 온몸에 멍이 든 채로 울고 있는 어머니를 보며 어린 김행도 님은 빨리 어른이 되어 돈을 많이 벌어서 편히 모시고 싶은 심정이었다고 한다. 어머니의 헌신적인 뒷바라지로 김행도 님이 고등학교를 졸업할 무렵 비극적인 일이 벌어졌다.

　세월이 흐를수록 집 안에서 지내는 날이 많아진 아버지가 매일 술을 드시고 모든 화풀이를 어머니에게 쏟아부었던 것이다. 여전히 산에서 나물을 캐다가 시장에 내다파셨던 어머니는 막내아들이 고등학교를 마칠 시기가 되자 더 이상 삶의 무거움을 견디기 힘들어 극단적인 선택을 하셨다.

　나물을 캐던 산 위에서 창고 안에 있던 가장 독한 농약을 마시고 몇 시간 동안이나 고통에 몸부림을 치시다가 끝내 이 세상을 떠나셨다. 큰형과 누나들은 다 짝을 채워 결혼을 시켰고, 막내아들도 고등학교를 졸업하니 자기 앞가림은 할 수 있으리라고 생각하신 것이다.

그동안도 어머니는 자식들에게 "너희들만 아니었으면 진작 이 세상을 버렸을 것이다."라는 말씀을 자주 하셨다고 한다. 저녁밥을 지을 시간이 한참이나 지나도록 어머니가 보이지 않자 시장해진 아버지가 노발대발하시며 빨리 어머니를 찾아오라고 호통을 치셨다. 김행도 님은 어머니를 찾아 나물을 캐던 산으로 올라갔다. 독한 농약을 마시고 내장이 타들어가는 고통에 몸부림치는 어머니를 발견한 김행도 님은 급히 어머니를 들쳐 업고 인근 병원으로 옮겼으나 끝내 세상을 떠나시고 말았다.

자식들의 뒷바라지를 위해 지금까지 허리 한 번 펴지 못하고 고생만 하다 끝내 독한 농약을 드시고 눈을 감으신 어머니를 생각하면 지금도 가슴이 찢어지는 듯하다며 눈물을 흘리셨다. 사실 오랫동안 우리 묘법사에 기도 드리러 오셨지만 어머니의 돌아가신 사연은 3년 전에야 밝혀졌다. 그동안은 원단 인쇄 사업인 해성인터내셔널의 번창을 위한 기도를 주로 하셨기 때문이다.

삼 년 전, 따뜻한 봄날이었다.

묘법사에 가족들과 함께 방문한 김행도 님이 요즘 들어 꿈에 계속 어머니의 모습이 보인다며 천도제를 신청하신 것이다. 그때까지도 농약을 드시고 돌아가셨다는 이야기를 전혀 하지 않으셨다. 천도제를 지내드리기 좋은 날짜를 택일하고 삼 일 전부터 천도제에 필요한 물품들을 준비하던 그날 밤, 내 꿈속에 김행도 님의 어머니가 나타나셨다. 꿈속에서 김행도 님의 어머니는 농약병을 들고 산으로 올라가고 있었다. 그리고 잠시 후 독한 농약을 입 안으로 들이마시자마자 곧바로 후회하는 마음이 그대로 내게 전해져왔다.

아직 막내아들은 직장도 구하지 못했고, 짝을 채워주지 못했다는 생각에 들이마신 농약을 도로 뱉어내고 싶었으나 이미 삼켜버린 뒤였다. 가장 독성이 강한 농약을 삼킨 어머니는 몇 시간 동안 뱃속이 타들어가는 고통에 산 속에서 몇 시간 동안 구르고 또 구르며 고통스러워하셨다. 그리고 꿈속에서 김행도 님의 어머니가 느끼시는 강한 고통이 그대로 나에게 전해져왔다.

어린 시절부터 나는 몇 차례나 죽음을 경험했고, 신병의 큰 고통과 산고의 아픔도 다 겪어보았다. 하지만 김행도 님의 어머니가 내 꿈속에서 전해준 그 고통은 정말 상상을 초월하는 아픔이었다.

다음 날 아침, 전화를 걸어 꿈 이야기를 전했더니 김행도 님은 너무 놀라서 대답조차 하지 못했다. 차마 어머니가 농약을 먹고 자살을 하셨다는 이야기는 주위에 하고 싶지 않으셨던 것이다. 나는 우리 외할머께서도 어린 시절부터 큰 신병을 앓다가 끝내 농약을 드시고 세상을 떠나셨다며 김행도 님에게 위로를 전했다.

그 이야기를 듣고 나서 그동안 가슴 깊숙히 감춰두었던 충격과 아픔을 눈물로 토해내셨다. 어머니가 묘법 선생님 꿈속에 나타나서 그대로 보여드릴 줄은 꿈에도 생각지 못했다면서 한참을 흐느껴 울었다.

진정이 되신 후에 오히려 가슴 속에 무거운 돌덩이를 꺼내놓은 것처럼 편안해졌다고 고마워하셨다. 평생을 자식들을 위해 희생하신 어머니를 위해 49재를 준비하여 지성으로 지내드렸다.

그날 밤, 우리 김행도 님의 꿈속에 어머니가 활짝 웃는 모습으로 고운 한복을 입고 나타나셨다고 한다. 어머니가 어릴 적처럼 머리를 다정히 쓰다듬어주시면서 환하게 웃는 모습에 꿈속에서 어머니를 보며 펑펑 울다가 잠에서 깼다고 묘법사로 전화를 하셨다.

어머니의 환한 모습이 어찌나 생생한지 그동안 가지고 있던 죄책감에서 벗어날 수 있게 됐노라고 고마운 마음을 전하였다.

어머니의 자살 이야기를 오랫동안 감추어왔었는데 이번에 천도제를 드리고 나니 가슴을 짓누르던 바윗덩어리가 사라진 느낌이라며 감사한 마음을 평생 동안 보답하겠노라고 미소를 지으셨다.

그동안 여러 차례 임사체험을 경험한 후 얻은 깨달음으로 나를 찾아오시는 수많은 분들에게 새로운 삶을 시작할 수 있는 희망과 용기를 줄 수 있어서 인생의 큰 보람을 느낀 행복한 시간이었다.

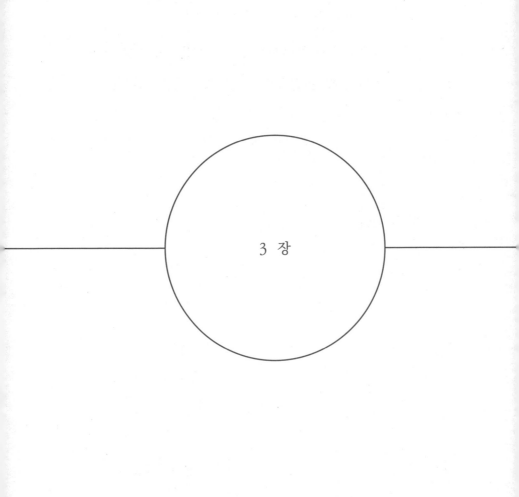

3 장

임사체험은

기적의 문이다

○ 01 ○

임사체험에서 내가 본 것들

우리 묘법사 상담실에서 많은 분들의 인생 상담을 해나가는 바쁜 와중에도 한 달에 보름 동안은 은사스님이 계신 강원도 깊은 암자에 가서 기도와 수행에 전념했다.

이 우주가 끝없이 광활하듯이 영적 수행의 진보 과정도 끝이 없기 때문이다. 보름 동안의 기도와 수행을 마치고 친한 신도이신 정 사장님이 태워주시는 차를 타고 묘법사로 돌아오는 길이었다. 갑자기 우리 차 앞에서 달리고 있던 화물 트럭 짐칸에서 커다란 석재 덩어리가 쏟아졌다. 순식간에 벌어진 일이라 피할 틈도 없이 우리 차는 계곡 아래로 구르면서 완전히 찌그러져버렸다.

완전히 의식을 잃은 나는 하얀 빛줄기의 소용돌이를 따라서 위로 올라와보니 쭉 늘어져 있는 신도분의 모습과 내 육신이 보였다. 그리고 우리 수호령들의 옆에 세 번째 임사체험 때 만났던 전생의 수호령 스님들이 반갑게 나의 영혼을 맞아주셨다.

이번에는 아주 오래 전 레무리아 시대에 여 사제로 살았던 전생으로 안내해주었다. 우주의 조화와 사랑으로 모든 생명체와의 유대감과 풍요로움이 넘치는 레무리아 시대는 20만 년 전쯤부터 분열이 극심해지고 있었다. 수많은 주민들의 하락된 의식이 퍼져가면서 물질과 쾌락에 젖어 자신의 신성으로부터 멀어지고 있었다. 지구의 어머니 역할을 담당했던 레무리아 여 사제들은 대립과 투쟁으로 분열되는 상황을 정화하기 위해 치유와 조화의 에너지를 퍼트렸지만 역부족이었다.

최고 스승님의 지도에 따라 나와 여러 명의 여 사제들은 수행을 통해 진동수를 높이고 치유의 에너지를 널리 나누어주었다. 하지만 이미 물질적인 에너지에 사로잡힌 많은 사람들의 진동수는 더욱 부정적으로 낮게 변해갔다. 여러 명의 여 사제들 중 나와 특히 영적인 소통이 잘 통하고 서로의 어려움을 보살펴주던 절친한 여 사제는 바로 히말라야에서 혹독한 수행을 함께했던 그 도반이었다. 비록 육체의 모습은 바뀌었지만 영혼의 기운은 한 번에 서로를 알아볼 수 있었다. 우리 수호령들과 전생의 스님들과 함께 여 사제들의 수행 모습을 마치 영화를 보듯 선명하게 지켜보았다. 이번 레무리아 시대에서는 최고 스승님의 지도에 따라 호흡법과 함께 차크라를 여는 수행에 전념하고 있었다.

우리 인체는 물질적인 육체와 에너지 상태의 영혼으로 짜여져 있고, 이들은 차크라를 통해 서로 밀접하게 연결되어 있다. 육체의 에너지는 진동수가 다른 7개의 차크라로 구성되어 있는데 높은 진동수의 오라층은 육체에서 멀리 위치해 있다.

어린 시절 순수한 의식일 때는 차크라들은 열려 있는 상태이지만 점점 자라나면서 부정적인 관념과 어두운 에너지들이 쌓여간다. 그러면서 차크라의 에너지 통로들이 대부분 막히게 된다. 그리고 성인이 되어서는 육체를 겨우 유지할 수 있는 정도의 가느다란 통로만 남기고 모두 막힌 상태로 변해버리는 일이 많다.

육체의 에너지는 7개의 오라층을 갖게 되는데 1, 2, 3의 차크라의 오라층은 물질적인 기운인 3차원의 파동들을 나타낸다. 그리고 5, 6, 7층의 차크라는 비물질적 세상을 나타내는 4차원의 파동을 나타내는 것이다. 차크라는 각 오라층과 이어지는 통로이므로 1, 2, 3 차크라가 활성화되면 육체적인 건강이 향상된다. 또한 5, 6, 7 차크라가 활성화되면 영적

에너지와의 소통이 원활해져서 영적 세계와 교감하게 된다. 우리 마음의 상태를 반영해주는 4번 가슴차크라는 육신의 에너지와 영적인 에너지를 변화시킬 수 있다. 가슴차크라의 조절을 통해서 육체의 건강을 향상시킬 수도 있고, 4차원의 영적인 에너지로 승화시킬 수 있는 중요한 작용을 한다.

인간의 정수리에 위치한 일곱 번째 차크라에는 한 영혼이 윤회해온 모든 과거의 기록들이 보관되어 있다. 우리가 어떤 의식을 가지느냐에 따라서 특정 오라층이 활발하게 작용하고, 삶에 직접적인 영향을 끼치게 된다.

낮은 진동수를 가진 사람들은 물질적인 부분에만 의식이 집중되어 3차원의 오라층들만 활성화되어진다. 그러나 높은 진동수를 가진 사람은 영적인 부분에 의식이 집중되어 4차원의 오라층이 활성화되어 영적인 삶을 살게 되는 것이다.

나와 우리 절친한 도반은 레무리아 시대에서도 서로를 아끼고 보살피면서 차크라를 활성화하는 수행에 전념하고 있었다. 최고 스승님의 자비로운 지도로 4차원의 오라층을 활성화시키고 진동수를 높이는 최고의 수련법을 날마다 쌓으며, 지구를 정화시키는 커다란 사명을 다하고 있었다. 하지만 이미 이기적인 에너지가 만연하여 시기, 질투, 분노, 증오 등의 낮은 진동수가 모든 장소를 오염시키고 있었다. 전생에 4차원의 영적인 에너지를 높이는 수행을 닦은 영혼들은 다시 환생해서도 물질적인 삶보다는 영적인 삶을 추구한다.

이 때문에 다시 태어나서도 각종 종교단체를 섭렵하고 여러 영성단체를 다녀보지만 그곳에서 큰 만족은 얻지 못하고 뛰쳐나오는 경우가 많다. 그리고 내면 깊숙한 곳에서 나오는 영적인 존재에 대한 강한 느낌 때문에 주위 사람들과 잘 어울리지 못하고 혼자 지내는 것을 편안하게 생각한다. 또한 세상의 종교와 권위, 질서 등에 대해서 대체적으로 비판하는 태도를 가지고 있다. 나도 어린 시절부터 부모님과 형제들에게서 낯선 이질감을 자주 느꼈고, 혼자 지내는 경우가 많았다. 레무리아 시대 초기에 우리들은 5차원의 빛의 몸으로 살고 있었다. 하지만 물질적 체험이 필요할 때는 몸의 진동수를 자유롭게 더 낮출 수 있었고, 마음대로 원래의 빛의 몸 상태로 자유자재로 돌아올 수 있는 능력을 가지고 있었다. 하지만 인간들은 점차 의식의 진동이 낮아졌고, 지구상에 살고 있던 다른 종족들도 마찬가지로 의식이 하락하기 시작했다.

우리 레무리아의 여사제들도 결국 4차원의 진동 수준까지 내려왔는데, 다른 사람들은 대부분 3차원의 낮은 밀도로 내려가게 되었다. 이런 부정적인 진동수로 가득 차게된 지구는 결국 여러 종족들 간의 강한 이념의 차이로 핵을 이용한 전쟁을 거듭하여 지구의 많은 부분들이 초토화되어 갔다. 최고 사제단의 스승님이 레무리아의 땅덩어리가 침몰할 운명이라는 것을 영적으로 예견하여 대략 20만 명의 주민들을 수용할 수 있는 피난기지를 만들었다. 하지만 레무리아 대륙의 침몰 시기가 약간 앞질러 일어나서 대재앙이 발생했을 때에는 불과 25,000명의 사람들만 살아남을 수 있었다. 레무리아 시대의 과학 문명의 수준은 지금과는 비교할 수도 없는 고차원적인 문명이었다. 하지만 여러 종족들이 외계에서 지구로 내려와서 서로의 의식이 하락되고, 이념의 차이로 핵전쟁이 일어나자 지구는 차마 지켜보기 힘들 정도의 아비규환의 모습이었다.

우리 수호령들과 그 모습을 지켜보고 있던 나는 처절한 수많은 죽음들 앞에서 비통함을 가눌 길 없었다. 우리 최고 사제단의 스승님은 모든 여 사제들을 피난기지로 대피시키시고 미처 피난처로 오지 못한 수많은 주민들에게 되돌아가시려고 했다. 그때, 나와 도반 여 사제는 한사코 만류하는데도 스승님을 따라서 생사를 같이 하겠다며 마지막 침몰의 장소로 동행했다. 피난기지로 미처 대피하지 못한 셀 수 없이 많은 수의 주민들은 공포와 불안에 떨며 레무리아 대륙이 침몰하기 직전인 붕괴 현장에서 절규하고 있었다. 하지만 자비와 평화의 진동수를 높인 우리 세 사람의 오라의 에너지에 그들의 영혼은 안정을 되찾을 수 있었다. 그리고 운명의 레무리아 대륙이 바다 속으로 빠져들어 가던 시간이 왔을 때, 큰 소리로 기도하며 평화의 노래를 불렀다. 세 사람의 자비의 에너지는 널리 퍼져나가서 공포에 떨고 있는 그들의 영혼이 자유로움을 얻을 수 있도록 도왔다.

우리 스승님을 비롯한 사제단이 침착한 모습으로 레무리아 대륙이 완전히 가라앉을 때까지 평화롭게 기도하고 노래한 것은 많은 사람들을 두려움에서 건져주었다. 그리고 조화와 평화의 에너지로 인해서 마지막까지 두려움 없이 의연하게 죽음을 맞을 수 있게 되었다. 레무리아 대륙의 침몰 모습을 임사체험을 통해본 나는 가장 장중한 죽음의 모습들에 영혼 깊숙한 울림을 느낄 수 있었다.

아름다운 문화를 찬란히 꽃 피웠던 사랑하는 모국 레무리아 대륙은 별빛 밝은 밤하늘 아래서 바다의 가장 깊은 곳으로 완전히 침몰하고야 만 것이다.

임사체험이 알려준 비밀

아름다운 어머니의 나라 레무리아가 바다 속으로 침몰하면서 세 사람의 장엄한 죽음을 비장하게 지켜보고 있던 나는 갑자기 세차게 당겨오는 압력으로 순식간에 나의 육체로 되돌아왔다.

지금 생각해도 너무나 신비한 일인데, 자동차는 폐차가 되도록 다 찌그러졌는데 정 사장님과 나는 털끝 하나 다치지 않고 멀쩡하게 깨어난 것이다. 우리 묘법사에 상담과 기도를 하러 가족들과 자주 오시고 은사 스님이 계신 암자에도 수행을 하러 자주 함께 다녔던 정 사장님은 깨어난 후 집안의 비밀스러운 내력을 임사체험을 통해 보았노라며 신기해하셨다.

아마도 본인이 임사체험 한 내용을 주변에 이야기한다면 아무도 믿지 못할 거라고 했다. 우리 차가 계곡 아래로 추락하자 주위에 있던 분들이 신고를 하여 구급차로 병원에 이송되었는데 중상이나 사망했다고 생각할 정도로 자동차는 심하게 찌그러진 상태였다. 하지만 수호령들의 보살핌으로 정 사장님과 나는 병원에서 검사를 받고 수액을 맞은 뒤, 삼 일도 안 되어 무사히 퇴원을 하게 되었다.

일주일이 지나서 정 사장님은 가족들과 함께 우리 묘법사에 방문해서 놀라운 임사체험담을 들려주셨다. 정 사장님은 조명 사업을 하고 있는데 증조할머니께서 평생 산속에서 토굴을 지어놓고 산신님과 부처님께 기도 드리는 남다른 삶을 살았다고 한다.

대대로 자손이 귀한 집이었는데, 정 사장님 아버지가 어릴 적부터 죽을 고비를 여러 번 넘기고 간신히 명을 이어가고 있을 때였다. 집안에 여러 가지 일이 있을 적마다 정성을 드리러 가던 절에 계신 노스님이 산 속에 토굴을 지어놓고 평생 자손을 위해 산신님과 칠성부처님께 기도 드려야 한다는 계시를 주셨다.

그 이후부터 증조할머니는 가산을 정리하고 산 속에 토굴을 지어놓고 자나 깨나 자식을 위해 기도를 드리는 삶을 살았다고 한다. 할머니의 정성으로 죽을 고비를 넘긴 정 사장님 아버지는 65세까지 건강하게 지내시다 주무시는 중에 편안한 임종을 맞이하셨다. 그런데 이번에 차 사고로 인해 완전히 의식을 잃었을 때, 영혼이 떠오르면서 할아버지와 할머니를 만났다며 놀라움을 감추지 못하셨다.

임사체험을 통해 할아버지와 할머니를 따라 평생을 산 속에서 수행하고 산신기도를 해온 고조할아버지도 만나보셨다고 한다. 그리고 조상 수호령들의 인도로 그동안 왜곡되어왔던 우리 민족의 위대한 영적인 진실을 보게 되었다며 놀라워했다. 많은 사람들은 자신들이 학교에서 배웠던 역사 지식을 진실한 것으로 알고 있지만 이는 사실과 크게 다르다. 특히 우리나라는 외세의 침입으로 역사가 조작되고 체계적으로 왜곡된 경우가 거의 대부분이다.

이렇게 왜곡된 역사를 공부한 대다수의 사람들은 우리 민족의 시조인 단군왕검을 한낱 신화상의 인물로 생각하고 중국과 몽고, 왜구들로부터 유린되어 온 불쌍한 민족인 것처럼 인식해왔다. 하지만 5천 년 이상이 넘은 고조선의 성곽과 유물들이 북만주 이곳저곳에 흩어져서 존재하고, 그 수준이 당시의 중국 문명보다 훨씬 앞서 있었다는 사실들을 중국은 왜곡하고 숨기기에 급급하다. 벌써 3천 년 전에 바퀴달린 우마차 등을 이용해서 과학적인 방법의 농경 문화가 한반도에 정착되어 있었다. 그리고 신라 말 장보고는 동북아 전체의 해상권을 장악한 채 멀리 페르시아까지 건축했다는 사실은 큰 놀라움으로 다가올 것이다.

역사가들 사이에 여러 가지 논란은 있지만 환단고기와 부도지 등의 사료와 민족 역사가들의 연구에 의하면 한민족은 환인, 환웅, 단군으로 이어지는 성인들을 통치자로 둔 민족이다.

환인이 아시아 중원에서 환국을 세우며 깨달음에 따른 통치를 시작한 후 그 맥을 이은 환웅은 중국 북부 신시(神市)에서 하늘을 열어 이후 18대를 이어왔다. 그 후 이를 계승한 단군왕검은 아사달에 도읍을 정하고 고조선을 연 이후 47대까지 이어져왔다고 한다. 여러 역사적 증거들을 볼 때, 환인에 의해 건설되었다고 하는 환국은 전 인류의 시원(始原)을 가리키는 것이다. 그리고 환웅은 환인의 통치이념을 계승하여 동이족을 다스린 통치자였고, 환웅의 건국정신은 한민족의 직접적인 조상인 단군들에 의해서 이어져왔다.

환인은 하느님을 뜻하며 환웅과 단군과 더불어 삼위일체인 삼신교(三神敎)가 형성되어 공동체를 이루게 되었다. 널리 모든 생명을 이롭게 하라는 하늘의 가르침을 바탕으로 백성들을 어질게 이끌던 47대 단군이 입적하시면서 유언을 남기셨다.

고조선에 있는 명산마다 주석하면서 산신이 되어 한민족을 보살피고 이끌어주리라는 마지막 계시를 내리신 것이다. 그리하여 육신은 버렸지만 단군은 한반도의 명산마다 산신님이 되어 주석하시면서 우리 민족의 위대한 신앙의 대상이 되었다.

정 사장님은 이번의 차사고로 인해 임사체험을 하면서 고조할아버지를 만나 신비한 체험을 많이 했다며 흥분을 감추지 못했다. 원래도 유쾌한 성격을 가진 탓에 주위에 많은 사람들을 즐겁게 해주었지만 임사체험 후에는 더욱 밝은 모습이었다.

할아버지와 할머니의 안내로 전생을 보게 된 정 사장님은 대대로 명이 짧았던 집안의 카르마에 얽힌 인연도 알게 되었다. 임사체험에서 만나게 된 고조할아버지께서는 전국에서 활을 가장 잘 쏘는 이름난 유명한 사냥꾼이셨다. 전국 명산을 돌아다니며 호랑이와 멧돼지, 노루 등을 사냥해서 높은 값에 팔아서 식구들과 호의호식하며 남부럽지 않은 생활을 하고 있었다.

그러던 어느 날, 멧돼지를 활로 쏘았는데 쓰러진 멧돼지를 살펴보니 출산을 얼마 남겨놓지 않은 만삭의 상태였다. 그날따라 기분이 무척 착잡했던 고조할아버지 멧돼지를 시장에 내다 팔고 집으로 돌아와 보니 하나뿐인 아들이 온몸에 열이 끓어오르면서 사경을 헤매고 있었던 것이다.

이제 스무 살밖에 되지 않은 아들은 용하다는 의원에게 좋다는 온갖 약과 치료들을 해봤지만 효험이 없었다. 결국 한 달 동안 몸져 누워 있던 아들은 끝내 회복하지 못하고 이 세상을 하직하고 말았다. 다행히 어린 손자가 한 명 있었기에 집안의 대가 끊기지는 않았지만 목숨처럼 애지중지하던 아들이 먼저 세상을 떠나자 고조할아버지는 큰 충격을 받았다. 그동안 셀 수없이 많은 목숨들을 살생한 과보라고 생각한 고조할아버지는 그 길로 예전부터 친하게 지내던 스님이 계신 절로 입산하셨다.

그동안 속세에서 저질렀던 살생의 죄업을 참회하면서 돌아가시는 날까지 쉬지 않고 기도를 드렸다. 그리고 임종하기 전 자신을 찾아온 손자에게 장가를 간 후 자식을 낳게 되면 그 이후에는 할아버지의 뒤를 이어 입산하여 기도를 드려야 명을 이을 수 있다고 유언을 남기셨던 것이다.

하지만 유독 금슬이 돈독했던 손자는 부인과 어린 자식이 눈에 밟혀서 입산하기를 꺼려했다. 그러던 중 20대 중반의 젊은 나이에 원인 모를 열병에 걸려 세상을 떠나게 되었다. 유달리 사이가 좋았던 부부였기에, 그 부인 역시 20대의 젊은 나이에 남편이 세상을 떠나자 시름시름 앓다가 석 달 만에 어린 아들을 남기고 남편의 뒤를 따라갔다.

그 어린 아들이 바로 정 사장님의 아버지인 것이다. 어린 나이에 부모님이 모두 일찍 돌아가시자 정 사장님의 아버지는 할머니의 정성 어린 보살핌과 기도 속에서 자라셨다고 한다.

20대의 젊은 나이에 아들을 일찍 떠나보낸 정 사장님의 증조할머니는 하나뿐인 손자의 명을 잇기 위해 산속으로 들어가셨다. 깊은 암자에서 윗대에서 지은 살생의 업보를 참회하고 손자의 신병장수를 위한 기도를 산신님과 부처님께 지성으로 기원했다.

매일 아침저녁으로 계곡물에 목욕재계하고 산신님과 부처님께 지극한 정성으로 올리는 기도에 전생에 쌓였던 원한의 에너지가 다 정화되어 정 사장님 아버지는 65세까지 명을 이어갈 수 있었다. 임사체험이 알려준 전생의 카르마에 얽힌 놀라운 비밀에 우리는 업보를 짓는 삶이 아닌 공덕을 채우는 삶을 살자는 굳은 다짐을 하게 되었다.

우리가 지구별에 태어난 목적

이번 교통사고로 인한 임사체험에서 오랜 전생의 나의 모국인 레무리아 대륙의 침몰을 직접 경험하면서 나의 영적인 의식이 크게 깨어나는 계기가 되었다. 그리고 삼 일 동안 병원에서 회복 기간을 가질 때, 저녁마다 꿈속에서 전생을 향해 유체이탈 여행을 했다.

광대한 레무리아 대륙이 하루아침에 바다 속으로 가라앉은 충격으로 지구에는 큰 지각 변동과 기상 이변이 일어나고 있었다. 그중에서 가장 큰 변화는 아시아 대륙이 상승하면서 서남 아시아와 중앙아시아, 몽고와 만주 및 한반도를 잇는 지역에 드넓은 평원이 생기게 된 것이다. 레무리아 대륙의 침몰 이후 지구에 살아남은 사람들은 큰 정신적 충격 속에서 자신들의 갈 길을 찾지 못한 채 헤매고 있었다. 우주의 근원이신 신은 방황하는 사람들을 이끌어주고, 레무리아 초기의 영적 문명을 다시 일으키기 위해서 아주 높은 진동의 의식을 가진 존재들을 지도자로 지구로 보내주었다.

지도자들의 가르침으로 아틀란티스 제국이라는 국가가 건설되었다. 초기에는 우주의 근원의식과 하나됨을 중시하는 일원론적인 종교관을 가지고 있었고, 제정일치의 구조 속에서 높은 의식의 사제들이 지도층을 형성하며 조화롭게 이끌어나갔다. 하지만 급격한 인구의 증가와 더불어 부정적인 기억을 지닌 영적 존재들이 환생함에 따라 아틀란티스 사회 역시 후반부에는 물질 위주로 바뀐 것이다. 지도자들은 우주의 근원의식과 영적인 삶을 가르쳐주었지만, 시간이 지날수록 사람들은 그런 가르침으로부터 멀어져갔다.

아틀란티스 사회는 여러 번의 대규모 변화를 겪게 되면서 더욱 물질 위주의 사회로 변해갔다. 이런 과정에서 초기의 제정일치의 사회적 구조도 바뀌었다. 왕과 제사장은 분리되었고, 제사장은 정치에 관여할 수 없었고 오직 사제의 역할만 가능하게 되었다. 이기주의가 팽배하고 과학기술의 발전과 물질적 풍요가 최우선시되었기에 물질문명은 빠른 속도로 발전했으나 인간의 영적 성장은 오히려 극도로 퇴보되었다. 이기심과 경쟁이 심화되고 이웃과 끊임없이 다투었고 내란은 쉴 새 없이 벌어졌다. 또한 아틀란티스 사회가 제국주의 정책을 세우고 주변 국가들의 복종을 강요하자 이웃 국가들 간의 전쟁은 끊이지 않았다. 아틀란티스 사회에 벌어지는 끊임없는 분쟁과 다툼은 모든 사회의 구성원의 낮은 의식 때문에 벌어진 것이었다. 그러나 아틀란티스 지도층은 과학 기술의 발전과 권력 강화를 통해 이 문제를 해결하려고 했다.

근원에 대한 의식이 없는 상태에서 생화학적 실험들을 무분별하게 실행했고, 물질적 안락을 위해 다양한 과학기술들을 발전시켰다. 그들의 과학기술과 문명은 현재와 비교할 수 없을 정도로 높은 수준이었다. 문명의 발전으로 아틀란티스 제국의 인구는 더욱 늘어만 갔다. 이 때문에 레무리아의 타락을 주도했던 부정적 의식의 소유자들이 지상에 대거 합류하게 된 것이다. 진동수가 낮고 투쟁적인 의식을 가진 자들이 국가와 종교의 권력을 완전히 장악함에 따라 시민들은 자유를 잃고 부패와 타락으로 지구를 또다시 극한 지경까지 오염시켰다.

그들에게는 오직 물질세계의 풍요만이 존재했고, 인생은 쾌락을 추구하는 것으로 인식되었다. 이런 극심한 혼란기에 나와 도반은 이번에는 다시 남자의 몸으로 환생하게 되었던 것이다. 두 사람 모두 어린 시절에 부모와 형제를 전란으로 잃어버리고 아틀란티스의 사제로 들어가게 되었다. 그곳에서 맑은 진동수를 가진 스승님을 만나 지도를 받고 지구의 부정적인 에너지를 치유하는 사명을 맡게 된다. 스승님을 비롯한 우리 사제단은 대대적인 지구의 정화를 위한 치유의 에너지를 널리 퍼트렸다. 하지만 사람들의 물질적인 탐닉과 쾌락만을 쫓는 낮은 의식은 계속 강해져만 갔다. 지구의 오염이 증가하자 다른 별에서 온 고차원적인 종족들은 자신들의 별로 되돌아가는 경우도 많아졌다. 그 고차원적인 종족들의 흔적은 지금도 이집트와 중남미 그리고 태평양 연안에서 찾아볼 수 있다. 지구는 부정적이고 물질에 집착된 에너지를 순화하고자 자연재해 등의 다양한 방법으로 대대적인 정화를 단행했다.

스승님의 따뜻한 지도 아래서 나와 도반사제는 영적인 의식의 확장을 위해 더욱더 수행에 전념했다. 그리고 우리에게 맡겨진 지구의 치유의 사명을 이루고자 진동수를 높이고 정화의 에너지를 지구 곳곳에 보냈다. 하지만 물질적 풍요와 안락을 바라는 사람들과 권력을 독점하려는 악한 외계 세력들의 욕망체는 날이 갈수록 강해졌다. 인간의 비뚤어진 마음을 장악하여 인간들을 자신의 노예로 만들어 평생 동안 조종하는 상황에 이르렀다.

사악한 어둠의 외계 세력들은 예수님, 부처님, 성모마리아, 관세음보살님 등의 종교들을 빙자하여 맹목적 신앙을 추구하는 사람들에게 신비한 영적 체험에 빠지게 만들어 그들을 장악해왔다. 악한 외계 세력들이 만들어놓은 욕망체들은 사람들을 미혹시키고 인간의 정신을 극도로 피폐하게 만들었다. 이 우주에는 헤아릴 수 없이 많은 은하계와 별들이 있고, 고도로 진보된 생명체들이 존재한다. 물론 그중에는 사랑과 선한 빛으로 가득 차 있는 진보된 고도의 의식을 가진 존재들도 있지만, 악의 세력으로 가득 찬 외계 세력들도 많다. 외계에서 온 어둠의 세력으로 가득한 에너지는 레무리아를 파멸로 이끌었다. 그 후 아틀란티스 시대에서도 어둠의 에너지로 이루어진 강한 욕망체로 인간들을 조정하여 노예화시켜서 자신들의 권력 아래에 잡아두고 있다.

지구의 어느 시대에나 문명이 일어나면 반드시 지배 세력이 등장했다. 이 세력들은 외계인의 어둠의 에너지와 결탁하여 부와 권력을 유지하기 위해 악한 욕망체와 결합하게 된다.

레무리아 시대부터 아틀란티스 제국과 그 이후 현대 사회까지도 외계인의 어둠의 세력은 강하게 이어지고 있다. 레무리아 시대 침몰로 생을 마감했던 우리 세 사람은 아틀란티스 제국에서도 끝까지 많은 사람들이 악한 세력에 세뇌당하지 않도록 큰 사명을 다하기 위해 최선을 다했다. 그러다가 서로간의 세력 다툼이 극한에 이르게 되자 핵폭발이 일어나 아틀란티스 제국과 함께 장엄한 최후를 맞이하게 된다.

먼 훗날 지구의 어머니인 히말라야에서 우리들은 다시 만나서 악의 세력을 정화하기 위한 수행을 계속해나간다. 레무리아 시대나 아틀란티스 제국에서보다 더욱 강력해진 어둠의 세력들의 장악은 경제와 방송, 종교, 마약, 교육 등의 모든 분야에서 이루어졌다.

어둠의 세력들이 만들어낸 욕망체의 기운은 너무 강력해서 높은 의식과 수행력이 없으면 그 유혹을 이겨내기가 힘들다. 그나마 지구에는 히말라야의 신성하고 강한 정화의 에너지가 마치 어머니가 자식을 품 안에 지켜주는 듯이 보호막을 이루고 있다. 그리고 히말라야 산맥의 비밀스런 장소에서 높은 차원의 의식을 수행하고 있는 수행자와 초인들의 치유의 에너지가 어둠의 세력으로부터 완전히 장악 당하지 않도록 지켜주고 있다.

레무리아 시대부터 히말라야 사원에 이르도록 오랜 기간 동안 자비로운 스승님의 가르침으로 수행에 전념해온 나와 도반은 커다란 사명을 가지고 다시 재회하게 된다.

우리는 어둠의 세력으로부터 지구를 정화시키는 목적을 이루기 위해서 끝없는 수행의 길을 이어온 것이다.

○ 04 ○

죽음은 마침표가 아닌 시작이다

어린 시절부터 나에게 닥쳐온 수많은 죽음들은 끝마침이 아닌 새로운 시작을 보여주었다. 집안 대대로 수행의 길을 걷던 남다른 내력을 끝끝내 거부한 어머니가 죽음의 문턱에 이르게 돼서 백일기도를 갔던 구인사에서 나는 새로운 삶을 시작하게 되었다. 그곳에서 우리 수호령들의 인도로 만나게 된 송현 선생님으로부터 10년간 출가생활을 하면서 수행을 해야 된다는 예언을 들었다. 그리고 10년의 출가생활을 하고 난 뒤 더 큰 세상으로 나와서 두 아이를 낳고 키우며 기도와 수행을 하면서 때가 오기를 기다리라고 하셨다.

내 나이 50세가 되는 시기가 오면 오랜 전생의 시간 동안 수행을 같이

했던 깊은 인연의 도반을 만나게 된다고 했다. 그 도반을 만나고 난 후 내가 경험했던 임사체험의 내용들과 영계의 진실을 세상에 널리 알리는 시기가 온다는 계시를 듣게 된 것이다. 그동안 살면서 많은 죽음의 고비를 넘기면서 임사체험을 경험하고 영계를 보았던 나는 책을 쓴다는 생각은 해본 적이 없었다. 우리 수호령들의 보살핌으로 인해서 여러 번 죽음의 고비를 무사히 넘긴 나는 전생과 영적인 세계를 볼 수 있었다. 그곳에서 오랜 전생에서부터 수행의 길을 걸었던 내 모습을 보았고 타고난 사명을 알게 되었다.

어린 시절부터 남다른 인생을 살아온 나는 출가생활을 10년간 하고 난 후, 넓은 세상으로 다시 돌아와서 묘법사 포교당을 운영하면서 기도와 수행에 더욱 정진했다. 우리 묘법사 포교당에서 수많은 사람들의 인생 상담을 하면서 전생에 오랜 기간 동안 함께 수행해온 도반을 만날 시기를 기다렸던 것이다.

어린 시절 구인사에서 백일기도를 끝낸 뒤, 수호령들의 계시로 수덕사로 출가하여 스승님을 만나게 된 나는 남산에 있는 토굴로 수행을 하러 들어가게 되었다. 남산에 있는 영험한 바위에 기도를 하러 올라가던 도중, 발이 미끄러지면서 떨어졌고 머리를 세게 부딪힌 나는 세 번째 임사체험을 하게 되었다.

세 번째 임사체험에서 우리 수호령들의 안내로 히말라야 사원에서 수행하던 전생의 모습을 보게 되었던 것이다. 전생의 수행처인 히말라야 사원에서 나는 그토록 만나고 싶었던 도반의 모습을 볼 수 있었다. 우리는 6살도 안 된 어린 나이에 지독한 가난에 시달리던 부모님이 직접 사원으로 출가를 시켰다.

그곳에서 만난 첫 번째 스승님은 굉장히 엄격한 규율로 어린 두 제자를 수행하게 했다. 하루 두 끼를 죽 한 그릇으로 견뎌야 했고, 하루에 4시간 이상은 취침하지 못하게 하셨다. 만약 하루에 외워야 할 경문을 다 못 외우면 굶는 날이 더 많았던 혹독한 시간을 보냈다. 몇 년 동안 서로를 의지하며 견디던 두 제자는 더 이상 굶주림을 견디지 못해 그곳을 탈출하고 말았다.

우리는 풀뿌리와 나무열매로 허기를 달래면서 산속을 헤매던 끝에 동굴 속에서 전생부터 깊은 인연이 있는 스승님을 만나게 된다. 자비로운 스승님은 호흡법과 만트라를 수행하게 하면서 두 제자의 근기에 맞게 가르침을 주셨다. 하지만 3년 후 스승님은 삼매에 드신 채 육신을 벗고 열반의 세계로 입적하게 되었다. 두 제자는 비통한 마음을 금할 길 없었으나 100년 후 더 좋은 모습으로 만나게 된다는 스승님의 유언에 힘을 낼수 있었다.

두 제자는 수행의 성취를 위해 열심히 정진하던 중 동굴 안에 식량이 모두 떨어지게 되자 탁발을 나서게 되었다. 그날은 새벽부터 눈이 거세게 퍼붓고 바람이 강하게 불어왔다. 하지만 삼 일 전부터 식량이 다 떨어진 처지라 세 시간이 넘는 먼 거리에 있는 마을로 탁발을 가야만 했다.

추운 산길에 눈까지 수북이 쌓여 있는 미끄러운 길을 두 제자는 '옴 마니 반메 훔'이라는 만트라를 외우며 걸어가던 중, 그만 발을 헛딛어 깊은 낭떠러지 아래로 끝없이 굴러 떨어져 버렸다. 그리고 생명이 끊겨 육체에서 영혼이 분리된 두 제자는 자신들의 시신을 지켜보고 있었다. 마침 마을로 탁발을 나가던 수행자가 길을 잃고 헤매다 두 제자의 시신을 발견하게 되었던 것이다.

티베트의 장례의식은 대부분 천장(天葬)문화이다. 절대다수의 불교를 신봉하는 티베트가 화장(火葬)이 아닌 천장(天葬)으로 장례를 치르는 데는 설산 위에 있는 척박하고 건조한 환경 때문이다. 화장을 할 만한 목재를 구할 수 있는 여건이 안 되기에 대부분이 천장(天葬)이라는 장례의식을 치르는 것이다.

영혼의 상태로 두 제자는 만트라를 외우면서 자신들의 시신을 지켜보고 있었다. 일단 시체를 해부하는 천장사가 두 제자의 시신을 발견한 수행승에게 경전을 외우도록 부탁하자 한 시간 정도 두 제자의 영혼이 좋은 곳으로 떠날 수 있도록 정성 어린 경문을 낭독했다.

경문을 외우는 의식이 끝나자 두 제자의 시신은 담당 천장사에게 인계되어 해부되었고, 우리는 영혼의 상태로 내려다보고 있었다. 우선 예리한 칼로 시신의 등에 옴 자를 새긴 후 등뼈 윗부분에서 아랫부분까지 칼로 일자로 그은 다음 양쪽으로 절개해서 조금씩 살을 도려내었다. 주관하는 천장사가 사지(四肢)를 절단하고 나면, 다른 보조 천장사가 사지를 최대한 토막 내어 살과 뼈로 분리하였다.

그다음에는 팔과 다리의 큰 뼈를 도끼와 큰 망치를 세게 내리쳐서 잘게 부수어 한 곳에 모아두었다. 사지와 등, 어깨의 해부 작업이 끝나니 시체를 뒤집어서 머리 부분과 상체 앞 부분을 해부하였다. 얼굴 안면의 살과 눈, 코, 입, 귀, 피부를 뼈에서 발라냈다. 두피를 뼈에서 발라내고 난 후 상체의 가슴 근육을 도려내었다.

그리고 큰 칼로 강하게 내리쳐서 상체의 앞가슴을 절개해 내장(內臟)을 꺼낸다. 이때 우리 두 제자의 시체를 둘러싼 천장 터 주위에는 이미 독수리 떼가 가득히 날아와 앉아 있었다. 내장을 다 드러내자 팔과 다리의 해부가 시작되었다.

그다음으로 신속하게 머리껍질을 벗기었고 망치를 이용하여 큰 뼈 조각들을 잘게 부수었다. 이렇게 해부되어 먹기 좋게 잘게 다듬어진 우리의 시신은 천장 터 주변에 고루 뿌려놓았다. 그리고 수백 마리의 독수리가 기다리고 있다가 무리의 대장 독수리부터 달려들기 시작했다.

티베트에서는 천국의 사자(使者)라고 하여 신성하게 여겨지는 독수리들은 시체의 뼛가루까지 남김없이 먹어치웠다. 천장의 장례문화에서는 독수리들이 뼛가루까지 깔끔하게 먹어 치워야만 망자의 영혼이 좋은 곳으로 환생하리라고 믿기에 독수리를 신성한 존재로 여긴다. 이렇게 우리의 시신을 깨끗이 먹어치운 독수리들은 창공을 향해 힘차게 날아올랐다. 하늘에 장례를 지내는 천장(天葬)은 시신을 깨끗이 먹어치운 독수리가 영혼을 싣고 하늘 높은 곳으로 데려다주는 신성한 의식이었던 것이다.

어린 시절부터 두 제자는 육신은 그저 잠시 머물다가 인연이 다하면 훌훌 벗어 던지고 다시 환생한다고 굳게 믿고 있었다. 그런 굳건한 믿음이 있었기에 죽음을 두려워하는 마음이 없었다. 전생의 나와 도반은 영혼이 되어 서로 텔레파시를 통해 어릴 적부터 외우던 구절을 함께 읊조렸다.

"죽음이 찾아오면 내 육신은 갈갈이 토막 내어져 천국의 사자(使者)인

독수리들이 깨끗이 먹어치우고는 하늘 높이 더 높이 날아가서 나의 영혼
은 아름다운 천국에 닿으리라."

히말라야의 혹독한 수행의 시간을 마친 두 제자는 100년 동안 천국에
서 영혼의 안식을 취하며 환생할 시기를 기다리고 있었다.

오랜 기간 수행의 길을 걸어가는 두 제자에게 죽음은 마침표가 아니라
새로운 환생의 더 큰 시작이었던 것이다.

05

영혼은 느낌과 감정으로 말한다

히말라야 사원에서 보냈던 수행의 시간들은 나와 도반에게는 영적으로 커다란 진보를 가져다 준 귀한 경험이었다. 우리의 영혼은 눈부시게 빛나고 있는 아름다운 천국에서 다음에 다가올 생을 계획하였다. 물론 다른 육신을 입고 태어나는 순간, 전생의 모든 기억은 잠시 망각의 강물 속에 묻히게 되지만 영혼은 느낌으로 다 알아볼 수 있다. 천국의 근원적인 빛 속에서 나와 도반은 다음에 태어날 세상을 선택하였다.

우리의 영혼은 신성한 히말라야를 가슴 깊이 그리워하고 있었지만 이미 영계에서 지켜본 히말라야의 티베트 주변은 중국을 점령한 외계의 악한 세력에 침범당하여 오랜 시간 동안 자유를 잃어버린 상태였다.

영계에서 환생할 곳을 살펴보던 나와 도반은 전생의 우리를 자비로 이끌어주시던 스승님이 대한민국에 다시 환생하신 것을 보았다. 사실 대한민국은 세계에서 히말라야와 더불어 영적인 에너지가 가장 충만한 나라이다.

지금부터 대략 8만 년 전, 중앙아시아 지역에 최초의 국가인 환국(桓國)이 등장하면서 인류는 문명의 기틀을 갖추기 시작했다. 환국(桓國)이란 '환한 나라'라는 한자를 빌려 나타낸 말이다. 모든 백성이 밝은 광명의 존재가 되고자 하는 염원에서 환으로 불리며 정신문명의 최고의 황금기를 누리던 시기였다. 그러다가 환국은 건국 후 3300년경에 이르자 세계적인 기후 변동으로 추정되는 대재난의 상황을 맞이하여 인류는 큰 혼란에 빠지게 되었다.

『삼국유사』와 『고조선기』에 의하면 이때 하느님(환인)의 아들 환웅은 인류를 건져서 새 세상을 열고자하는 큰뜻을 품었다. 이것을 하느님(환인)이 아시고 대한민국의 태백산을 둘러보시고 새로운 세상을 열도록 허락했다.

널리 인간을 이롭게 하여 우주와 하나가 되는 광명의 지혜가 가득한 인간세상을 만들라는 계시를 주셨다. 환국을 건설했던 환인께서 아들인 환웅에게 물려주셔서 그곳을 신시(神市)라고 이름 지었다. 신시는 신들이 사는 도시라는 뜻인데, 신의 가르침을 계율로 삼아서 광명한 지혜를 열어 바른 인간이 되도록 교화한다는 뜻이다. 오늘날과 같은 물질적 풍요만을 강하게 추구하는 세상이 아니라 고등한 정신문명을 가지고 있었다. 즉, 모든 인간이 신과 하나 되어 인간의 본성과 광명을 회복한 세상이 바로 홍익인간의 세상이었다. 그런 이념을 이어받아 환웅의 아드님인 단군이 서기전 2333년에 고조선을 건국하게 되었다.

단군의 어머니인 웅녀는 흔히 사람이 되기 위해 백 일 동안 동굴에서 쑥과 마늘을 먹고 여인이 되어 환웅과 혼인하여 단군을 낳았다고 전해진다. 하지만 실제로는 곰을 숭배하던 웅족이 호랑이를 숭배하는 호족을 이기고 환웅과 혼인한 상황을 이야기한 것이다. 하느님을 숭배하는 고도의 앞선 문명을 환국에서 가지고 온 환웅은 백두산 일대에 살고 있는 원주민인 웅족과 호족에게 밝은 문명을 전파하게 되었다.

곰을 숭배하고 있던 웅족은 환웅이 행하는 수행법과 문화를 받아들여 광명의 백성으로 거듭날 수 있었다. 하지만 완고한 관습에 사로잡혀 있던 호족은 옛것을 그대로 지키고자 고집하여 새로운 문화를 받아들일 수 없었다. 환웅의 밝은 문명을 자연스럽게 받아들인 웅족은 자연스레 결혼 정책으로 맺어지게 되었고, 오늘날 한민족의 조상이 되었던 것이다.

이처럼 우주의 근원인 광명의 기운이 가득한 대한민국에 전생의 스승님이 환생하신 것을 본 나와 도반은 이곳에 다시 태어나기로 결정하였다.

오래 전 레무리아 시대부터 유독 시와 글쓰기에 능통했고 문학적 감수성이 풍부했던 나의 도반은 많은 사람들에게 작가가 되도록 교육하는 대한민국 최고의 코치가 되었다. 전생의 스승님은 대한민국에서 다시 환생하셔서 여전히 출가 수행의 길을 걷고 계셨다. 나는 어린 시절부터 수많은 죽음을 체험한 후 출가했다가 다시 넓은 세상에서 많은 사람들의 인생 상담을 하며 기도하는 삶을 살고 있었다. 그러던 중, 어린 시절 백일기도에서 계시 받았던 50세가 되던 2020년 1월 31일날, 드디어 우리가 이번 생에서 다시 만나는 시기가 왔다.

어릴 적부터 수많은 죽음과 임사체험을 여러 번 경험했던 나는 그동안은 한 번도 책을 쓰겠다는 생각조차 한 일이 없었다. 우리 묘법사 상담실을 운영하며 한 달에 반 이상은 은사스님과 기도를 다니고, 많은 신도분들을 상담하기에도 바빴던 시간들이었다.

아직도 2020년 1월 31일 저녁 8시가 또렷하게 기억이 난다. 저녁 기도를 마치고 유튜브 영상에서 매일 듣던 '옴 마니 반메 훔'의 만트라 진언

영상을 틀려고 하는 순간이었다.

갑자기 그동안은 한 번도 눈에 띄지 않던 〈김도사TV〉에 히말라야 초인들의 삶과 가르침이라는 영상이 내 눈앞에 커다랗게 보였다. 이번 생에서는 처음 보는 낯선 이름인데도 나도 모르게 영상을 누르고 밤새도록 〈김도사TV〉를 보았던 것이다. 나의 영혼이 강한 힘으로 전율하는 느낌 속에서 그다음 날 아침 일찍 유튜브 〈김도사TV〉에 나와 있는 010-7286-7232번으로 문자를 보냈다. 지금까지 단 한 번도 내가 체험한 일들을 책으로 써내고 싶다는 생각을 한 적이 없었다. 그러나 몇 시간 동안 〈김도사TV〉 방송을 보고 난 후 강한 영혼의 끌림으로 무작정 010-7286-7232번으로 연락을 취했던 것이다.

〈김도사TV〉를 보니 한국 책쓰기 1인 창업 코칭 협회를 운영하면서 그동안 250권이 넘는 책을 집필하고 1,000명이 넘는 작가를 배출한 유명한 〈한책협〉의 대표님이었다. 그렇게 바쁜 시간을 보내고 있는 한책협 김태광 대표님이 내가 문자를 보낸 지 이십분도 되지 않아 바로 답장을 보내왔다.

다음 날인 2월 2일이 성남시 분당구 수내동 22-3번지 2층에 위치한 〈한책협〉 센터에서 책 쓰기 특강이 열리니 참석해서 의논하자는 답장이었다. 나의 영혼 깊숙한 곳에서 강렬한 감정이 올라오면서 무조건 2월 2일날 분당으로 가는 차에 몸을 실었다. 드디어 만나게 된 〈한책협〉 김태광 대표님의 얼굴을 본 순간 영혼 깊은 곳에서 애잔한 감정이 강하게 올라왔다.

수많은 전생에서 사제와 수행자로서 혹독한 수행을 했고, 장렬한 최후를 함께 맞이했던 도반을 드디어 다시 만나게 된 것이다. 그날 예전에 내가 계시를 받은 대로 그동안 경험했던 임사체험들을 책으로 쓰기로 결정했다. 〈한책협〉 대표님에게 임사체험 책을 쓰는 과정을 수강하는 중 책을 써서 널리 알리려면 1인 창업 과정을 통해 네이버와 유튜브에서도 활발한 활동을 해야 된다는 조언을 받았다.

그동안은 멀리 사시는 신도분들이 직접 못 오실 때만 전화 상담이나 화상 상담을 해드렸고, 네이버 카페나 유튜브는 전혀 해본 적이 없었다. 하지만 이제 전생의 도반을 만나 내가 본 영적 세계와 임사체험을 널리 알리기로 하고 네이버에 임죽협 카페를 만들었다.

임사체험을 통한 깨달음으로 가족과 반려동물의 죽음으로 인한 상실감을 지혜롭게 극복해나가는 임죽협 카페는 만든 지 한 달이 조금 넘어서 1,000명이 넘는 많은 회원이 가입을 했다. 그리고 유튜브에 〈묘법사

TV〉를 개설하여 내가 임사체험으로 얻은 깨달음과 경험을 방송하며 널리 세상에 알리게 되었다. 〈묘법사TV〉는 개설한 지 두 달이 채 되지 않아 구독자가 2,500명을 넘어서고 있다. 전생에 수많은 시간 동안 커다란 사명을 이루기 위해 함께 수행하던 전생의 도반을 이번 생에서는 〈김도사TV〉를 통해 강한 운명의 힘으로 다시 만날 수 있게 되었다.

이렇게 시기가 다가오자 운명처럼 〈한책협〉 김태광 대표님을 만나서 책을 쓰게 되었고, 내 영혼은 강렬한 느낌과 감정으로 한눈에 전생의 도반을 알아볼 수 있었던 것이다.

06

영계의 문은 열리다

우리 네이버 임죽협 카페와 〈묘법사TV〉가 한 달이 조금 넘는 기간에 1,000명의 회원이 가입하여 임사체험에 대한 경험을 널리 알리고 있을 때 반가운 소식이 전해졌다.

오랜 시간 동안 연락이 닿지 않았던 성신 님이 유튜브 〈묘법사TV〉를 보고 연락을 해오신 것이다. 거의 10여 년 만에 소식을 전해온 성신 님은 유튜브를 보다가 검색창에 임사체험을 검색했는데 묘법 선생님이 나와서 깜짝 놀랐다고 했다. 며칠 전부터 내 생각을 많이 하다가 우연히 유튜브에서 임사체험을 검색했는데 〈묘법사TV〉에서 내 얼굴이 보이자 반가움에 연락을 해온 것이다.

우리 묘법사는 오래전부터 신도분들이 각자 상황에 맞추어 후원금을 걷어서 어려운 이웃들과 유기동물, 그리고 길고양이들을 후원해왔다. 어릴 적부터 천식이 심했던 성신 님은 우리 묘법사의 오랜 신도분으로 후원 활동에 많은 도움을 주었다.

그러던 중 폐가 심하게 나빠져서 형님이 계신 강원도의 깊은 산 속으로 요양을 떠나면서 소식이 끊기게 되었다. 우리 묘법사 근처에 성신 님이 살고 있을 적에는 천식이 심해져서 병원에 자주 입원했을 때, 신도분들과 함께 간호를 해주곤 했었다. 성신 님은 전생에 나와 우리 도반이 히말라야 사원에서 출가했을 적에 같이 수행하던 깊은 인연이 있다. 히말라야 사원에서 첫 번째 만났던 엄격한 스승님 밑에서 하루에 죽 한 그릇으로 버티고 있을 때 성신 님은 자신의 식사를 우리에게 자주 나누어주었다. 전생에서도 기관지와 폐가 무척이나 약했던 성신 님은 죽조차도 제대로 넘기지 못할 때가 많았다.

기침이 한 번 시작되면 의식을 잃을 때까지 멈추지를 않는 경우가 다반사였다. 한참의 시간이 지난 후 정신을 차리고 난 뒤에는 우리에게 영계의 문을 넘어갔다 왔다며 자신의 영적체험을 들려주곤 했다. 부모님이 병으로 일찍 돌아가시자 이웃분들이 어린 성신 님을 히말라야 사원으로 데려다주어 출가하게 되었던 것이다.

히말라야 사원에서 나와 도반스님이 엄한 스승님 밑에서 탈출하기 1년 전, 성신 님은 육신을 벗고 영계의 문을 열고 다른 세상으로 떠나게 되었다. 이번 생에서도 성신 님의 부모님은 두 분 모두 병으로 일찍 세상을 떠나셨고, 7살 위인 형님과 친척집을 전전하며 자랐다. 어린 나이에 부모님을 떠나보낸 성신 님은 하나뿐인 형님을 의지하며 병약한 몸으로 하루하루를 버텨나갔다. 그런데 고등학교에 입학할 무렵에 부모님처럼 의지하던 형님이 친한 선배에게 사기를 당하여 교도소에 수감되는 비극적인 일이 생겼다. 가뜩이나 친척집에서 눈치를 보며 생활하던 성신 님은 형님이 교도소에 가게 되자 더욱 따가운 눈총을 받게 되었다.

나날이 건강까지 악화되자 더 이상 견디기 힘들어진 성신 님은 극단적인 선택을 하고야 말았다. 친척집 창고에서 독한 농약을 몰래 꺼내들고 인근 가게에서 소주를 사서 동네 뒷산으로 올라간 성신 님은 소주와 함께 농약을 단숨에 들이켜버렸다. 원래부터 병약하게 타고났던 성신 님은 완전히 정신을 잃고 쓰러져서 영혼이 육신으로부터 이탈되어 영계를 다녀왔던 것이다.

성신 님이 고등학교를 졸업한 후 형님이 교도소에서 출소하고 경기도에 있는 친구와 장사를 하게 되자 형님과 함께 살기 위해 상경했다. 우리 묘법사가 형님의 가게와 가까운 곳에 있었고, 어려운 이웃들을 위한 후원 활동에 적극적으로 많은 도움을 주었다. 그러던 중 성신 님은 고등학생 때 농약과 소주를 마신 후 영계에 다녀 온 사실을 우리 묘법사에 와서 처음으로 이야기하게 된 것이다.

자신의 육신을 빠져나온 성신 님의 영혼이 아래를 내려다보니 축 늘어져 있는 육체의 모습이 보였다고 한다. 처음 겪는 유체이탈의 체험에 순간 당황했지만 바로 앞에 어릴 때 돌아가신 어머니와 아버지가 보이자 영혼의 상태에서도 강렬한 기쁨을 느꼈다고 한다.

성신 님의 가장 큰 소원이 돌아가신 어머니와 아버지를 다시 만나는 것이었으니 그 기쁨을 충분히 짐작할 수 있었다. 그리고 부모님 옆에는 한 번도 본 적 없었던 인자한 모습의 할아버지와 할머니의 영혼도 함께 서 계셨다. 서로 바라만 보고 있는데도 무슨 생각을 하는지, 어떤 말씀을 하는지 바로 영혼의 느낌으로 알아들을 수 있었다. 그리고 행복한 에너지를 지닌 영계의 세계를 구경하게 되었다고 한다.

부모님은 성신 님에게 지구에서는 볼 수 없는 아름다운 빛으로 이루어진 옷을 입혀주었다. 영계에서 입게 된 빛으로 지어진 의상은 때가 묻지도 않고 헤지지도 않는다. 그리고 또 다른 옷을 입고 싶으면 바로 분해되어 에너지의 원천으로 되돌아갔다. 할아버지가 영계의 마을을 구경시켜주었는데 영계의 주택은 지구와는 비교할 수 없이 정교하고 화려했다. 그런데 성신 님이 더욱 놀랐던 것은 궁전보다 화려한 영계의 주택이 눈 깜짝할 사이에 지어지는 것을 보았던 것이다. 지구에서는 큰 별장 하나 를 지으려고 해도 설계하고 건축하는 과정이 적어도 몇 년은 걸리게 된다. 하지만 영계의 건축은 각각의 영혼이 거주하고자 하는 주택을 상상 하면 순식간에 완성되는 것이다.

우리 묘법사에 후원 활동을 많이 도와주셨던 성신 님은 영계에서 경험 한 일들을 마음 놓고 이야기할 수 있어서 너무나 편안한 심정이라고 했다. 다른 사람들에게 이런 영계의 이야기를 하면 정신과에 가보라는 걱 정의 이야기를 자주 들어서 혼자만 간직해왔다는 것이다.

내가 어린 시절, 유체이탈을 통해 우리 수호령들과 함께 영계를 안내 받았을 때 이런 모습들을 다 보았다고 하자 자신의 영적 경험을 나눌 수 있어서 우리 묘법사에 더욱 자주 방문하셨다.

성신 님은 부모님과 할아버지, 할머니의 안내로 풍요로움과 사랑의 에 너지가 넘치는 영계를 마음껏 둘러볼 수 있었다. 영계의 아름다움과 조 화는 그곳에 있는 영혼들의 내면의 생각들이 그대로 표현된 것이었다. 영계의 꽃과 나무들과 새의 모습은 지구에서는 결코 볼 수 없는 아름다움의 극치를 이루고 있었다. 육신을 벗어난 영혼의 상태지만 기억력, 감정, 의식은 변함없이 작용하는 것이 성신 님은 너무나 신기했다. 그리고 육신을 갖고 있을 때는 천식과 폐가 좋지 않아 조금만 달려도 숨이 차고, 허약했던 상태였는데 영혼의 상태가 되자 자유로운 그 느낌을 말로는 설명할 수가 없었다.

어린 시절부터 그리워하던 부모님과 행복한 시간을 보내며 자유롭게 영계를 구경하던 중, 깊은 계곡까지 가게 되었다. 갑자기 그 계곡 앞에 멈추어 선 성신 님의 부모님과 할아버지, 할머니는 이제는 돌아가야 될 시간이라고 하며 세게 계곡 밑으로 떨어뜨렸다고 한다. 갑자기 아래쪽에서 강한 힘으로 끌어당겨지는 것을 느낀 성신 님이 잠시 후 눈을 떠보니 어느새 자신의 육신으로 돌아와 있었던 것이다. 다시 육신으로 돌아오고 난 뒤 심한 울렁거림이 느껴지고 뱃속에 있던 모든 것을 다 토해내었다. 그러고 나자 속이 편안해지면서 병원에도 가지 않았는데 신기하게도 멀쩡하게 회복되었다고 한다.

성신 님이 육신을 벗어나서 영계의 모습들을 보게 되고, 그곳에서 꿈에서 그리던 부모님을 만나고 나자 완전히 인식이 바뀌게 되었다. 예전에는 자신을 두고 먼저 세상을 떠나간 부모님을 몹시 그리워하면서 힘든 생활을 원망하고 비관했었다.

하지만 영계의 진면목을 보고나니, 육신은 참다운 내 모습이 아니라는 것과 영원불멸한 영혼이 진정한 나라는 사실을 알게 되었다. 그리고 먼저 세상을 떠나신 부모님의 영혼을 만나게 되자 성신 님의 인생을 최선을 다해야겠다는 결심을 굳히게 되었다.

너무나 고달팠던 삶을 끝내려던 자살 시도로 인해 영계의 문을 열고 그리운 부모님을 다시 보게 된 성신 님은 영계에서 삶의 새로운 희망을 만나게 된 것이다.

07

천국은 장소가 아니라 상태이다

우리 묘법사의 어려운 이웃과 유기동물에 대한 후원 활동에 적극적으로 참여하던 성신 님은 공기가 좋지 않은 도시에서 생활하다 보니 폐가 많이 악화되었다.

몇 년 동안 병원에서 치료를 받으며 끝까지 버티었으나 담당 의사 선생님이 공기 좋은 곳에서 요양하며 치료하는 것이 좋겠다고 간곡하게 권유하여 결국 형님과 함께 강원도로 떠나게 되었다.

우리 묘법사 신도분들과도 오랫동안 정이 들고 전생의 각별한 인연도 있었던 터라 송별회를 열고 서로 격려를 하며 아쉬운 마음을 달랬다.

성신 님이 예전에 임사체험을 했을 때 지구에서는 볼 수 없었던 신비한 영계를 체험한 일들을 우리 묘법사에 오셔서 상담했을 때, 문득 어린 시절 우리 수호령들과 함께 보았던 천국의 아름다운 장면이 떠올랐다.

지구에서의 시간의 개념과 영계의 시간은 전혀 차원이 다르다. 어린 시절 바다에 빠져서 완전히 의식이 끊어져 임사체험을 통해 수호령들의 안내로 영계로 갔다가 다시 돌아왔을 때, 지구의 시간으로는 5분도 채 되지 않는 시간이었다. 하지만 내 영혼이 영계에서 느끼는 시간은 영원한 시간이 흐른 듯 아득히 긴 시간이었던 것이다. 우리가 흔히 세상을 떠나서 49일 동안 다음 세상을 결정 짓게 된다는 시기도 지구의 시간으로는 49일이지만 영계에서는 찰나의 시간에 불과하다.

그리고 지구에서 살아갈 때는 육체를 가지고 있기에 모든 사람들은 자신의 본성을 숨기고 살아갈 수 있다. 하지만 육신을 떠나서 영혼이 되어 영계로 향할 때는 자신이 지금껏 살아온 행적을 숨길 수 없다.

지구에서 살아가면서 미움과 질투심과 탐욕으로 가득 찬 영혼들은 그 진동수에 맞는 낮은 단계의 영계로 자연히 이끌리게 된다. 지옥이 따로 존재하는 것이 아니라 이런 낮은 주파수의 영혼들이 모인 곳이 바로 지옥인 것이다.

우주의 절대자가 심판하여 지옥으로 보내는 것이 아닌 영혼이 가지고 있는 주파수대로 모이게 된다. 자신이 가지고 있는 영혼이 주파수가 어둡고 교만하고 증오심에 가득 차 있다면 자연히 낮은 단계의 영혼들이 살고 있는 곳으로 이끌리는 것이다.

반면에 선한 일을 행하고, 어려운 이웃들과 주위에 생명들을 따뜻하게 보살피는 사랑이 가득한 영혼들은 진동수가 높은 천국의 상태로 이끌려서 모이게 된다. 어린 시절 임사체험을 했을 때, 나의 동자 수호령인 이모와 외삼촌의 안내로 꽃과 나무들이 눈부시게 아름다운 천국을 방문한 적이 있었다. 어린 나이에 시냇가에 핀 꽃을 꺾으려다가 강물에 떠내려갔던 우리 이모 수호령은 영계에서도 꽃밭 속에 파묻혀 즐거워 보였다. 이모가 강물에 빠져서 세상을 떠난 지 석 달도 되지 않아 우리 외삼촌은 열병으로 숨을 거두게 되었다.

우리 이모는 꽃과 나무로 둘러싸여 있는 천국에서 티 없이 밝은 기운으로 행복하게 지내고 있었다. 바로 그 옆에서는 살아 있을 때부터 유달리 동물들을 좋아했던 외삼촌이 강아지와 고양이들과 함께 신나게 뛰어놀고 있었다. 그런데 내 모습을 보자마자 신나게 뛰놀던 강아지들 가운데 한 마리가 나를 향해 반갑게 꼬리를 흔들며 달려왔다. 눈이 부실 정도로 하얀 빛에 감싸진 언제나 그리웠던 나의 흰둥이였다.

어린 시절 남다른 집안 내력으로 혼자 있는 시간이 많았던 내게 위로와 기쁨이 되어주던 소중한 흰둥이를 다시 만난 그곳이 바로 천국이었다. 언제나 변함없이 나를 반겨주던 흰둥이와 영혼의 교감을 나누고 있던 그때였다. 따뜻하게 나를 감싸주는 느낌에 고개를 들어보니 그리운 순옥 언니가 빛나는 모습으로 미소를 지으며 서 있었다. 언제나 보고 싶었던 순옥 언니와 흰둥이가 내 곁에 있는 이 순간이야말로 진정한 천국이었다. 그리고 천국에서 다시 만나게 된 우리 삼총사에 얽힌 깊은 전생의 인연을 생생하게 보게 된 것이다.

조선왕조 500년 동안은 유달리 외세의 침략과 왜구의 노략질이 많아 백성들은 극심한 어려움을 겪었다. 그중에서도 임진왜란과 정묘호란은 조선의 기반을 크게 흔들어놓았던 외세의 침략이었다. 그러나 임진왜란과 정묘호란보다 더 큰 재앙이 있었으니 그것은 바로 경신 대기근이다. 이 시기는 조선뿐만 아니라 세계의 여러 국가들이 급격한 기후 변화로 인해 소빙하기로 불리우면서 재앙이 잇따르던 시기였다. 경신년과 신해년에 걸쳐 일어났다고 해서 '경신 대기근'이라 불리던 1670년에서 1671년까지 일어난 심각한 재앙이었다.

그 당시 언니와 나는 충청도의 인심 좋은 시골마을에 살고 있었다. 우리 어머니는 아버지의 심한 폭행과 술주정에 시달리다 내 나이 6살 때 병으로 세상을 떠나셨다.

나보다 6살 많은 순옥 언니는 어머니를 대신해서 온갖 집안일을 다하며 나를 보살폈다. 하지만 어머니가 돌아가신 후에는 아버지는 하루가 멀다 하고 노름을 하고 술을 마시고 들어와서는 언니에게 무자비한 폭행을 했다.

아버지는 노름을 하다 돈을 다 잃고 들어올 때마다 언니가 15살이 되면 돈 많은 집안에 첩으로 팔아버릴 것이라는 이야기를 늘어놓았다. 언니는 13살도 안 되는 어린 나이에 동네에서 온갖 품팔이 일을 도와가며 집안 살림을 꾸렸다. 그러던 중 친하게 지내던 이웃집 아주머니가 키우던 백구가 새끼를 여섯 마리나 낳았다며 그 중 한 마리를 언니에게 주었다.

언니가 아직 두 달도 채 되지 않은 귀여운 흰둥이를 안고 집으로 들어오는 순간 내 심장은 세차게 뛰었다. 어머니를 잃은 지 얼마 되지 않았던 어린 내게 흰둥이는 커다란 위안이고 기쁨이 되어주었다. 아버지의 시도 때도 없는 술주정과 폭행으로 힘든 나날이었지만 언니와 나, 그리고 우리 흰둥이는 서로 의지하고 위로하며 지내고 있었다.

비극적인 재앙이 시작된 1670년 겨울에는 햇무리와 달무리가 한 달 내

내 반복되고 하늘에 이상한 현상들이 일어났다. 그리고 조선 곳곳에서 지진들이 일어나 엄청난 피해를 입게 되었다. 그리고 우리가 살고 있던 충청도 전역에는 전염병이 창궐하여 셀 수 없이 많은 사람들이 죽어나갔다.

거기다 극심한 가뭄이 들어 모내기를 해야 하는 시기에 비가 내리지 않아서 우물과 냇가의 물이 다 말라버렸다. 거기다 우박까지 자주 내려 농작물이 모두 얼어 죽는 이상 현상이 나타났다. 가뜩이나 농작물의 피해가 극심한데 중국에서 발생한 메뚜기 떼가 조선으로 넘어와 그나마 남아 있던 농작물들을 모두 먹어 치워버렸다.

그리고 그해 여름에는 태풍이 불어 닥쳐서 조선에는 폭우로 인해 극심한 피해를 입었다. 우리 옆집에 살던 내 친구는 태풍이 불어 닥쳐서 비바람에 날아가 실종이 되었다. 우리가 살고 있던 시골마을은 인심 좋기로 소문이 난 동네였다. 어머니가 일찍 돌아가시자 나를 더욱 지극정성으로 보살펴준 언니는 어린 나이였지만 생활력이 강했다.

태풍으로 인해 온 동네가 초토화된 상황에서도 나와 흰둥이를 먹여 살리려고 온갖 일을 마다하지 않았다. 우리 마을의 인정 많은 이웃들도 어머니를 일찍 잃은 우리 자매에게 따뜻한 온정을 나누어주었다.

하지만 태풍이 불어 닥쳐 비바람에 농작물이 잠겨버리고 가을이 되자 전염병까지 심하게 돌게 되었다. 조선의 전 국토가 황폐해지고 먹을 것이 없어 굶주림에 시달리다 보니 인심 좋던 우리 시골 동네에도 하루가 멀다 하고 싸움이 벌어졌다.

그러던 어느 날 밤이었다. 얼마 전부터는 이웃 동네에 있는 주막집 여주인과 눈이 맞아 집에는 들어오지도 않던 아버지가 거칠게 방문을 들어서며 흰둥이를 찾았다.

나는 며칠 전부터 몸이 좋지 않아 방 안에 혼자 누워 있었고, 흰둥이는 이웃집 일을 잠시 도와주러 간 언니를 따라갔던 것이다. 평생토록 집안 사정이나 자식들에게는 관심이 없는 아버지는 주막집에 먹을 것이 떨어지자 흰둥이를 데려가려고 한 것이다. 원래부터 성격이 불같이 급했던 아버지는 마당을 서성이며 언니와 흰둥이를 기다리다가 내일 다시 오겠다며 집을 나섰다. 하지만 그날이 아버지를 본 마지막이 되었다. 우리 집을 다녀간 그날 밤부터 심한 열과 구토를 하던 아버지가 며칠 후 전염병으로 세상을 떠났기 때문이다.

온 나라와 우리 시골 동네가 기근과 전염병으로 아비규환을 이루고 있었지만 나는 천국에 온 것처럼 행복했다.

우리 언니를 끊임없이 폭행하고 괴롭힌 것도 모자라 소중한 흰둥이를 잡아먹으려고 했던 아버지가 이 세상을 떠났기 때문이었다.

비록 굶주림에 시달리는 힘든 처지였지만 언니와 흰둥이가 더 이상 아버지에게 괴롭힘을 당하지 않아도 되자 천국이 내 앞에 펼쳐졌던 것이다.

08

영혼은 시공간을 넘나든다

전생의 모습을 영혼의 상태로 지켜보고 있는 우리는 자유자재로 시공
간을 넘나들었다. 경신 대기근으로 인해 수많은 사람들이 굶주림과 전염
병으로 죽어갔다.

언니와 나 그리고 우리 흰둥이를 괴롭히던 아버지도 전염병으로 세상
을 떠났다. 그리고 며칠 후 언니와 나도 전염병에 걸려 위급한 상황에 처
했지만 우리 곁을 지켜주는 이는 오직 흰둥이뿐이었다. 아무것도 먹지
못하고 방 안에 누워서 앓고 있는 언니와 나를 마지막 순간까지 흰둥이
가 함께 해주었다. 이윽고 언니와 내가 완전히 숨이 멎자 흰둥이는 곧바
로 우리 뒤를 따라서 다음 생으로 넘어갔다.

다음 생에서 언니와 나는 설악산의 깊은 산 속에 있는 관음암에서 동자승으로 자라고 있었다. 관음암의 자비로운 주지스님이 마을로 탁발을 나가셨다가 돌림병으로 부모를 잃고 울고 있는 아이 셋을 암자로 데리고 온 것이었다. 그리고 관음암의 마당에는 그리운 흰둥이가 반갑게 꼬리를 흔들며 우리들을 반겨주었다. 이번에는 남자아이로 환생하여 동자승의 삶을 살게 된 것이다.

순옥 언니는 제일 큰 맏형이고, 둘째는 나, 그리고 막내는 전생의 우리 도반이었다. 관음암의 주지스님은 관세음보살님의 화신이라 불릴 정도로 자비로움이 가득한 분이었다.

주지스님이 어린 시절, 부모님이 병으로 일찍 돌아가시자 살아생전 불심이 깊었던 어머니가 지극정성으로 다니던 설악산 관음암으로 출가를 하게 된 것이다.

'신성하고 숭고한 산'이라는 뜻을 가진 설악산은 백두대간의 중심에 자리 잡고 있다. 예로부터 신성시 되던 설악산에는 생명의 기운들이 강하게 뿜어져나온다. 그 속에 깃들어 있는 하늘의 뜻을 깨달을 수 있는 숭고한 설악산에서 수행한 주지스님은 관세음보살님의 자비와 하나가 되던 것이다.

어린 시절부터 은사스님에게 가르침을 받아 우주의 어머니인 자비의 화신 관세음보살과 하나가 되는 깨달음을 이루었다. 관음암 주지스님에게는 관세음보살님의 신통력이 열려서 아픈 사람들을 손으로 쓰다듬기만 해도 병이 낫는 신비한 힘을 지니게 되셨다.

우리 동자승 삼형제도 돌림병으로 부모님을 잃고 난 후 열이 심하게 끓어올라 위급한 지경에 이르렀는데, 주지스님을 만나서 목숨을 건질 수 있게 되었다. 그렇게 우리 동자승 삼형제의 목숨을 구해주시고 우리 스승님이 되어주셨다. 관음암에서 우리 동자승 삼형제와 흰둥이는 따뜻한 스승님의 보살핌 속에서 행복한 시간들을 보냈다. 아침 예불을 끝내고 나면 스승님은 우리 동자승 삼형제를 법당에 앉혀놓고 관세음보살님에 대한 감동적인 이야기를 들려주셨다.

관세음보살님은 누구에게나 따뜻하고 친밀하게 느껴지며 마음의 평온함을 느끼게 되는 원력을 지니신 분이다. 오랫동안 관세음보살님은 관념 속에서 계신 분이라고 여기고, 실제 존재했던 모습은 모르는 경우가 많다.

우리 스승님은 오래 전 흥림국(興林國)의 세 번째 공주로 태어나서 불도를 성취하고 구제중생의 사명을 완수하신 관세음보살님의 실제 행적을 들려주셨다. 우주의 자비로운 어머니이신 관세음보살님은 단순히 신화적 존재가 아니라 역사상의 실재인물이었다.

중부 아시아의 파밀고원 동쪽에 위치한 코탄(Khotan)지역의 흥림국(興林國)의 묘장왕에게는 세 명의 딸이 있었다. 슬하에 아들이 없어서 왕비가 하늘에 기도하여 세 번째 묘선이라는 공주가 태어난 것인데 상서로운 징조에 묘장왕은 특히 세 번째 공주에게 큰 기대를 걸었다.

아들이 없는 국왕은 묘선공주를 결혼시켜 부마를 두어 대를 잇고자 했다. 그러나 전생부터 세상의 중생들을 가엾이 여기는 자비심으로 고난으로부터 구제하고자 하는 큰 사명을 가지고 태어났던 묘선공주는 결혼을 거절했다. 그리고 흥림국에서 가장 높은 백작산으로 가서 출가하여 수행을 하겠다고 하자 국왕의 노여움은 극에 달해 사형을 선고받게 되었다. 하지만 사형 집행장에 커다란 호랑이가 나타나 묘선공주를 물고 향산이라는 곳의 바위굴 속으로 데려다 주었다. 향산에서 신들의 수호를 받으며 9년 동안 처절한 수행정진을 하게 된다.

이미 큰 깨달음을 얻은 묘선공주는 부처님의 천 개의 눈으로 천하를 살펴보며 신음소리가 들리는 곳이면 어디든지 찾아가서 중생을 구제하러 다니고 있었다. 묘선공주는 부왕이 몹쓸 병에 걸린 것을 살펴보고 노승의 모습으로 변하여 왕궁으로 찾아갔다.

부왕의 온몸에 돋아난 수백 개의 종기에서는 피고름과 함께 악취가 진동하고 있었다. 세상에서 좋다는 약은 다 써보았지만 업보로 인한 종기는 상태가 더욱 나빠져만 갔다. 노승으로 변한 묘선공주는 국왕에게 "세상에 태어나서 한 번도 화를 내지 않은 사람의 몸에서 떼어낸 손과 눈을 달여서 먹으면 나을 것입니다."라는 처방을 내렸다. 살아 있는 사람의 손과 눈을 떼어내야 한다는 노승의 말에 국왕은 노발대발하며 화를 내었다. 더군다나 세상에 태어나서 한 번도 화를 내지 않은 성인의 손과 눈을 떼어내서 달여 먹으라는 노승의 처방에 어처구니가 없었던 것이다. 하지만 노승은 향산의 바위굴 속에 그런 도인이 있음을 잘 설득하여 손과 눈을 떼어주게 되었다. 이렇게 부왕을 위해 손과 눈을 떼어주고 묘선공주는 천수천안의 관세음보살님으로 거듭나게 된다. 그동안 묘선공주의 출가를 반대하기 위해 수많은 스님들을 태워 죽였던 묘장왕은 진심 어린 참회를 하게 되었다.

묘장왕은 건강이 다 회복된 후 은혜를 갚기 위해 왕비와 함께 향산의 도인을 찾아갔다. 향산의 바위굴 속에서 두 손과 두 눈이 없는 도인이 묘선공주임을 알아 본 왕비는 그만 기절해버리고 만다. 한참 후 정신을 차린 왕비와 국왕에게 묘선공주는 진심 어린 위로의 말을 전했다.

부모님이 이 몸을 낳지 않았다면 수행을 이룰 수도 없고 아버지를 구하려는 일념은 두 눈과 두 손뿐만 아니라 온몸을 다 떼어준다 해도 오히려 모자란다는 진심을 전했다. 묘장왕은 가슴이 무너지는 슬픔으로 진심으로 사죄한 후 불법을 믿기로 서약하고 묘선공주를 안아주었다.

그러자 묘선공주는 홀연히 천수천안의 관세음보살님의 모습이 되었다. 허공에는 하나 가득 천 개의 손과 천 개의 눈이 밝은 광명을 발하며 움직이기 시작했다. 두 눈을 내어주어서 천 개의 눈을 가지게 되고, 두 손을 내어주어서 천 개의 손을 가지게 되었다. 그리고 부모님과 여러 대중들이 모인 자리에서 마지막 설법을 하셨다.

"생사를 초월한 영혼에게는 죽음이란 없습니다. 나는 삼계(三界)의 중생들을 구제할 일을 굳게 발원하고 있습니다. 나는 이미 정각을 얻어 생멸이 없는 자재신(自在身)을 얻었습니다. 이 육체는 언젠가는 죽음으로 향합니다. 나는 이제 열반에 들어 보타낙가산(普陀落迦山)으로 갑니다. 이 육신을 가지고서는 한정된 수의 중생밖에는 구할 수 없습니다. 나의 육신을 버림으로써 비로소 시방(十方)에 두루 현신하여 재액의 고통을 널리 구제할 수 있게 됩니다. 결코 애통히 여기거나 비탄할 일이 아닙니다. 나는 언제나 영원히 여러분들의 곁에서 항상 보호할 것입니다. 여기 모인 여러분들은 모든 주위 사람들과 자손들에게 널리 이를 알려주십시

오. 만약 무량백천만억의 중생이 고통 속에 빠져 있을 때 일심으로 나를 찾아 구하십시오. 내가 달려가서 그 고통을 해탈시켜 드릴 것입니다. 나에게는 광대무변한 지혜관과 자비의 진관(眞觀)이 있습니다. 언제나 한 마음으로 나를 관하면 밝은 광명이 갖가지 어둠을 파멸시킬 것입니다. 인생은 죽음을 향해 쉼 없이 달려갑니다. 하루 빨리 무상정법을 깨달아 밝은 성품을 증득할 것을 명심하시기 바랍니다."

마지막 법문을 남기고 열반에 든 관세음보살님이신 묘선공주의 법체 위로 아름답게 빛나던 큰 별 하나가 긴 꼬리를 태우면서 서글피 사라져 갔다.

우리 동자승 삼형제는 감격의 눈물을 흘렸다. 영혼의 시공간을 넘어서 관세음보살님의 커다란 자비심을 몸소 느낄 수 있었기 때문이었다.

09

비로소 나는 신을 알게 되었다

우리 동자승 삼형제와 흰둥이는 자비의 화신인 스승님의 가르침과 보살핌으로 천국같은 나날들을 보내고 있었다. 신비한 기운이 가득한 설악산에 위치한 관음암은 인근 마을로 탁발을 나가려면 하루가 꼬박 걸리는 먼 여정이었다. 아직은 어린 동자승 삼형제를 데리고 탁발을 다니기에는 너무 먼 거리였다. 하지만 관음암에 남아 있는 식량이 거의 떨어져가던 터라 스승님은 더 추워지기 전에 얼른 마을로 탁발을 떠나게 되었다.

인근에 있는 마을로 탁발을 떠나시기 전, 우리 동자승 삼형제를 모아 놓고 일심으로 자비로운 관세음보살님을 생각하라는 당부를 남기시고 서둘러 마을로 향하셨다. 관음암에 남아 있던 우리 동자승 삼형제는 스승님이 지어놓으신 공양을 아껴먹으면서 간절한 마음으로 관세음보살님을 부르고 또 불렀다.

스승님에게 감명 깊게 들었던 실제 관세음보살님의 전생 이야기를 듣고 난 후 더욱 친밀함이 느껴졌다. 그러나 스승님이 관음암에서 마을로 탁발을 떠나신 지 반나절도 지나지 않아 설악산 일대에 강한 눈보라가 몰아치기 시작했다.

관음암에 남겨진 우리 동자승 삼형제와 흰둥이는 방 안에서 서로 체온을 나누며 일심으로 관세음보살님을 부르며 탁발을 나가신 스승님을 기다렸다. 한편 갑자기 매섭게 눈보라가 몰아치자 탁발을 나선 스승님의 심정도 애가 타기는 마찬가지였다.

관음암에는 식량이 거의 다 떨어져가는 상태였고 마을에서 탁발을 해야만 동자승들에게 먹일 식량을 마련할 수 있었다. 한 치 앞도 보이지 않는 눈보라 속을 헤치며 마을로 향해가던 스승님은 그만 발을 헛딛어 넘어지면서 오른쪽 다리가 부러지는 부상을 당하고 말았다. 한참 동안을 추운 눈보라 속에서 꼼짝도 못 하고 관세음보살님을 간절히 염하고 있는데, 마침 근처의 암자에 살고 있던 스님이 탁발을 마치고 올라오는 길에 부상을 당한 스승님을 보게 된 것이다.

근처에 있는 암자에 가까스로 부축을 받아 도착하게 된 스승님은 두고 온 동자승 삼형제와 흰둥이에 대한 염려로 피가 마르는 심정이었다. 하지만 이미 설악산은 몰아치는 눈보라로 인해 온통 폭설에 휩싸여 있었다. 하염없이 눈보라가 쏟아져 내리는 하늘을 바라보며 아이들과 흰둥이가 무사하기만을 스승님은 간절하게 기도드렸다. 한편 관음암에 남겨진 우리 동자승 삼형제와 흰둥이는 서로의 체온만으로 눈보라에 뒤덮인 매서운 추위를 녹이고 있었다.

아직은 7살밖에 되지 않은 막내는 추위와 배고픔으로 목 놓아 어머니를 부르면서 울음을 터트렸다. 그 모습을 영계에서 지켜보는 순옥 언니와 나는 가슴이 끊어질 듯 애처로웠다. 큰 동자승도 이제 12살밖에 되지 않은 어린 나이였지만 배고픔과 추위에 떨고 있는 동생들을 의젓하게 위로해주었다.

스승님이 이 우주에서 어머니와 같이 자비로우신 관세음보살님을 정성껏 부르면 무서움에서 지켜주신다는 법문을 기억하고는 동생들에게 기도를 드리자고 달래었다. 일찍 돌림병으로 세상을 떠난 그리운 어머니를 생각하며 동자승 삼형제는 목 놓아 관세음보살님을 불렀다. 그런 동자승들의 옆에는 며칠간 굶어서 기운은 없었지만 마치 삼형제를 지켜주는 듯이 흰둥이가 꼬리를 흔들며 앉아 있었다.

그리고 더욱 매서워지는 폭설 속에서 며칠 동안을 굶어서 의식이 거의 끊어져가는 우리 삼형제와 흰둥이 앞에 하얀색 한복을 곱게 차려입은 어머니가 나타나셨던 것이다. 빛나는 흰색의 한복을 곱게 차려입은 어머니는 오른손에는 버들가지를 들고 있었고, 왼손에는 물병을 지니고 있었다.

어머니는 차가운 방 안에 힘없이 누워 있는 동자승 삼형제와 흰둥이를 향해 물병에 버들가지를 찍어서 생명수를 적셔주었다. 자비로운 어머니가 생명수를 적셔주자 우리 삼형제와 흰둥이는 편안하게 육신에서 분리될 수 있었다.

우리 삼형제와 흰둥이는 그토록 그리던 어머니를 영혼의 상태로 만나서 평화롭고 아름다운 신의 품으로 인도되었다. 우리의 영혼이 육신에서 빠져나오자 모든 것은 고요하고 평온해졌다. 더 이상 배고픔도 추위에 대한 고통도 슬픔도 없었다.

살아생전에 간절히 그리워하던 어머니를 만난 삼형제와 흰둥이는 눈부시게 빛나는 아름다운 세계에서 행복한 시간을 보내고 있었다. 한편 스승님은 폭설이 그치자마자 인근 암자에 있는 스님들과 함께 간신히 눈길을 헤치며 서둘러 관음암으로 돌아왔다. 급히 아이들이 있는 작은 방문을 열어 제치자 관세음보살님의 그림이 그려진 족자를 꼭 끌어안고 평화롭게 잠든 세 동자승과 흰둥이의 모습이 보였다. 마지막 순간까지 어머니를 그리워하며 관세음보살님의 그림을 끌어안고 눈을 감은 세 형제와 흰둥이의 모습에 지켜보던 모든 사람들이 눈물을 흘렸다.

스승님은 정성스럽게 세 형제와 흰둥이의 시신을 수습하여 화장을 해주고 49재를 지냈다. 밤새 관음암 법당에서 49일 동안 철야기도를 드리는 스승님의 간곡한 기도는 우리 삼형제와 흰둥이가 자비로운 어머니와 행복한 시간을 보내는 영계까지 닿았다. 하루에 한 끼의 죽으로 끼니를 때우고, 49일 동안 법당에서 잠도 자지 않고 오로지 관세음보살님께 지성으로 기도 드리는 스승님의 모습에 우리 삼형제는 깊은 감명을 받았다. 마지막 49일 철야기도를 스승님이 마치는 날, 우리 삼형제와 흰둥이는 자비로운 어머니의 손을 잡고 스승님이 기도 드리는 관음암으로 향했다.

우리가 죽음을 맞이하게 되면 육신으로부터 영혼이 빠져나오게 되고, 가고 싶은 곳이 있으면 그 어떤 곳이라도 자유롭게 갈 수 있게 된다. 스승님은 우리 삼형제와 흰둥이의 명복을 비는 49재를 지극정성으로 먹지도 자지도 않으면서 혼신의 힘으로 기도를 드렸다. 그리고 마지막 49재를 마치는 새벽 관음암 법당에서 육신의 옷을 벗으시게 되었다. 미리 그 주위에서 기다리고 있었던 우리들은 스승님의 영혼이 육신으로부터 완전히 분리되자 감격의 재회를 하게 되었다. 우리 삼형제와 흰둥이의 영혼이 행복의 빛으로 충만한 것을 본 스승님은 49일 동안의 기도가 원만히 성취됐음에 안도감을 느낀 순간이었다.

바로 그때, 스승님은 자비롭게 웃고 계신 관세음보살님을 보게 되었다. 어린 시절 출가하여 그토록 만나고 싶었던 온 우주 중생들의 자비로운 어머니인 관세음보살님이 빙그레 미소 짓고 계셨던 것이다.

자비로운 어머니는 평생의 소원을 이룬 스승님을 향해 생각으로 법문을 전하셨다.

'수많은 종교인들이나 사람들은 입으로는 사랑과 자비를 외치면서 이를 실천하지 않는 이가 많다. 하지만 돌림병으로 부모님을 잃은 어린 삼형제와 흰둥이를 자비롭게 보살펴주고, 49재를 위해 목숨 바쳐 지극하게 기도해준 그대가 바로 관세음보살님이요, 부처님이며 하느님이니라.'

관세음보살님의 법문을 들은 스승님은 한 평생 동안 간절하게 이루고자 했던 깨달음을 얻을 수 있게 되었다. 이 우주의 모든 삼라만상이 부처님 아님이 없으며, 모든 소리가 법음(法音)이라는 사실을 깨닫게 된 것이다. 그때 자비로운 관세음보살님이 한 손에 들고 있던 물병에 있는 감로수를 스승님의 머리에 부어주셨다. 신이 난 동자승 삼형제와 흰둥이는 스승님의 주변을 빙글빙글 돌며 자비로운 어머니가 생명수를 내려주심을 기뻐하였다.

우리의 스승님은 비로소 완전한 깨달음에 이르게 된 것이다. 바로 이 우주가, 대자연이, 우리의 불생불변한 영혼이야말로 그토록 찾던 관세음보살님이며, 하느님이었다는 사실을 말이다. 비로소 스승님과 우리들은 진정한 신이란 무엇인지를 알게 되었던 것이다.

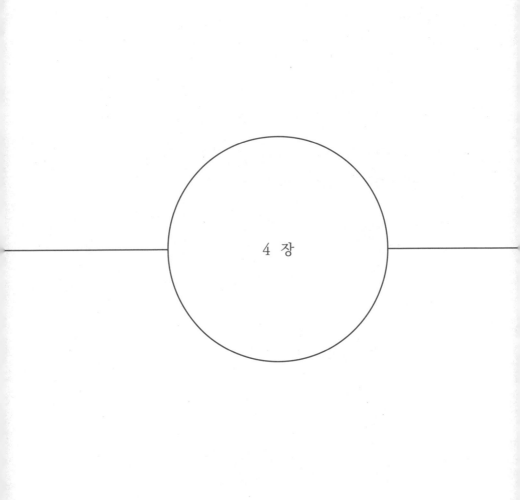

4 장

임사체험이

나에게 가르쳐준 것들

삶과 죽음은 같은 것이다

임사체험을 통해서 보게 된 죽음 너머의 세상은 삶의 연장선이었다. 우리의 육신이 의식을 완전히 멈추게 된 후 영혼은 사라지는 것이 아니었다. 육신으로부터 빠져나온 영혼은 비슷한 에너지를 가진 영혼들끼리 모이게 된다.

사실 육체를 가지고 삶을 살아갈 때도, 사람들은 서로 비슷한 기운끼리 통하는 것처럼 죽음 이후의 영혼들도 유유상종이라고 할 수 있는 것이다. 여러 번의 임사체험을 하게 되면서 영계의 여러 보습을 볼 수 있었다. 우리가 육체를 벗어나 영혼으로 빠져나왔다고 해서 한순간에 근원으로 돌아가게 되는 것은 아니다. 지구에서 살아가는 동안 영적인 진보에 따라서 각자의 영혼이 끌리게 되는 여러 수준이 있다.

내가 본 영계에는 비슷한 에너지를 지닌 영혼들의 공동체가 셀 수 없이 많이 존재하고 있었다. 그리고 죽음으로 인해 영계로 가게 되어도 비슷한 에너지의 공동체 집단에서 유대를 쌓으며 살아가게 된다. 나의 동자 수호령인 이모와 외삼촌의 안내로 그리웠던 순옥 언니와 소중한 흰둥이를 영계에서 보았을 때, 그 기쁨은 말로 표현할 길이 없다. 살아생전에도 다정하고 따스한 성품의 순옥 언니는 영계에서도 흰둥이와 정답게 잘 지내고 있었다.

아버지의 심한 폭행과 술주정으로 비록 극단적인 선택을 했지만 살아생전의 밝고 다정한 모습 그대로였다. 흔히 기독교와 불교 등 거의 모든 종교에서는 자살을 하면 지옥에 떨어져서 영원히 빠져나오지 못하고 갇혀 있게 된다는 주장을 한다. 그러나 내가 가본 영계에서 순옥 언니와 어머니, 그리고 외할머니를 만나보았고 그건 사실이 아니라는 것을 직접 확인하게 된 것이다. 자살로 이생을 하직하거나 사고나 병으로 세상을 떠나게 되더라도 영혼은 마중 나온 수호 영혼들의 안내에 따라 자신들의 진동수에 맞는 곳으로 찾아가게 된다. 그리고 먼저 그곳에 도착해 있는 죽은 부모님이나 친지, 친구들의 따뜻한 환영과 도움을 받아 상처받은 영혼을 치유하고 안정을 취하게 되는 것이다.

우리 수호령들의 안내로 순옥 언니와 흰둥이와 함께 둘러본 영계는 꽃과 나무가 지구와는 비교도 안 될 정도로 아름다운 곳이었다. 아름다운 풍경들을 마음껏 감상하며 옆 마을로 안내받아서 가보았더니 내가 어릴 때 자궁암으로 젊은 나이에 세상을 떠난 육촌 언니를 만나게 되었다.

우리 외사촌 이모는 시간 날 때마다 염주를 돌리며 관세음보살을 간절히 염하며 지극정성으로 절에 다니는 불자였다. 그러나 육촌 언니는 어머니의 반대에도 굴하지 않고 친한 친구와 함께 어린 시절부터 열성적으로 교회에 다녔다.

나보다 9살 많았던 육촌 언니는 크리스마스와 부활절이 되면 우리 어머니 몰래 나를 데리고 교회에 갔다. 교회에서 다함께 크리스마스 캐롤도 부르고, 연극도 보고, 찬송가도 부르면서 즐거운 시간을 보냈다.

우리 육촌 언니가 어린 내게 시간 날 때마다 불러주었던 찬송가는 아직도 깊은 감동으로 내 가슴에 남아 있다. 자궁암 말기로 세상을 떠나고 난 후 나는 육촌 언니가 생각 날 때마다 〈나의 사랑하는 책〉이라는 찬송가를 하늘에 있는 언니를 향해 불러주곤 했었다.

몇십 년이 지난 지금도 그 찬송가 가사가 선명하게 기억이 난다.

"나의 사랑하는 책 비록 헤어졌으나, 어머님의 무릎 위에 앉아서, 재미있게 듣던 말, 그때 일을 지금도 내가 잊지 않고 기억합니다. 귀하고 귀하다, 우리 어머님이 들려주시던 재미있게 듣던 말 이 책 중에 있으니 이 성경 심히 사랑합니다."

이 찬송가를 부르면서 하늘로 떠난 언니를 그리워하곤 했었다.

우리 육촌 언니는 굉장히 활달하고 적극적인 성격이었다. 교회에서 하는 봉사활동도 자원해서 몸이 불편하신 어르신들을 보살피고, 어려운 장애아동들도 적극적으로 도왔다. 살아생전의 성격 그대로 영계에서도 좋아하던 찬송가를 부르면서 주위에 많은 위로를 주며 지내고 있었다. 교회의 성가대에서 오랜 시간 활동했던 육촌 언니는 찬송가를 참으로 잘 불렀었다.

영계에서도 교회에 다녔던 영혼들끼리 공동체를 이루어 찬송가를 부르며 새로 오게 된 영혼들을 위로하는 일을 하며 지내고 있었다. 오랜만에 나를 만나게 된 언니는 영계에서의 시간들이 육신을 가지고 지상에서 살면서 꿈꾸었던 것보다 비교할 수 없이 좋다면서 환하게 미소지었다. 육촌 언니의 행복한 모습을 보니 덩달아 나의 영혼에서도 기쁨의 에너지가 흘러넘쳤다.

육촌 언니와 작별인사를 한 후 나의 수호령들과 함께 친할머니와 할아버지가 계신 마을로 향했다. 살아생전 3년밖에 같이 살지 못했던 친할아버지를 떠나보내야 했던 할머니는 영계에서 가장 밝은 에너지를 내뿜고 있었다. 평생토록 나의 친할아버지를 그리워하며 술로 마음을 달랬던 할머니는 간경화로 세상을 떠나게 되었다. 마지막 할머니의 임종 시 마중 나온 나의 친할아버지를 보게 된 할머니는 편안하게 눈을 감으셨다.

영계에서 만나게 된 할머니는 살아생전에는 볼 수 없었던 빛나는 모습을 하고 계셨다. 할아버지와 할머니는 지상에서 못다 한 그리움을 영계에서 사랑으로 충만한 시간들로 채워나가고 있었다.

내가 어린 시절, 할머니가 우리 아버지의 손을 붙잡고 우시면서 할아버지를 그리워하는 모습을 봐왔기에 영계에서 다정한 두 분의 모습에 큰 위안을 받았다. 할아버지와 할머니에게 인사를 전하고 우리 수호령들과 함께 아랫마을로 향했다. 그곳은 그동안 둘러봤던 마을의 공동체들과는 달리 주변이 온통 흐릿한 에너지로 둘러싸여 있었다. 어린 시절 아랫동네에는 커다란 누렁이 두 마리를 키우며 혼자 살고 있는 할머니가 있었다. 그 집 할아버지는 병으로 젊은 시절 일찍 돌아가셨고, 시골집 텃밭에서 고추와 배추, 감자 등을 농사 지으며 살고 계셨다. 그런데 어찌나 화를 잘 내고 사나우셨는지 그 할머니는 동네 사람들이 집 근처에 오는 것도 싫어했다. 그래서 동네 사람들이 집이나 밭 근처에 오지 않도록 일부러 사나운 누렁이 두 마리를 키우고 있었다. 심지어 다른 도시에 살고 있는 자식들이 집에 오는 것도 싫어하셨다. 동네 아이들이 그 할머니네 텃밭을 조금이라도 건드리는 날에는 온 동네가 시끄러웠다. 한번은 그 할머니가 키우는 누렁이들이 동네 사람을 물어서 인대가 끊어지는 사고도 여러 번 생겼다.

그 이후로 동네 사람들은 물론이고 할머니의 자식들도 거의 출입을 꺼리게 되었다. 그러다가 마을 하수도 문제로 이장님이 전할 얘기가 있어 그 집에 들렸다가 이미 한참 전에 숨이 끊어져서 부패한 할머니의 시신을 발견하게 된 것이다.

바로 그 할머니를 영계의 아랫마을에서 보게 되었다. 살아생전에 하던 그대로 할머니는 아무도 다가오지 못하게 울타리를 치고, 누렁이 두 마리와 함께 살고 계셨다. 영계에서도 여전히 다른 영혼들이 접근하는 것을 싫어했고, 심지어 누렁이들도 우리를 향해 다가오지 못하게 큰 소리로 짖어댔다.

지구를 떠나 영계로 들어 온 영혼은 자신이 가장 친숙하게 느끼는 장소와 에너지에 끌리게 된다. 그리고 지구에서 행했던 그 모습과 에너지를 충족시킬 수 있는 적당한 장소에서 살게 되는 것이다.

죽음 이후에도 살아 있을 때와 똑같은 모습으로 영계에서 지내는 할머니의 모습에서 큰 깨달음을 얻을 수 있었다. 영계의 세계에는 천국과 지옥이 따로 있는 것이 아니었다.

살아생전에 타인에 대한 배려와 자비심으로 어려운 이웃과 생명들을 소중히 여기는 사람은 죽음 이후에도 밝은 에너지로 향하게 된다. 반면에 자신밖에 모르고 욕심과 탐욕과 증오로 가득 찬 사람은 영계에서도 어두운 에너지로 자연히 이끌리게 된다.

우리가 어떤 삶을 살아가느냐에 따라서 죽음 이후의 세계도 똑같이 펼쳐지게 되는 것이다.

우리는 영원히 죽지 않는다

우리 묘법사의 오랜 신도이시고 임죽협 카페의 회원이신 현신 님은 죽음을 무척이나 두려워했다. 어린 시절 부모님이 일찍 돌아가신 충격으로 인해 죽음이라는 단어조차 몹시 무서워했다.

다른 친구들은 중학교에 다니고 있는데 동생들을 책임지기 위해 봉제 공장에서 일을 하며 가족들을 보살폈다. 두 명의 동생들이 고등학교를 졸업하고 난 후 친구의 소개로 결혼을 하게 되었다. 아무것도 없이 시작한 결혼생활이었기에 허리띠를 졸라매고 안 해본 일이 없을 정도로 억척스럽게 생활했다. 아이도 일부러 하나만 낳았고, 현신 님이 대학까지 공부하지 못했던 꿈을 다 이루어주기 위해 최선을 다했던 것이다.

우리 현신 님의 하나뿐인 아들은 훌륭하게 대학원까지 학업을 마쳤고, 지금은 의류 사업을 하며 한 달에 서너 번은 우리 묘법사에 기도를 하러 오셨다. 부모님이 일찍 돌아가신 후부터 죽음에 대한 큰 공포를 지니고 있는 현신 님에게 석 달 전 가장 친한 지인이 갑작스럽게 세상을 떠나는 사건이 일어났다.

그 두 사람은 사는 곳도 같은 동네였고, 자식들도 같은 중고등학교를 나왔기에 오래 전부터 친분이 두터운 사이였다. 바로 이틀 전에도 함께 운동을 하며 이제 서른 중반이 넘은 아들이 결혼을 하기 싫어한다면서 하루 빨리 손주를 보고 싶다는 이야기를 나눴다고 한다. 그러자 현신 님이 요즘 자식들이 부모 뜻대로 되느냐면서 마음을 비우고 건강이나 잘 챙기라는 위로를 전했다. 그날따라 지인분은 마치 마지막임을 예감이라도 하듯이 무척이나 쓸쓸한 표정을 지었다며 마음 아파했다.

우리 현신 님의 지인분도 부모님이 스무 살도 안 되서 돌아가셨기에 단칸방에서부터 신혼생활을 시작해서 지금은 요식업으로 성공을 거두었다. 두 사람은 부모님이 일찍 세상을 떠나신 점과 어렵게 단칸방에서 결혼생활을 시작해서 아들을 하나씩만 낳은 것까지 공통점이 많았다. 그렇게 빈손으로 결혼생활을 시작해서 각각 의류업과 요식업으로 사업을 성공한 것까지 공통점이 많았던 것이다.

지금으로부터 3년 전, 현신 님의 의류 사업이 위기를 맞았을 때 그 지인분이 남편 모르게 모아놓았던 비상금을 선뜻 빌려준 일이 있었다. 사람은 어려운 위기에 닥쳤을 때 진심을 알아볼 수 있는 법이다. 다른 친구들과 친척들은 외면하고 핑계를 대며 모른척 했지만 그 지인분은 선뜻 자신의 남편에게도 알리지 않고 수천만 원에 달하는 금액을 빌려주었던 것이다. 그런 따뜻한 도움 때문에 사업의 위기를 잘 넘길 수 있었기에 현신 님은 고마운 마음을 한시도 잊어본 적이 없었다. 3년 동안 조금씩 나누어서 지인분이 빌려주신 돈을 다 갚았지만 가장 어려울 때 도와준 고마운 마음은 평생 잊을 수 없는 것이다.

그렇게 절친했던 지인분이 갑자기 자는 동안 유언 한마디도 전하지 못한 채 심장마비로 세상을 떠나게 되었다. 우리 현신 님이 지인분의 장례식장으로 달려가 보니 남은 가족들은 처참한 슬픔에 잠겨 어쩔 줄 몰라 하고 있었다.

특히 현신 님의 아들과 절친한 사이인 지인의 아들을 보고 있노라니 마음이 더욱 아팠던 것이다. 가족들끼리도 같은 동네이다보니 모임도 함께하고 친분이 깊었던 사이인지라 현신 님은 그 지인분의 천도제를 우리 묘법사에서 지내주겠다고 연락을 해오셨다. 고인이 유언 한마디 하지 못하고 갑작스럽게 세상을 떠나게 되자 전혀 준비되어 있지 않은 상황에 장례식장은 어수선했다고 한다. 누구에게나 반드시 찾아오는 죽음에는 사실 순서가 없는 법이다. 하지만 언제 닥쳐올지 모를 마지막을 지혜롭게 미리 준비하고 계획하는 사람이 거의 없다는 사실을 우리는 깊이 생각해보아야 한다. 그래도 지인분의 시부모님이 1년 반 전에 돌아가시면서 가족 납골당을 미리 준비해두어서 그나마 다행인 상황이었다.

우리 현신 님 부부는 성격도 취미도 완전히 달라서 쉬는 날에도 각자의 취미생활을 즐기는 일이 많았다. 하지만 그 지인분과 남편은 두 사람 모두 등산을 좋아하고 취미도 비슷해서 어디든지 함께 다니는 잉꼬부부였다. 그런데 하루아침에 혼자만 남게 된 비통한 심정은 세상의 어떤 말로도 표현할 수 없을 것이다. 갑자기 아무런 준비도 없이 소중한 가족을 떠나보낸 그 마음을 잘 알기에 우리 묘법사 포교당에서는 정성을 다해 천도제 준비를 하였다.

천도제 당일이 되자 우리 묘법사 신도이신 현신 님의 가족들과 지인분의 가족이 자리를 함께했다. 천도제라는 것은 육신이 수명이 다해 영혼이 빠져나온 후 우리의 참면목인 영혼을 밝은 빛의 세계로 속히 인도해주는 의식이다. 이때 유가족들은 영혼이 된 고인을 생각하며 심하게 통곡하거나 집착하고 울부짖으면 영계로 가는 길에 있어서 괴로움을 받게된다. 가뜩이나 육신으로부터 빠져나온 지 얼마 되지 않은 영혼은 생소

한 영계에서 여러 가지 체험을 하며 혼란을 느끼고 있기 때문이다.

우리 묘법사 천도제에 참석한 유가족과 신도분들에게 영계의 세계에 대한 법문을 들려준 후 정성스런 경문의식을 행했다. 살아생전에 주위 사람들에게 따뜻한 배려를 행해왔고 가족들에게 최선을 다해 성실히 살아왔던 고인의 영혼은 환한 빛으로 둘러싸여 있었다. 실제로 어떤 죽음을 맞이하고, 시신은 어떤 상태인지를 보면 그 사람의 살아온 결과를 알수 있게 된다. 평소에 자신밖에 모르고 탐욕과 증오가 가득 찬 사람은 임종 시에 참으로 고통스럽게 죽어가는 것을 많이 보았다. 그런 사람의 몸에서 나오는 악취는 그 어떤 냄새보다 고약하고 역했다. 마지막 숨이 끊어지는 순간까지 온갖 고통을 호소하며 몸부림을 치다가 똥오줌 등 갖은 배설물을 내보내고서 숨이 멎게 된다. 그리고 죽은 이후에 비참할 만큼 보기 흉한 모습을 남기는 것이다. 눈을 감지 못하고 부릅뜨고 있고 입에서는 쉬지 않고 배설물이 흘러내린다. 피부는 검은색으로 급격히 변하면서 얼굴 표정이 흉측하게 일그러져서 이를 지켜보는 가족이나 친척들의 마음을 괴롭게 만든다. 또한 장례를 치르는 기간 동안에 음울하고 사나운 기운이 감돌면서 유족들이 심하게 다투는 일이 많이 생기게 된다.

평소에 기운이 쇠약하고 허한 사람들은 이런 기운의 장례식장에 다녀온 후에는 며칠 동안 부정적인 기운에 심신이 힘들어진다. 장례식을 끝

마친 이후에도 유가족들에게 음습하고 부정적인 에너지가 이어져 건강에 탈이 나는 일이 많다. 그러나 주위 이웃을 배려하고 최선을 다해 긍정적으로 선한 삶을 살아온 사람은 마지막에도 편안한 모습으로 이 세상을 떠나간다. 임종하고 난 뒤 입관할 때까지도 품위 있고 평온한 모습으로 가족들과 작별을 고한다. 시신에서 나오는 고약한 악취도 거의 느낄 수 없을 정도로 깨끗하며 장례식을 치르는 기간 동안 평화로운 에너지가 감돌게 된다.

우리 현신 님의 지인분의 장례식장에서도 3일 내내 유족들은 슬픔에 겨운 상태이지만 평화의 에너지가 가득했다. 몇 시간 동안 고인을 위한 정성 가득한 경문의식을 마친 후 우리 수호령들의 영적 에너지와 일치시켜 영혼의 모습을 관해보았다. 스무 살도 되기 전에 사고로 부모님을 일찍 떠나보냈던 고인은 영계에서 평생 동안 그리워했던 부모님을 만나서 밝은 빛으로 가득히 둘러싸여 있었다. 그리고 천도제를 지내는 가족들을 영혼의 모습으로 행복하게 지켜보고 있었다. 이 세상에서 사라진 것은 육체일 뿐, 고인의 영혼은 언제나 가족들과 함께하고 있다.

우리의 영혼은 영원불변하며 영원히 죽지 않는 것이다.

모든 죽음은 위대하다

우리 묘법사 포교당에서 천도제를 지낸 고인의 유가족들은 마음의 평안을 되찾았다. 그동안 특별히 아픈 곳 없이 건강하던 현신 님의 지인분이 갑자기 세상을 떠나게 되자 주변에는 충격이 대단히 컸기 때문이었다. 하지만 묘법사 포교당에 오셔서 천도제를 지낸 후 고인이 먼저 돌아가신 부모님과 행복한 빛에 둘러싸여 있다는 얘기를 듣자 유가족들은 평화를 찾게 된 것이다. 가장 친한 지인의 죽음으로 인해 현신 님은 그동안은 회피해왔던 공포의 대상인 죽음을 직접 대면해보기로 마음을 먹게 되었다.

우리 묘법사에서는 오래전부터 임사체험을 통해 얻은 지혜와 깨달음으로 아름다운 마무리 상담 과정을 운영해왔다. 그동안은 묘법사 신도분들과 주변의 소개와 인연이 닿아서 찾아오시는 고객분들에게 상담과 여러 프로그램과 정들을 진행해왔었다. 그러나 전생의 도반인 〈한책협〉 김태광 대표님을 만나서『내가 임사체험 후 깨달은 것들』이라는 책을 쓰게 되면서 온라인으로 크게 확장되었다.

요즘 시대에서는 온라인 안에서 카페와 유튜브 방송을 통해 많은 사람들에게 유익한 과정들을 알려야 된다는 김태광 대표님의 조언을 듣고 1인 창업 과정을 〈한책협〉에서 수강하게 된 것이다.

〈한책협〉 김태광 대표님의 배려로 1인 창업 수강 과정을 4월 초에 수강한 후, 바로 네이버에 임죽협 카페를 개설하였다. 유튜브에도 〈묘법사 TV〉 채널을 만들어 4월 초부터 임사체험에 관한 방송을 올리게 되었다. 우리 네이버에 개설한 임죽협 카페는 임사체험을 통해 얻은 깨달음과 지혜를 바탕으로 아름다운 마무리를 미리 잘 준비하는 과정을 상담해주고 있다. 그리고 가족들과 지인, 그리고 소중한 반려동물과의 죽음으로 인한 상실감을 잘 극복해나가는 과정을 임죽협 카페에서 운영하고 있다. 또한 우리 임죽협 카페와 묘법사에서는 한부모 가정, 조손 가정, 미혼모 가정, 유기견과 길고양이들에 대한 후원 프로그램들도 운영해나가고 있다. 이번 4월 초부터 네이버 임죽협 카페와 〈묘법사TV〉를 개설하여 한 달도 안 되는 사이 1,000명이 넘는 회원들이 가입해서 상담 과정과 후원 프로그램을 신청하고 있다.

우리 묘법사의 오랜 신도이시고 임죽협 카페 회원으로 가입하신 현신 님이 지인분의 죽음으로 인해 지혜로운 죽음의 마무리 특별 상담 과정을 신청하게 된 것이다. 우리 현신 님이 가족들과 함께 묘법사 포교당으로 미리 예약을 하고 특별 상담을 받으러 오셨다. 일단 현신 님의 부부는 취미나 좋아하는 분야가 너무나 달라서 장례 방식에서부터 의견이 반대로 엇갈렸다. 우리 현신 님은 확 트인 바다를 좋아해서 해양장을 하기를 원하셨다. 우리나라에서 화장한 고인의 유해를 바다에 뿌리고 추모할 수 있는 자연 친화적인 해양장은 2곳이 있다.

인천 연안 부두와 부산 요트경기장 2곳에서만 합법적으로 고인의 유해를 해양장으로 모실 수가 있는 것이다. 두 곳 모두 365일 고인을 모시기 위해 연중무휴로 운영되고 있다.

고인의 해양장을 치르기 이삼일 전에 미리 연락하면 배에 승선해서 고인의 제사를 모실 수 있는 모든 준비도 도맡아 해주기에 편안하게 모실 수 있다. 그리고 해양장의 장점은 자연장 중에서 가장 자연 친화적인 방법이고 장례 방법 중 경제적으로도 부담이 없다는 점이다.

'해양장'이란 자연 친화적인 자연장으로 배를 타고 나가서 정해진 좌표에 유골을 산골하는 장례 방법이다. 화장한 유골을 모든 생명의 원천인 바다로 다시 돌려보낸다는 뜻 깊은 의미를 지니고 있다.

평소부터 바라보기만 해도 가슴이 탁 트이는 바다를 좋아했던 현신 님은 해양장을 하고 싶은 의사를 밝히셨다. 그러자 옆에 계시던 현신 님의 남편분의 안색이 불편해지셨다. 우리 현신 님의 남편분은 어린 시절부터 산을 좋아해서 지금도 일주일에 두 번 이상은 꼭 산행을 갈 정도로 산을 좋아하기 때문이었다. 현신 님의 남편분은 나중에 본인의 장례 절차는 화장을 한 후 수목장을 치르고 싶다고 했다.

보통 부부는 납골당이나 수목장 등의 장례 방식을 택할 때 나중에 같이 모셔지는 경우가 많기에 현신 님의 아들은 난색을 표했다. 두 사람이 원하는 장례 방식이 전혀 달랐기에 하나뿐인 아들은 누구의 의견을 따라야 할지 모르겠다며 당황해했던 것이다.

그러나 이 세상에서는 부부의 인연을 맺고 잠시 살아가고 있지만 영계는 각자의 에너지에 따라서 자유로운 선택이 가능하다. 우리 현신 님이 평생 동안 바다를 보면 가슴이 시원해지고 행복해진다면 해양장을 선택해야 된다.

그리고 현신 님의 남편분이 산과 나무를 좋아해서 수목장을 치르고 싶어 하시니 당연히 그렇게 해드려야 한다고 아들에게 전했다. 물론 부부가 의견이 일치해서 같은 장례 방식을 치르는 것도 좋겠지만 가장 중요한 것은 본인의 선택인 것이다. 미리 본인 스스로의 중요한 의사를 가족들에게 전달해놓고 지혜롭게 준비해놓는 것이 현명한 마무리인 것이다. 예전에는 좋은 묘자리에 매장하는 방식을 많이 선호해왔지만 지금은 대부분 화장을 치르는 비율이 높아지고 있다. 일단 묘지 자리가 크게 부족하고, 매장에 따른 엄청난 비용도 가족과 자식들에게는 부담으로 다가온다. 그리고 벌초와 산소 관리를 지속적으로 할 수 있는 여건도 점점 힘들어지고 있기에 화장하는 비율이 높아지고 있다.

우리 현신 님의 남편분이 선택한 수목장은 사계절 내내 푸르른 숲과 나무로 이루어진 자연적인 장례 방식이다. 소나무 숲, 주목나무 숲 등의 여러 가지 나무를 본인이 원하는 대로 선택할 수 있다. 그리고 대부분 교통이 편리한 곳에 위치해 있다는 장점이 있다. 물론 비용은 해양장보다는 조금 더 들지만, 숲과 나무를 좋아하는 분들은 수목장을 많이 선호한다. 요 근래에 친한 친구분들이 다섯 분이나 세상을 떠났는데 그중 한 사람도 이런 준비를 해놓지 않고 갔다면서 이번 계기로 단단히 대비를 해놔야겠다고 하셨다. 그리고 우리 현신 님의 남편분은 같이 온 아들에게 만일 나중에 본인에게 위급상황이 닥쳐서 중환자실로 가게 되었을 때,

인공호흡기나 심폐소생술을 하지 말 것을 당부했다. 가장 친한 친구 분이 간암 말기로 투병 생활을 했는데 마지막 몇 달 동안 인공호흡기와 여러 가지 병원 기계들에 둘러싸인 모습을 병문안을 가서 보고는 큰 충격을 받았다고 하셨다. 평생 열쇠를 만드는 일을 하며 흐트러지는 모습 없이 성실하게 가족을 위해서 살아가던 친구가 마지막에 인공호흡기와 기계에 둘러싸여 중환자실에서 고립된 모습에 많은 생각을 하게 된 것이다.

이 세상을 살아가는 수많은 사람들은 죽음 전의 삶에는 지대한 관심이 있다. 남들보다 더 나은 직장과 재산, 그리고 건강과 취미 등에 대한 관심으로 바빠서 정작 중요한 죽음 이후의 삶에는 생각조차 하기를 꺼려한다. 그러다가 우리 현신 님이나 남편분처럼 가족이나 친한 지인들이 죽음을 맞이했을 때 비로소 죽음에 대해서 생각해보는 계기를 갖게 된다.

우리가 현재 살아가는 지구의 삶보다 사후에 펼쳐지는 영계의 세계는 상상할 수 없이 장엄하다. 우리 주변에서 일어나는 모든 죽음은 그 장엄한 영계의 세계를 스스로 깨닫게 해주는 계기를 주기에 더없이 위대한 것이다.

임사체험의 신성한 목적

어린 시절부터 죽음의 고비를 여러 번 넘기고 다른 사람들과는 다른 임사체험을 경험하면서 하늘을 원망을 한 적도 많았었다. 더군다나 일찍 출가생활을 하면서 새벽 3시부터 시작되는 고된 일과에 남들과는 다른 역경의 삶을 탓할 때도 수없이 많았다. 하지만 하늘이 나에게 그런 역경들을 내리셨을 때는 반드시 신성한 목적이 있었던 것이다.

수많은 고난과 역경들을 이겨내고 지금은 묘법사 포교당을 운영하며 전국 각지에서 상담을 하러 찾아오시는 많은 분들에게 희망을 심어주는 일이 내 인생의 큰 보람이 되었다. 3년 전 따뜻한 5월 중순 무렵이었다. 그날따라 아침부터 상담 예약 손님이 굉장히 많은 바쁜 날이었다. 저녁

8시가 넘자 묘법사의 출입문을 닫으려고 하는 순간 50대 초반의 창백한 안색의 남자분이 힘없이 들어오셨다.

　너무나 창백하고 핼쓱한 모습에 일단 의자에 앉기를 권하고 난 후 따뜻한 차를 타서 건넸다. 잠시 차를 마시면서 마음의 안정을 취한 후 본인의 이야기를 털어놓기 시작했다. 손 사장님은 53세가 되셨는데 3년 전 대기업 임원이었다가 구조 조정을 당해 실직을 하게 되었다. 남원의 시골 동네에서 농사를 지으시는 팔순이 다 되어가는 부모님은 장남인 손 사장님을 집안의 기둥이자 자랑으로 여기며 살아가신다며 눈물을 글썽이셨다. 어려운 살림에도 부모님은 손발이 부르트도록 농사를 짓고 품팔이를 하며 장남인 손 사장님을 대학까지 보내셨다고 한다.

　갑자기 2년 전 대기업을 다니던 손 사장님은 구조 조정을 당해 충격에 휩싸이게 되었다. 부모님의 기대를 한 몸에 받고 있고 자신이 책임져야 할 두 아들은 이제야 대학생과 고등학생이었던 것이다. 마음이 조급해진 손 사장님은 퇴직금과 대출금을 끌어 모아 경험도 없이 무한리필 숯불구이 식당을 크게 차렸다고 한다. 하지만 경영 악화와 인건비 등의 여러 가지 악재로 2년도 안 되서 퇴직금과 대출금을 모두 날리게 된 것이다.

　그 후 여러 군데 이력서를 내고 일자리를 알아보았지만 일할 만한 곳을 구하지 못하자 임시방편으로 대리운전을 하고 있는 중이라며 쓸쓸한 미소를 지었다. 갑자기 집안에 큰 악재가 연속되자 가족끼리 불화가 심해져만 갔다. 그리고 난생 처음 대리운전 일을 하는 손 사장님은 술이 취해 심한 모욕과 주정을 하는 손님들을 상대하기가 한계치에 다다랐던 것이다.

오늘도 술에 취한 손님을 내려주고 난 뒤 '이렇게 살아서 무슨 희망이 있을까?' 하는 자괴감에 한강으로 차를 몰고 달려가는 길이었다고 한다. 갑자기 빨간 신호등이 켜져서 차를 급하게 세운 후 오른쪽 길가에 시선을 두었는데, 묘법사라는 간판이 크게 눈에 띄었던 것이다. 손 사장님의 내면 깊은 곳에서 이왕 그만 살기로 작정했으니 알 수 없는 이끌림으로 찾아왔다고 했다.

우리나라는 하루에도 5~60명 이상이 자살을 하며 OECD 국가 중 자살률 1위를 기록하고 있다. 가족이나 친한 지인이 자살을 하게 될 경우 주위에 있는 수십 명에게 자살 충동을 심어주는 강력한 영향을 끼친다. 그런데 자살을 시도했다가 살아남은 사람들을 상담해보면 대부분 충동적인 자신의 행동을 후회하며 새 삶을 살아가는 경우가 많다.

5년 전 어느 가을이었다. 20대 초반의 남학생이 자신의 진로를 상담하고 싶다면서 우리 묘법사에 들어섰다. 차분한 모습으로 의자에 앉은 그 남학생은 자신의 이야기를 들려주었다. 어린 시절 아버지의 사업 부도로 인해 어머니가 집을 나가고 빚쟁이에 쫓겨 다니면서 친척집을 전전했던 불안한 환경 속에서 자라게 되었다. 어린 시절 집을 나간 어머니가 미우면서도 보고 싶은 마음에 수소문해봤지만 연락이 닿지 않았다.

일찍부터 혼자서 독립적으로 아르바이트와 온갖 일을 하며 야간대학에 들어갈 수 있었다고 한다. 그곳에서 어머니의 모습을 닮은 두 살 연상의 여자친구를 사귀게 되었다. 하지만 자신을 버리고 떠나버린 어머니에 대한 상처로 인해 지나치게 여자친구에게 집착을 하게 되자 이별을 통보받게 된 것이다.

아무리 잘못을 빌고 다시는 집착하지 않겠다고 다짐을 했지만 여자친구는 받아들여주지 않았다. 너무나 커다란 충격을 받은 남학생은 서울 마포대교에서 뛰어내리게 되었다. 하지만 마포대교에서 뛰어내리는 순간에 머리 속에서 '살고 싶다'라는 생각으로 가득 찼다고 했다.

자신의 머리와 가슴 속에서 온통 '살고 싶다'는 생각이 강하게 올라왔던 것이다. 마침 하늘이 살고 싶다는 강한 생각에 응답하듯이 근처에 지나가던 사람이 신속히 119에 전화를 걸어 무사히 구조될 수 있었다. 그때 자신의 어리석은 행동을 반성했고, 앞으로 자신의 경험을 통해 다른 사람들을 도울 수 있는 사람이 되고 싶다며 밝은 미소를 지었다.

만약 그 남학생이 마포대교가 아닌 고층 건물에서 투신했다면 떨어지는 순간 후회하는 마음이 들었다 해도 이미 돌이킬 수 없을 것이다. 그날 두 시간 동안의 상담을 마친 학생은 전공을 사회복지와 상담 쪽으로 바꾸게 되었다.

지금은 어려운 환경에 처한 많은 사람들에게 희망을 전하는 사회복지사로서 심리상담사로서 보람된 인생을 살아가고 있다. 자신의 죽음을 실행하기 전에 마지막으로 우리 묘법사로 상담을 받으러 왔다는 손 사장님에게 마포대교에서 자살 시도를 했던 남학생의 이야기를 들려주었다.

조용히 내 이야기를 경청하던 손 사장님은 자신도 힘든 현실 때문에 순간적인 충동이 강하게 올라왔던 것이라며 고개를 숙였다. 아마도 살고 싶은 강렬한 내면의 소리가 우리 묘법사로 자신을 이끈 것 같다며 미소를 지으셨다. 그리고 내가 그동안 겪었던 임사체험과 영계의 모습도 자세히 알려드렸다.

지상에 우리의 부모님과 형제자매와 자식들이 연결되어 있는 것처럼 영계에도 영혼의 가족들이 있다. 영계에서 영혼의 가족들이 지상으로 한 영혼을 환생시킬 때 얼마나 깊은 정성과 보살핌을 주고 있는지를 안다면 스스로 생명을 끊는 어리석은 행동을 결코 하지 않을 것이다.

우리가 죽음으로 모든 문제가 끝나거나 해결되는 것은 아니다. 죽음이란 육체가 사라지는 것일 뿐 우리의 진짜 모습인 영혼은 다른 차원으로 이동하게 된다. 이번 생에서 미처 해결하지 못한 채, 세상을 떠났을 때는 다음 생에서 똑같은 문제를 만나게 되는 것이다. 지금 당면한 어려움이 아무리 크더라도 반드시 지나가기 마련이다. 그리고 특히 손 사장님의 경우에는 나이 드신 부모님이 고향에 생존해 계시기에 더욱더 스스로 생명을 끊는 불효막심한 일을 저질러서는 안 된다.

손 사장님의 부모님은 팔순이 다 되신 연세에도 아직도 시골에서 농사를 지으며 자식들에게 조금이라도 보탬이 되고 싶어 하루도 쉬지 않고 일을 하신다고 한다. 이 세상에서 가장 마음 아픈 일은 부모님보다 자식이 먼저 세상을 떠나는 일이다.

부모님은 자식이 어린 시절부터 나이가 들어 노인이 되더라도 끝없이 자식을 위해 무언가를 해주고 싶어 하신다. 오죽하면 부모님은 백 살이 되었어도 여든 살 된 자식들을 언제나 염려하시는 것이 부모님의 마음이다. 아마도 부모님이 자식을 향한 태산보다 깊은 사랑은 목숨이 다하신 뒤에나 쉬게 될 것이다. 손 사장님 부모님은 지금쯤 장남의 괴로움을 덜어줄 수 없는 처지에 얼마나 마음이 아프고 안타까울지 충분히 짐작할 수 있었다. 시골집에 내려가서 부모님의 부르튼 손을 볼 때마다 가슴이 찢어지게 아팠던 손 사장님은 부모님 생각에 기어이 눈물을 쏟으셨다. 나는 손 사장님에게 『부모은중경』의 한 구절을 들려드렸다.

"아, 부모님의 크신 은혜를 어찌 보답할 것인가! 어머니가 아이를 낳을 때는 서 말 여덟 되의 피를 흘리고, 낳아서는 여덟 섬 너 말의 젖을 먹여서 키운다. 부모님의 은덕을 생각하면 자식들은 아버지를 왼쪽 어깨에 업고 어머니를 오른쪽 어깨에 업고서 수미산을 백천 번 돌더라도 그 은혜를 다 갚을 수가 없도다. 부모님은 생명을 마치는 순간까지 자식들을 끝없이 사랑하시는구나."

손 사장님은 어리석은 행동으로 부모님과 자식들에게 결코 씻지 못할 상처를 줄 뻔했다면서 진심 어린 감사의 인사를 전해오셨다. 그 후 조그마한 대리운전 업체를 차리고 최선을 다해 살아가는 모습에 나는 큰 보람을 느꼈다. 내가 임사체험을 하게 된 이유는 생명을 살리라는 신성한 목적이 있었기 때문이었다.

05

우리의 삶 자체가 기적이다

우리 주변에 어려운 이웃과 유기견과 길고양이들에게 마음의 문을 열고 다가가면 삶 자체가 기적인 경우가 많다. 네이버 임죽협 카페와 우리 묘법사에서는 오래 전부터 어려운 이웃들과 유기동물들에 대한 후원 프로그램을 운영해왔다. 유기동물과 길고양이들이 주로 먹을 것을 찾기 위해 쓰레기장을 뒤지는 경우가 많아서 그 주변에 사료와 물을 놓아주었다. 하지만 구석에 박스와 그릇들을 놓아주고 나면 그 주변에 계신 분들이 치워버리는 경우가 종종 일어났다.

지금은 5월이라 날씨가 따뜻해서 괜찮지만 추운 겨울에는 스티로폼 박스라도 있어야 추위를 버틸 수 있다. 특히 고양이들은 영역 동물이라서 자신의 영역 안에서 주로 생활하기에 근처에 박스를 놓아주었던 것이다. 그 쓰레기장 주변에서 박스를 수집하러 다니는 할아버지가 길고양이들을 후원하는 나를 많이 도와주셨다. 환경미화원 아저씨들이 쓰레기장 주변에 있는 길고양이의 박스를 치워버리면 할아버지는 다른 곳에서 주워온 스티로폼 박스를 내게 건네주곤 하셨다.

젊은 시절, 아침에 일을 하러 가던 중 교통사고를 당하셨다는 할아버지는 장애인용 전동스쿠터를 타고 박스를 주으러 다니셨다. 주변에 길고양이들과 유기동물을 챙겨주며 친해지게 된 할아버지는 자신이 살아온 이야기를 꺼내놓으셨다.

할아버지가 젊은 시절에 작은아버지의 주선으로 착하고 알뜰한 부인을 만나게 되었다. 결혼한 지 3년도 안 되어서 교통사고를 크게 당한 할아버지는 두 다리를 절단하는 큰 수술을 하게 되었다. 할아버지와 할머니의 슬하에 자녀는 없고 평생을 서로 의지하며 지내던 중 5년 전에 병으로 할머니가 먼저 세상을 떠나시게 된 것이다.

장애인용 전동스쿠터가 없었다면 꼼짝도 못 하고 집 안에만 있을 뻔했는데 이렇게 다닐 수 있어서 행복하다며 환하게 웃는 모습에 가슴이 시려왔다. 평생을 의롭게 지내왔던 할머니가 먼저 돌아가신 후 박스를 줍던 쓰레기장에서 추위에 떨고 있던 고양이 나비를 데려왔는데 그만 작년에 세상을 떠나버렸다고 한다.

할머니가 없는 쓸쓸한 빈자리를 유독 애교가 많던 나비가 가득 채워주었던 것이다. 혼자 지내는 할아버지의 삭막했던 삶을 나비가 기적으로 바꾸어주었다. 할아버지가 전동스쿠터를 타고 박스를 주으러 나갔다가 들어오면 스쿠터 소리가 들리자마자 문 앞으로 잽싸게 마중을 나와 머리를 부비며 반가워서 어쩔 줄 몰라 했다.

그렇게 서로를 의지하면서 4년이 넘는 시간을 보냈는데 나비가 할아버지 곁을 떠나게 되자 삶과 죽음에 대한 많은 생각을 하셨다고 한다. 그 후로 전동스쿠터를 타고 박스를 주으러 다니면서 길 가에 고양이들을 보게 되면 더욱 정성껏 사료와 물을 챙겨주곤 하셨다. 우리 묘법사에서도 오래 전부터 유기동물과 길고양이들을 후원하고 있다고 하자 할아버지는 내게 많은 도움을 주었던 것이다.

나는 3년 전부터 친한 지인이 키우던 고양이가 새끼를 낳아서 그중 한 마리를 분양받아 키우고 있기에 길가에서 굶주리고 있는 길고양이들을 보면 더욱 가슴이 아파온다. 게다가 사람들에게 괴롭힘을 당하는 일들도 자주 생겨서 생명의 소중함을 전하고 싶다. 이 우주에 존재하는 모든 생명은 다 귀하고 소중한 것이다. 나의 생명이 가장 귀한 것이듯 다른 생명들도 똑같이 존귀한 법이다. 아무리 말 못 하는 길고양이들이지만 다같이 소중한 생명이다. 스스로 저지른 행위는 자신에게 되돌아오는 법이다. 주위에 있는 모든 생명들을 따뜻하게 아끼고 보살피는 사회가 되어야겠다.

이런 생각이 잘 통했던 할아버지와 나는 주위를 다니면서 길고양이들을 정성껏 보살폈다. 그러던 지난 달, 강원도에 사시는 할아버지의 동생분이 우리 묘법사에 상담을 하러 오셨다. 할아버지를 모시고 함께 들어온 동생분은 강원도에서 약초를 캐러 다니는 일을 하신다고 했다. 평생 산 속에서 약초를 캐는 일을 하며 독신으로 살고 있다면서 쓸쓸히 미소 지으셨다.

그런데 할아버지를 모시고 온 동생분을 바라보고 있노라니 우리 수호령들이 내 귓가에 염소들의 고통스러운 울음소리를 들려주시는 것이었다. 할아버지의 동생분에게 혹시 예전에 염소를 키웠었냐고 물었더니 무척이나 놀라는 표정을 지으셨다. 그렇지 않아도 요즘 예전의 일들이 꿈에 자주 보여서 괴로운 마음에 상담을 하러 오셨다는 것이다.

할아버지의 부모님은 산골에서 흑염소와 오리들을 키웠고 동생은 흑염소들을 도맡아 돌봤다고 한다. 장남인 할아버지는 중학교를 졸업하고는 서울로 올라가서 공장을 하시는 작은아버지의 일을 돕고 있었다. 할아버지는 어린 시절부터 동물들을 좋아했었기에 흑염소와 오리들이 죽어가는 모습을 차마 볼 수가 없었다. 부모님들은 단골손님들이 찾아오면 흑염소와 오리를 잡아서 음식을 팔았던 것이다.

사실 마음이 내키지 않았던 것은 할아버지의 동생분도 마찬가지였다고 한다. 하지만 남의 땅을 빌려서 어떻게든 살아보려고 최선을 다하시는 부모님을 보면 이 일을 그만두자는 말을 꺼내지 못했다며 고개를 숙였다. 자신을 무척이나 따르는 흑염소를 볼 때마다 동생은 마음이 찢어지는 듯했다.

그러던 어느 봄날이었다. 한 시간 거리에 있는 암자에 계신 스님이 탁발을 오셨는데 마침 흑염소를 잡는 현장을 보게 되었다. 그 스님은 부모님을 향해서 특히 집에서 기르던 짐승을 살생하는 것은 바로 자식에게 큰 화가 미칠 수 있으니 살생을 멈추라는 조언을 하고 암자로 돌아가셨다. 그런데 그 스님이 다녀간 후 한 달도 채 되지 않아서 할아버지는 큰 교통사고를 당해 두 다리를 절단하는 장애인이 되었다.

장남이 평생 두 다리가 절단된 채 장애인이 되어버렸다는 충격에 할아버지의 부모님은 충격으로 쓰러지셨다. 그 후 1년 간격으로 부모님이 세상을 떠나셨고, 동생은 깊은 산 속으로 들어가서 약초를 캐면서 평생 독신으로 살고 있는 것이다.

형님이 사고가 난 후 일절 육식을 끊고 채식만 하면서 산 속에서 좋은 약초를 캐서 보내 드린다며 안타까운 표정을 지으셨다. 형님이 장애인이 된 이유가 자신의 집안에서 살생을 많이 했기 때문이라는 생각에 평생을 괴로웠다고 한다.

마침 겨울철에는 약초를 캐기가 어려워서 형님하고 봄이 올 때까지 같이 지내다 가시는데 할아버지에게 우리 묘법사 이야기를 듣고 백일기도를 신청하러 오신 것이다. 장남의 사고 소식에 충격을 받고 쓰러져서 돌아가신 부모님의 천도기도와 아직도 동생의 꿈속에 자주 나타나는 흑염소들을 위해 백일기도를 드리고 싶다고 하셨다.

그렇게 할아버지와 동생분과 함께 묘법사에서 정성껏 백일기도를 드린 지 50일째 되는 새벽이었다. 처음 보는 할아버지 두 분이서 소와 돼지 등을 도살하는 모습들이 선명하게 내 꿈속에 나타났던 것이다. 그날 오후에 우리 묘법사에 백일기도를 드리러 온 할아버지와 동생분에게 새벽에 꿈속에서 본 장면을 이야기해드렸다. 사실 윗대 할아버지가 백정이었다는 집안 내력을 주변에는 알리고 싶지 않았기에 두 사람은 크게 놀라는 모습이었다. 조금 후 할아버지는 놀라운 체험담을 털어놓았다.

젊은 시절에 교통사고를 당하여 큰 수술을 하던 당시 육체에서 영혼이 빠져나와서 고조할아버지와 증조할아버지를 만났다는 것이다. 한 번도 본 적 없는 두 분이었지만 몇십 년이 지난 지금까지도 기억에 선명히 남아 있다고 하셨다.

고조할아버지와 증조할아버지가 자신들이 살생을 많이 행했던 업보를 후손이 대신 치르게 되었다며 안타까운 마음을 전하셨다고 한다. 그리고 앞으로는 살생을 하지 말 것과 주변에서 만나게 되는 굶주리는 동물들에게 공덕을 베풀라는 당부를 하셨다.

할아버지가 큰 수술을 받은 후 깨어나게 되자 집안 대대로 행한 살생의 업보의 고리를 자신이 풀어가리라 다짐했다. 비록 두 다리는 잃게 되었지만 수술 도중 영혼이 빠져나와 윗대 할아버지를 만나는 놀라운 체험을 함으로써 새로운 기적의 삶이 시작되었던 것이다.

그 이후 장애인용 전동스쿠터를 타고 박스를 수집하면서 유기견이나 길고양이들이 보이면 사료를 주기 시작하셨다. 그리고 겨울이 오면 추위에 떨고 있는 길고양이들에게 박스와 이불도 챙겨주셨던 것이다.

우리 묘법사에서 백일기도를 회향하신 후 할아버지와 동생분은 부모님과 윗대 할아버지들이 환한 모습으로 나타나셔서 고마운 마음을 전하는 꿈을 꾸었다며 놀라워하셨다. 우리 묘법사에서 백일기도를 마치고 난 후 할아버지의 동생분은 무거운 마음의 짐을 다 내려놓은 듯 평온하다면서 고마운 마음을 전해오셨다.

이 세상의 모든 생명은 소중하고 귀한 것이다. 우리 주변에 있는 가엾은 생명들을 보살피는 것은 곧 우리 자신을 살리는 존엄한 행위이다. 이렇듯 이 세상의 모든 생명들은 다 연결되어 있고, 우리의 삶은 그 자체가 기적인 것이다.

06

내가 세상에서 꼭 해야 할 일

어린 시절부터 수많은 죽음을 경험했고 역경을 이겨낸 나는 이 세상에서 꼭 해야 할 일이 있다. 바로 영계의 참모습을 이 세상에 널리 알려서 영원불멸한 영혼의 세계를 많은 사람들에게 전해주는 일이다. 그리고 가족이나 지인들, 소중한 반려동물과의 죽음으로 인한 상실감으로 고통받는 사람들에게 희망을 심어주는 일은 가장 큰 보람을 준다.

우리 묘법사 신도이시고 네이버 임죽협 카페의 회원이신 명신 님은 3년 전에 가슴 아픈 이별을 연달아 두 번이나 겪게 되었다. 우리 명신 님의 부모님은 늦은 저녁시간에 집안에서 화재가 나서 빠져나오지 못하고 두 분 다 돌아가셨다고 한다. 마침 명신 님과 동생은 옆 동네에 살고 있는 할머니 댁에 가 있어서 다행히 화를 면하게 된 것이다.

어린 나이에 부모님을 잃고 연로하신 할머니와 함께 생활하게 된 명신 님과 동생은 중학교에 들어 갈 무렵 할머니마저 이 세상을 떠나셨다. 중학교도 졸업하지 못한 채 명신 님과 동생은 각각 먼 친척집으로 일을 하러 가게 되면서 헤어지게 되었다. 경기도에서 큰 식당을 하는 친척집에서 일을 도와주면서 명신 님은 한식요리사 자격증을 취득하였다. 평소 차분하고 말이 없는 명신 님은 성실한 모습으로 주위에서 칭찬을 많이 받았다고 한다.

이윽고 명신 님이 21살이 되자, 친척분의 소개로 좋은 남편을 만나서 조촐하게 결혼식을 올리게 되었다. 결혼을 하고 난 후 남편과 상의해서 한식당을 차리게 되었고 부부가 힘을 합쳐 최선을 다한 결과 날이 갈수록 손님이 늘어갔다. 우리 묘법사 포교당에서 가까운 곳에 위치해 있어서 신도분들과 함께 명신 님의 식당에 자주 식사를 하러 가게 되었다.

명신 님의 남편분은 활발하고 긍정적인 성격의 소유자였다. 보통의 경우에는 부부가 하루종일 같은 공간에서 일을 하다 보면 다투는 경우가 많은데 명신 님의 식당에서는 항상 웃음소리가 끊이지 않았던 것이다. 한 달에 두 번 식당이 쉬는 날에는 부부가 함께 우리 묘법사 포교당으로 기도를 오셨다. 슬하에 아들 둘을 낳고 시어머니를 모시고 열심히 살아가는 모습이 보기만 해도 흐뭇했다.

그러던 어느 날, 병환으로 명신 님의 시어머니가 돌아가시게 되자 우리 묘법사에서 정성스럽게 49재를 치러드렸다. 어머니의 영전 앞에서 구슬피 통곡하던 명신 님의 남편분은 49재를 지내는 내내 눈물을 쏟아내셨다. 어머니가 일찍 혼자가 되셔서 갖은 고생을 하며 자식들을 키우셨고 관절통으로 평생 고생하셨으면서 손주 둘까지 키우신 노고에 너무나 마음이 아팠던 까닭이었다.

그렇게 정성스럽게 치른 49재의 마지막 회향일이 되었다. 우리 명신 님과 남편분이 아침 9시경에 묘법사 포교당으로 49재를 지내러 들어오시는데 명신 님의 남편분에게 죽음의 징표가 보이는 것이었다. 그런데 심각한 표정으로 명신 님의 남편분이 어제 밤에 꿈을 꾸었다면서 이야기를 하셨다. 어제 밤 늦게까지 잠이 오지 않아서 뒤척이다가 간신히 잠이 들었는데 너무나 선명하게 돌아가신 어머니와 아버지가 나타났다는 것이다. 하지만 꿈이라고 하기엔 살아계실 적보다 더욱 생생한 모습에 놀라워하고 있을 때였다.

아버지와 어머니가 환한 모습으로 아들을 바라보면서 곧 마중 나올 테니 좋은 곳으로 함께 가자는 얘기를 남기고 사라지셨다고 한다. 그런데 내 눈에 죽음의 징표까지 보이자 일단 49재를 정성을 다해 마치고 나서 명신 님에게 남편분을 병원에 모시고 가보라고 전했다. 그리고 며칠 뒤 검사 결과가 나왔는데 간암 말기라는 충격적인 진단을 받게 되었다.

평소에는 식당의 배달일도 혼자 다 해내고 주방일이며 홀의 서빙까지 거뜬히 해내면서도 감기 한 번 걸리지 않았던 남편이었기에 명신 님은 큰 충격을 받았다. 하지만 의외로 담담하게 그런 명신 님은 위로해주며 마지막은 강원도 산골 집에서 보내고 싶다고 얘기했다는 것이다. 병원에서는 이미 온몸에 전이되어 수술이나 다른 방법을 쓰기에는 늦었으니 호스피스 병동을 추천해주었다. 하지만 명신 님의 남편은 마지막을 호스피스 병동에서 보내기를 극구 반대했던 것이다. 그동안 두 사람이 힘을 합쳐 식당을 운영해서 두 아들은 훌륭히 키워서 결혼시켰고, 강원도에 노후에 살 수 있는 집도 마련해두었다. 주위에 자식들과 친지들은 호스피스 병동에 입원하는 것이 좋겠다는 뜻을 밝혔지만 명신 님은 남편의 마지막 소원을 꼭 들어주고 싶었다.

젊은 시절부터 하루도 쉬지 않고 가정과 자식들을 위해 성실히 일해왔던 남편의 소원을 이루어주기 위해 식당을 다 정리하고 강원도 산골로 떠나게 되었다. 우리 명신 님과 남편분이 강원도로 떠나기 전날, 묘법사 포교당으로 작별인사를 하러 오셨다.

우리 묘법사에서 어머니의 49재를 지내면서 내가 임사체험에 관한 이야기를 들려주어서 엄청난 위안을 얻게 되었다며 명신 님의 남편분은 감사의 마음을 전하셨다. 그리고 어머니의 49재의 마지막 날 돌아가신 부모님을 만나서 환하고 밝으신 모습을 보게 되어 죽음에 대한 두려움이 사라졌다며 미소를 지으셨다. 그렇게 두 분은 공기 좋은 강원도의 산골 집으로 떠나셨고 나는 명신 님의 남편분을 위해 정성 어린 기도를 드렸다. 병원에서는 길어야 한두 달도 남지 않았다며 진통이 강하게 오면 먹으라면서 강력한 마약성 진통제를 처방해주었다. 하지만 우리 명신 님의 남편분은 한 번도 마약성 진통제를 먹지 않았다고 한다.

강원도에 내려간 지 8개월이 되어서 명신 님의 남편분이 이 세상을 떠났다는 연락을 받았다. 우리 묘법사에서 49재를 지내달라는 부탁을 받았기에 정성스럽게 명신 님의 남편분의 49재를 지내드렸다. 그런데 49재를 회향하는 마지막 날 명신 님이 10년 넘게 키우던 반려묘 흰별이가 이 세상을 떠나갔다.

우리 명신 님의 남편분을 유난히 따랐던 흰별이가 49재의 마지막 날, 무지개 다리를 건너간 것이다. 주위 분들이 남편분의 49재 기간 동안에 흰별이가 사료를 거의 먹지 않는 모습을 보고는 사람보다 의리가 깊다며 감탄을 했는데 기어코 이 세상과 작별을 고했다. 순식간에 가장 믿고 의지하던 남편과 흰별이가 명신 님의 곁을 떠나자 상실감을 가눌길 없어 우리 묘법사에 상담을 오셨다.

평생을 서로 아끼면서 지내던 남편이 세상을 떠난 지 석 달 만에 큰 위로를 주던 흰별이까지 떠나게 되자 충격이 너무나 컸던 것이다. 비록 두 아들이 있었지만 고등학생일 때부터 부모님 곁에서 떨어져 생활했고, 지금은 결혼하여 멀리 살다 보니 1년에 두세 번 정도 만나는 것도 힘들 때가 많았다.

사실 가족이나 친한 지인이 세상을 떠났을 적에는 주변에서 많은 위로를 받게 되고 슬픔을 터놓고 이야기할 수가 있다. 그러나 자식 같은 반려동물이 세상을 떠났을 때는 커다란 충격과 슬픔을 마음껏 표현할 수 없는 경우가 많다. 반려동물과의 깊은 교감을 느껴보지 못한 사람들은 결코 그 슬픔을 이해하지 못하기 때문이다. 하지만 성인이 된 자식과의 교류는 1년에 몇 번 안 되는 경우가 많은 요즘에는 자식과 가족의 자리를 채워주는 반려동물의 의미는 가족 그 이상인 경우가 많다.

우리 묘법사에 상담하러 오시는 많은 분들 가운데 반려동물이 세상을 떠난 후 펫로스 증상으로 상담 오시는 분들이 많았다. 가족과 같던 소중한 반려동물의 사망은 상실감, 불안, 충격, 대인기피 등으로 이어질 수 있다. 제대로 대처하지 않으면 심각한 우울증에 빠져 고통을 받는 것을 여러 번 봐왔다.

우리 명신 님의 남편분의 49재를 잘 회향하고 난 후 흰별이를 위한 특별 위로제도 함께 지냈다. 영계에서 명신 님의 남편분과 함께 우리 흰별이도 행복한 모습으로 지내고 있다고 전했더니 마음에 큰 위로를 받았다며 거듭 감사의 인사를 전하셨다. 마침 친한 지인분이 키우는 진돗개가 새끼를 여러 마리 낳았다고 하길래 그중 한 마리를 명신 님에게 분양해 드렸다. 지금은 강원도에서 조그만 텃밭을 가꾸면서 명신 님의 곁을 든든히 지켜주는 백구와 함께 건강하고 행복한 삶을 살아가고 있다.

이렇듯 나를 만나서 가족이나 지인들, 반려동물과의 죽음으로 인한 상실감을 잘 극복하고 행복하게 살고 있는 모습을 보면 보람을 느낀다. 내가 이 세상에서 꼭 해야 할 가장 행복한 사명을 찾은 것이다.

07

나는 이제 말할 수 있다

오랜 시간 묘법사 포교당에서 수많은 사람들과 상담을 하다 보면 놀라운 일들이 참으로 많다. 그중에서도 가족 간에 얽힌 인연의 고리는 전생에 쌓여진 관계를 알지 못하면 더욱 엉키게 된다.

사실 우리가 살아가는 인간사는 전생의 카르마와 인연들이 얽혀서 만들어진다. 그중에서도 사람이 맨 처음 태어나서 만나는 부모와 형제의 인연은 전생의 카르마의 핵심 인연이 되는 것이다. 그리고 성인이 되면서 배우자와 자식, 지인들과 같은 다양한 인연들을 만나 성장해나가게 된다. 이러한 인연들이 만나게 되는 원인이 바로 전생에 쌓아온 인과에 의해 결정된다.

부모와 자식으로 형성된 인연은 전생에 카르마적인 빚이 가장 큰 관계로 이어진다. 서로 간에 쌓아온 원한이나 빚이 많은 관계가 부모와 자식으로 가장 가깝게 형성이 된다. 전생에서 서로 간에 쌓인 카르마가 큰 만큼 가장 가까이에서 엉킨 실타래를 풀어나가야 한다. 그리고 현생에서 서로에게 쌓인 카르마를 다 청산하지 못하면 다음 생에 계속해서 만나게 된다. 전생에서 풀지 못한 사건들이 현생에 다시 만나게 되어 깨달음을 얻을 때까지 반복이 되는 것이다.

몇 년 전, 우리 묘법사의 오랜 신도분의 소개로 신영이 어머니가 상담을 하러 오셨다. 고등학교에 다니는 두 딸을 둔 신영이 엄마는 안색이 몹시도 어두웠다. 큰딸은 고등학교 3학년에 재학 중이고, 막내딸은 이제 고등학교 1학년이 되었다고 한다. 신영이 아버지는 공무원이고 말이 없고 점잖은 성격에 성실한 분이라고 했다.

신영이 어머니는 초등학생들을 가르치는 공부방을 운영하고 있었다. 주변의 사람들은 든든한 직장을 가진 성실한 남편과 예쁜 두 딸의 모습에 부러워했지만 신영이 엄마는 말 못 할 고민을 가지고 있었다. 신영이 아버지는 삼형제 중에 막내이고, 형님들이 아들들만 두어서 시댁에서는 신영이와 신주를 무척 귀여워했다. 주변의 축복 속에서 신영이가 태어나고 2년 후 막내인 신주를 낳고부터 부부 사이에 불화가 생기기 시작했다고 한다. 맏이인 신영이가 태어났을 때는 수고했다는 말만 전한 채 육아에는 신경도 쓰지 않던 남편이 막내딸이 태어난 후로 완전히 달라졌던 것이다. 막내딸이 아기였을 때에는 남편이 육아를 도와주는 것만으로도 고마운 마음이었는데 신주가 점점 자라나면서 불화가 커지기 시작되었다.

신영이 아버지는 큰딸에게는 별 관심이 없었고 막내인 신주에게는 원하는 대로 다 들어주었다. 그러자 막내딸은 자신이 갖고 싶은 것이 있으면 엄마에게 얘기하지 않고 무조건 아빠에게 부탁을 했다. 신주가 고등학생이 된 지금은 엄마하고의 관계가 심하게 악화되어서 서로 대화도 잘 나누지 않는 지경에 이르게 되었다. 그런데 더 큰 문제는 신영이 어머니가 막내딸인 신주를 보면 깊은 영혼에서부터 증오의 감정이 강하게 끓어오른다는 점이었다. 다른 사람들에게는 차마 자식이 너무나 증오스럽다는 얘기를 털어놓을 수가 없었다고 한다. 막내딸이 태어나기 전에는 성실한 신영이 아버지와 다툰 적도 거의 없었는데 신주가 태어난 이후 부부는 각 방을 쓸 정도를 감정의 골이 깊어졌다. 이대로 가다가는 극단적인 선택을 하게 될 것 같아서 우리 묘법사를 찾아 오셨다며 한참을 울먹이셨다.

사실 그 전날 밤, 우리 수호령들이 꿈속에서 신영이 어머니의 전생의 모습을 잠깐 보여주셨다. 신영이 어머니에게 수없이 많은 전생의 인연이 얽히고 설켜 있어 그것을 풀려는 과정이라고 위로해주었다. 그리고 우리 묘법사에서 백일기도를 드리면서 전생의 카르마를 풀어가자고 상담하고 난 후 백 일 동안 기도 입제에 들어가게 되었다. 백일기도를 드리는 동안 누구에게도 말하지 못했던 진심을 털어놓고 실컷 울고 나니 마음이 편안해졌다며 감사의 마음을 수차례 전하셨다. 그리고 백일기도가 끝나기 전날 밤, 우리 수호령들이 신영이 엄마와 신주 사이에 얽힌 전생의 인연의 고리를 보여주셨다. 여러 번에 걸친 전생에서 특히 이번 생과 관련된 두 번의 전생을 꿈속에서 보여주셨던 것이다.

첫 번째 전생에서 신주의 집안은 가세는 기울었으나 뼈대 있는 양반집 규수로 태어났다. 아버지가 일찍 돌아가셨으나 생전에 아버지와 둘도 없는 친구 사이였던 집안에 정혼이 되어 있었다. 대대로 손이 귀하던 집안으로 시집을 가게 된 신주는 연달아 딸만 셋을 낳게 되었다. 성품이 온순하고 조용한 성격의 남편과 신주는 금슬이 무척이나 좋았다. 그러나 집안에 대를 이어줄 아들을 간절히 바랐던 엄격한 시부모님은 또 다른 며느리를 들이셨다. 그 둘째 부인으로 들어오게 된 사람이 바로 신영이 어머니였다. 신영이 어머니 역시 가세는 기울었으나 대대로 정2품 관직을 지냈던 양반 가문이었다. 남편과의 사이에서 아들을 낳지 못한 신주는 둘째 부인이 아들을 낳게 될까 봐 날마다 노심초사하다가 그만 마음에 큰 병을 얻고 자리보존을 하게 되었다. 남편은 용한 의원을 불러 좋다는 약을 다 지어 신주에게 먹이고 간호를 했으나 끝내 차도가 보이지 않았다. 신영이 어머니는 남편이 신주에게만 관심을 기울이자 어떻게 해서든지 아들을 낳으려고 정성을 다해 치성을 드렸다. 그리고 1년이 지난 후 시부모님이 그토록 원하던 아들을 낳게 되었다. 둘째 부인이 아들을 낳게 되자 더욱 큰 충격을 받은 신주는 마음에 한을 가득 안고 세상을 떠나게 되었던 것이다.

그리고 두 번째 전생의 모습에서는 신영이 어머니가 정실부인이었다. 그런데 이번에는 신영이 어머니가 딸 둘을 낳은 후 아이가 생기지 않는 상황이 된 것이다. 남편과의 사이도 좋았기에 신영이 어머니는 꼭 대를 이을 아들을 낳고 싶었지만 몇 년 째 소식이 없었다. 시부모님이 이러다가는 집안에 대가 끊기겠다며 첩실을 들이게 되었다. 집안 형편이 어려운 처녀를 거금을 내고 첩실로 데려온 것이다.

그 첩실이 바로 신주였던 것이다. 첩실이 들어오기 전에는 남편은 신영이 어머니에게 더할 나위 없이 따뜻한 사람이었다. 시부모님의 모진 시집살이도 다정한 남편이 있어서 견딜 수 있었다. 그런데 신주가 들어오고 난 후 남편이 완전히 다른 사람이 되어버렸다. 신영이 어머니에게는 남편의 변심이 아들을 낳지 못하는 것 이상으로 충격이었다. 신주가 들어온 이후에는 신영이 어머니를 한 번도 찾지 않았고 오로지 남편은 신주에게 애정을 쏟았다. 1년이 지난 후 신주는 건강한 아들을 낳았고 더욱 큰 사랑을 받게 되었다. 신영이 어머니는 마음에 큰 상처를 입게 되어 시름시름 앓다가 젊은 나이에 세상을 떠난 것이다.

다시 이번 생에서 신주와 모녀지간으로 만난 것은 전생에 두 사람에게 쌓인 카르마를 풀어야 하기 때문이라고 얘기하니 눈물을 하염없이 흘리셨다. 그리고 몇 년 후에 우리 신주가 결혼하고 나면 모녀 관계도 좋아질 거라고 했더니 마음이 평안해졌다며 감사를 표하셨다. 이렇듯 현생의 관계가 얽히는 것은 전생의 카르마 때문인 것이다.

신영이 어머니는 백일기도 이후 전생의 인연법을 알고 나자 신주에게 마음을 열고 다가갈 수 있었다. 지금은 누구보다도 서로를 이해하고 지지해주는 친구 같은 관계가 되었다면서 고마운 마음을 전해오셨다. 그리고 이제는 자신의 영적인 성장을 가장 촉진시켜준 스승이라고 말할 수 있다며 행복한 미소를 지었다.

우리 인생에 해답은 바로 가장 가까운 가족에게 있다고 나는 이제 자신 있게 말할 수 있는 것이다.

08

임사체험을 하고 난 후 모든 것이 변했다

우리는 누구나 언젠가는 죽음의 문턱을 넘게 되는 것을 피할 수가 없다. 그런데 죽음의 문턱 너머에 대해서는 거의 아는 바가 없다. 더 정확히 말해서는 알고 싶지 않다고 해야 할 것이다. 하지만 우리의 육체가 숨을 멈추더라도 영혼은 또렷이 존재한다는 증거들이 세계 곳곳에서 쏟아져나오고 있다.

나는 어린 시절부터 지금까지 여러 번에 걸쳐 임사체험을 경험했고 모든 것이 변하게 되었다. 내가 임사체험을 하게 되었을 때, 영혼이 육신으로부터 빠져나와 수많은 전생의 모습을 볼 수 있었다. 전생에서의 나는 대부분 부모와의 인연이 희박했다. 대부분 어린 시절에 헤어지게 되었고, 그나마 같이 지내는 동안 아버지의 모습은 우리 가족을 핍박하고 괴롭히는 경우가 많았다.

이번 생에서도 우리 아버지는 술만 드시면 가족들을 못 살게 굴었다. 우리 아버지는 어린 시절에 부모님의 품에서 자라지 못하고 외갓집에 방치되다시피 자란 울분이 마음의 병이 되어버린 것이다. 친할아버지는 우리 아버지가 태어나기도 전에 돌아가셨고, 할머니는 돌도 안 된 아버지를 두고 재가를 하셨기 때문이었다. 주위의 친구들이 부모님과 행복하게 지내는 모습을 보면서 나의 아버지는 어린 시절부터 마음에 커다란 울분이 자리 잡았던 것이다.

그 후 우리 어머니와 결혼하고 난 후 어린 시절 부모님으로부터 충족하지 못한 애정을 받고 싶었던 아버지는 신병으로 몸이 아팠던 어머니의 상태에 항상 밖으로 나돌면서 술을 드시는 날이 많았다. 그리고 13년 전 어머니는 끝내 투신이라는 극단적인 선택을 하셨던 것이다.

우리 어머니의 극단적인 선택 이후에 아버지는 급격히 무너지셨다. 워낙 오랜 세월 술을 많이 드셨기에 당뇨와 고혈압을 비롯해서 성한 곳이 별로 없는 상태였다. 그 이후 5년 동안 병원에서 투병 생활을 하다 돌아가시게 되었다.

전생에서도 여러 번 아버지로 만났었던 우리의 인연은 사실 영계에서 약속되어 있던 숨겨진 큰 뜻이 있었다. 이번 생에서 뿐만 아니라 전생에서도 수행하는 삶을 여러 번 살았던 나는 일부러 이런 아버지를 선택했던 것이다. 가정에 충실하고 자식들에게 자상한 아버지는 나의 수행의 길을 늦출 뿐이었다. 영적인 진보에서 보면 편안하고 좋은 조건보다는 역경과 고난의 조건에서 성취가 훨씬 빠르게 이루어진다. 실제로 이번 생에서 우리 아버지는 수행에 중요한 순간에서는 적극적으로 나를 도와주셨다. 내가 고등학생 시절 어머니가 신병의 극심한 증상으로 위중했을 때 친지들에게 여비를 융통하여 백일기도를 보내주셨다.

우리 어머니와 내가 구인사에서 백일기도를 마치고 건강을 회복하여 집으로 돌아왔을 때 누구보다 기뻐하셨다. 그 후 우리 수호령들의 계시에 따라 수덕사로 출가하게 되었을 때도 나의 결정을 지지해주셨던 것이다. 비록 여러 번의 생에서 아버지는 나에게 핍박을 주었지만 영적인 세계에서는 나의 영혼의 진보를 빠르게 성취하게 해주신 것이다.

어린 시절에는 남들과는 다른 집안 내력으로 시련들이 유난히 많았고 죽음의 고비도 여러차례 겪게 되었다. 그러면서 '내 인생은 왜 이렇게 평탄하지 않지? 이처럼 많은 고통과 시련이 나한테 닥치는 이유는 무엇일까?' 하는 의문을 무수히 가졌었다. 그 후 여러 차례 임사체험을 하게 되면서 나는 영계의 참모습을 보게 되었다.

많은 사람들은 이 지상의 삶에 과도한 의미를 부여한다. 우리는 지상의 삶이 진짜이고 가장 중요하다고 생각하는 경우가 많다. 그러나 내가 임사체험을 통해 본 영계에서 느낀 교훈은 우리는 이 지상이라는 연극무대 위의 배우에 불과하다는 사실이다. 우리가 어떤 역할을 맡았으면 잠시 역할에 맞는 의상을 갖추어 입고 연극이 끝나면 본래의 자신의 모습으로 돌아오게 된다.

우리는 이 세상에서 주어진 삶이 전부라고 생각하지만 실제로는 한순간일 뿐이다. 우리의 영혼은 그 무엇으로도 부술 수가 없다. 그것은 불생불멸하기에 이 세상에서 삶을 체험하기 위해 살과 뼈로 된 육체를 입게 된다.

우리의 육체는 영혼의 성장과 교훈을 얻는 수단으로 잠시 지니게 되는 꼭두각시일 뿐이다. 임사체험을 통해서 본 영적 세계에서는 누구에게나 영혼을 지켜주는 수호령의 존재가 있었다. 한 인간이 지상에 태어나기 수년 전부터 수호령들이 모여서 영적 세계에서 의논을 하고 계획을 세운다. 전생에서 미처 이루지 못한 과제를 다 이루기 위해 어떤 부모에게서 태어나야 좋은지를 의논한다. 그리고 분명한 사실은 편안하고 좋은 조건보다는 힘들고 고난이 가득 찬 상태에서 영혼의 성취가 훨씬 빠르게 이루어진다는 것이다. 그렇기 때문에 현실에서 어떤 사람이 가난하고 불행한 처지에 있다고 해서 그 사람이 영계에서도 낮은 단계에 있는 것은 결코 아니다.

이번 생에서 더욱 빠른 영적 진보를 위해서 비천하고 어려운 생활을 계획하는 것은 자주 볼 수 있는 일이기 때문이다. 그러나 영적 세계에서는 그 사람의 영혼은 대단히 높은 단계에 있는 경우도 많이 있다.

그러므로 현재 이 지상에서 그 사람이 가진 재산과 지위로 가치를 판단하는 것은 대단히 잘못된 방식이다. 아무리 높은 지위와 많은 재산을 가졌어도 죽음의 장벽 너머로 갈 때는 동전 하나도 가져갈 수가 없는 것이다. 하지만 평생토록 쌓은 공덕과 행위는 영적 세계로 그대로 함께 옮겨간다. 그렇기 때문에 자신이 지위가 높다거나 재물이 많다고 해서 영계에서도 높은 단계에 오르리라고 믿는 것은 대단히 잘못된 생각이다.

영적 세계에서는 돈, 지위, 가문, 인종 따위는 전혀 중요하지 않다. 영계에서는 그 사람이 평생 동안 어떤 행위를 했고 주변에 공덕을 얼마나 쌓았는지가 중요한 것이다. 어린 시절 가족들을 늘 괴롭혔던 아버지와 극심한 신병의 고통으로 누워 있던 날이 많았던 어머니는 내 수행생활을 향상시켜준 가장 큰 스승이었던 것이다.

우리 어머니의 외갓집이 남다른 수행의 내력 덕분에 일찍부터 영적인 세계를 직접 경험하게 되었고 끝까지 영적 세계를 거부한 어머니 대신 일찍부터 수행의 길을 걷게 되었다. 나의 아버지는 평생 술을 많이 드시고 가족들에게 울분을 터트리시기는 했지만 결정적인 순간에는 나를 도와주셨다. 내가 출가 수행의 길을 가는 것도 적극적으로 지지해주셨던 것이다. 그리고 아버지가 5년 동안 병상에 누워계실 때에도 욕창으로 발과 등이 썩어 들어가는 고통 속에서 삶을 포기하지 않고 끝까지 견디어내는 용기도 내게 가르쳐주셨다.

우리가 지금 처한 현실이 아무리 어렵더라도 생을 다 끝마칠 때까지 삶을 중간에 포기하려 해서는 안 된다. 만약 이번 생의 삶을 중간에 포기한다면 또 다시 문제가 해결될 때까지 다시 태어나서도 똑같은 반복이 될 뿐이다. 우리가 이번 생에서 주어진 과제를 포기하지 않고 다 완수하고 나면 이 지상을 떠나서 장엄한 영혼의 고향으로 떳떳하게 도달하게 된다.

내가 임사체험을 통해서 영계의 세계를 다녀온 후 마치 이 지상이 나를 속박하는 감옥 같은 느낌에 한참 동안 적응하기가 무척 힘이 들었다.

하지만 당뇨병의 심한 합병증으로 발을 비롯하여 등이 점점 썩어 들어가는 심한 고통 속에서도 5년 동안이나 묵묵히 견디어내신 아버지의 모습에 삶을 헤쳐나갈 수 있는 큰 힘을 얻을 수 있었다.

  비록 이 지상에서 받은 아버지의 육체는 점점 욕창으로 썩어 들어갔지만 내면의 영혼은 환한 빛을 내뿜는 것을 나는 똑똑히 볼 수 있었다. 어린 시절 그리고 여러 번의 전생에서 나의 아버지에 대한 증오심은 점차 진정한 사랑으로 바뀌어갔다. 여러 번의 임사체험을 하고 난 후 나의 모든 것이 다 변했던 것이다.

09

내가 임사체험 후 깨달은 것들

지상에 태어난 사람은 누구든지 반드시 죽음을 맞이하게 되는 법이다. 많은 사람들은 죽음을 차갑고 공포스럽고 두려운 존재라고 생각한다. 하지만 내가 여러 번의 죽음을 경험하고 임사체험을 통해 영계를 보고 난 후 죽음이야말로 신이 인간에게 내린 최고의 선물이라는 생각이 들었다. 흔히 대부분의 사람들은 이 지상에서의 삶이 전부인 것처럼 집착을 하는 경우가 많다. 하지만 임사체험을 통해 영계의 참모습을 보고 난 후 이 지상이야말로 영적 진보를 위해 잠시 머무는 곳이란 사실에 크게 안도하였다.

내가 보고 온 영계에는 셀 수 없이 많은 단계가 존재했고, 비슷한 에너지를 가진 영혼들끼리 모여서 지내고 있었다. 영계에는 우리의 행위를 심판하는 존재가 따로 존재하지는 않았다. 하지만 이 지상에서 살 때 다른 사람을 괴롭히고 죄 없는 생명들을 해치는 행위를 했다면 영계에 도착한 후 스스로 상대방의 고통을 생생하게 체험하게 된다.

내가 어린 시절 우리 동네에는 장례식이나 결혼식이 되면 마을 한 귀퉁이에서 돼지나 소 등을 도살하는 일을 맡은 아저씨가 계셨다. 여름이 되면 동네에 있는 개들을 데려와 도살하는 일도 도맡아 했다. 내가 어른이 된 후 임사체험을 통해서 수호령들의 안내로 영계로 가서 어린 시절 알고 지냈던 동네 사람들을 만난 적이 있었다.

어린 시절 동네에서 동물들을 도살하던 일을 도맡았던 아저씨는 그때까지도 직접 도살한 개와 돼지, 소들의 고통을 생생히 느끼면서 자신의 행위가 얼마나 잔혹했는지를 체험하고 계셨다. 그리고 그 옆 마을로 가보니 어린 시절 나를 많이 예뻐하시던 옷수선을 하는 아주머니를 만났다. 결혼한 지 10년이 넘도록 아이를 낳지 못했던 아주머니는 남편이 다른 여자와 살림을 차리자 분을 견디지 못하고 목을 매는 극단적인 선택을 했었다.

그 아주머니의 친정언니는 10분 거리의 가까운 곳에 살고 있었다. 친정언니는 남편이 사고로 일찍 죽고 아들 하나를 키우고 있었는데 그 아주머니는 하나뿐인 조카를 친아들 이상으로 아끼고 사랑을 주었다. 그런데 극도의 분노를 참지 못하고 극단적인 선택을 하게 되자 친정언니와 조카는 평생 동안 지울 수 없는 충격을 받게 된 것이다. 특히나 이모를 너무나 좋아했던 조카는 마음의 상처를 크게 받아 대인기피증까지 가지게 되었다. 친아들 이상으로 사랑을 했던 조카와 하나뿐인 친정언니의 커다란 마음의 상처를 영계에 계신 아주머니는 처절하게 느끼고 있었다.

영계에서는 내가 가고 싶은 곳이나 만나고 싶은 사람들을 떠올리면 우리 수호령들의 안내로 바로 그곳에 도달할 수 있었다. 그 다음에는 오랜 우리 묘법사 신도였던 신재 아버지와 신재를 만나보았다. 어린 시절부터 몸이 허약했던 신재는 우리 묘법사에 오는 것을 참으로 좋아하던 사랑스러운 아이였다. 부모님을 따라 기도도 곧잘 하던 아이가 고등학생 때 뇌종양으로 세상을 떠났을 때는 신재가 많이 보고 싶었다.

영계에서 아버지와 함께 밝고 건강한 모습으로 지내는 것을 보니 나의 영혼도 기쁨의 에너지가 가득 차올랐다. 신재 아버지와 신재는 지상에서 살고 있는 신재 어머니가 건강하게 지내다가 영계에서 다시 만나는 날을 고대하고 있었다. 그리고 5년 동안 병상에서 삶의 고통을 이겨낸 우리 아버지를 만나러 다른 마을로 갔다. 어린 시절부터 간절히 보고 싶어 하던 친할아버지와 할머니와 함께 어린 아이의 모습이 되어 즐겁게 뛰어노는 아버지를 보니 내 영혼은 감동으로 빛나고 있었다. 지상에서는 한 번도 본 적이 없는 행복으로 가득 찬 아버지의 모습을 보니 천국이 바로 이곳이란 생각이 들었다.

천국과 지옥은 다른 어떤 존재가 만들어놓는 것이 아니라 바로 자기 스스로가 만드는 것이다. 우리가 죽음을 맞이하여 자신의 육체로부터 영혼이 빠져나가면 같은 에너지를 가진 영혼끼리 끌어당기게 된다. 그러므로 서로 다른 에너지를 가진 영혼들은 같이 있으려고 해도 있을 수가 없다.

영혼의 에너지와 영적 수준이 다르기에 자연히 멀리 떨어져버리기 때문이다. 영혼의 에너지가 높고 밝은 기운은 사랑과 자비가 넘쳐흐르기에 함께 있으면 사랑이 더욱 커지게 된다. 그곳에 있는 영혼들에게는 항상 기쁨과 즐거움이 가득차고 밝은 기운이 넘쳐흐른다. 만약 천국이나 극락이 있다면 바로 이런 곳일 것이다.

반면 살아생전에 욕심이 가득하고 증오하고 다투기 좋아하는 영혼들은 똑같은 에너지를 가진 영혼끼리 모여 살게 된다. 영혼이 되어서도 지상에서 하던 행위를 계속해서 반복하는 것이다. 서로 증오하고 싸우기를 좋아하는 영혼들이 가득 모여 있는 이런 곳은 지옥이라 불리기에 적합하다. 이런 식으로 영혼들은 자신들이 지상에서 행해온 행위에 의해 모이게 된다. 천국과 지옥이 따로 존재하는 것이 아니라 스스로 만들어내는 것이다. 영계의 신에게서 심판을 받고 천국과 지옥으로 가는 것이 아니라 자신이 이루어낸 진보에 따라 영적인 환경이 만들어지게 된다. 그렇기 때문에 지상에서 우리의 삶은 영적인 성장을 위해 가장 소중한 기회인 것이다.

이 지상에 있는 모든 사람은 죽음을 수없이 반복한다. 우리의 육체가 죽음을 맞이하게 되면 영혼이 빠져나오게 되고 빛나는 하얀 줄이 완전히 끊어지게 되면 영계로 돌아오게 된다. 영계에서 그동안 지상에서 살아온 삶을 되돌아보며 영적인 성취와 과실을 살펴본다. 그 후 지상에서 행했던 행위를 통해서 다음 생에서는 어떤 역할을 맡을지 수호령들과 결정하게 된다. 그리고 영적인 진보를 빠르게 성취하고자 하는 영혼들은 예외 없이 남다른 고난과 역경의 길을 택하게 된다. 하지만 그런 고난과 고통은 영혼의 성장을 거듭나게 하고 높은 성취를 가져다주는 것이다.

영계에서 이런 사실을 보게 되니 어릴 적부터 내가 겪었던 수많은 죽음의 고통과 시련들은 오히려 기쁨이 되어주었다. 어린 시절부터 임사체험을 통해 영계를 보고 직접 죽음을 겪고 나니 나를 찾아오는 많은 사람들에게 희망을 심어줄 수 있었다. 비록 지금 지상에서의 현실이 고통스럽지만 영계에서 보면 영혼의 높은 성취를 이루는 지름길이 되는 것이다. 그리고 레무리아 시대부터 히말라야 사원에 이르기까지 수많은 시간 동안 혹독한 수행을 함께 해온 전생의 도반을 다시 만난 지금은 영혼의 진보가 더욱 확장되고 있다.

오래 전 레무리아 시대에서부터 영계의 참모습을 지상에 알리고 영혼의 무한한 신성을 널리 전하는 사명을 받은 우리들은 각자의 위치에서 최선을 다해 실행하고 있다. 우리 은사스님은 변함없이 깊은 산속에서 우주의 진리를 참선하며 깨달음에 정진하면서 좋은 에너지를 나누어주고 계신다. 오랜 시간 동안 자비와 지혜로 보살펴주신 은사스님은 내게는 살아계신 하느님이요, 관세음보살님이시다.

2020년 1월 31일에 내 나이 50세가 되던 해, 전생의 깊은 수행의 도반을 만난다는 계시처럼 〈김도사TV〉를 통해 〈한책협〉 김태광 대표님을 다시 만났다. 대구의 가난한 시골마을에서 태어나 무일푼으로 고시원을 전전하며 누구의 도움도 없이 피땀 흘린 노력으로 작가가 되었고, 세계 최고 책 쓰기계의 독보적인 존재가 되었다. 〈한국 책 쓰기 1인창업코칭협회〉를 운영하면서 250권이 넘는 책을 집필하고, 1000명이 넘는 작가를 배출해낸 신기록을 세웠다.

어린 시절 계시대로 전생에 오랜 기간 함께 수행했던 도반을 만나게 되자 나의 임사체험을 널리 세상에 알리는 책을 쓰게 되었다. 그동안은 단 한 번도 내가 겪은 임사체험을 책으로 쓴다는 생각조차 하지 않았었다. 그런데 2020년 1월 31일 유튜브에서 〈김도사TV〉를 보고 바로 그 다음날 〈한책협〉 김태광 대표님을 만나서 책을 쓰게 된 것이다.

내가 그동안 겪은 수많은 임사체험과 영혼의 참모습은 말로 표현할 수 없이 신비하고 장엄했다. 이 지상에서 살아가는 우리의 모든 행위가 바로 영계에서의 모습으로 다 이어져 있기에 우리는 더욱더 사랑과 나눔의 삶을 살아가야 한다.

전생에서부터 이어져온 스승님과 도반을 다시 만난 이 지상에서의 삶이 기적을 만들어주었다. 그리고 '내가 임사체험 후 깨달은 것들'은 우리 모두의 삶이 찬란한 기적이라는 것이다.

에필로그

나는 어린 시절부터 직접 수많은 죽음을 보았고, 스스로도 여러 차례 죽음의 고비를 맞았고, 임사체험을 겪었다. 내 삶은 태어나면서부터 죽음과 가장 가까운 친구 사이였던 것이다. 그 후로도 오랜 기간 동안 묘법사 포교당을 운영하면서 셀 수 없이 많은 죽음들을 만나게 되었다.

사람들은 대부분 자신이 반드시 죽는다는 가장 중요한 사실을 회피하고, 두려워하며 모르는 척 살아간다. 그러다가 가족이나 소중한 이들을 죽음으로부터 잃어버리게 되는 순간, 큰 충격을 받고 자신에게도 닥쳐오게 될 죽음을 돌아보게 되는 것이다.

나는 수차례 임사체험을 겪으면서 우리 영혼의 참모습과 죽음 이후의 영계를 보았다. 내가 가장 보고 싶었던 순옥 언니와 흰둥이는 살아 있을 때와 똑같이 뒷산 언덕에서 네잎클로버를 찾아 신나는 시간을 보내고 있었다.

나를 보고, 반갑게 맞아주고는 가장 예쁜 네잎클로버를 건넨 순옥 언니는 환한 미소를 지었다. 나의 흰둥이도 꼬리를 흔들며 온몸으로 격하게 나를 맞아주었다.

평생토록 부모님을 그리워했던 나의 아버지는 부모님의 사랑을 듬뿍 만끽하며 대여섯 살 어린아이의 모습으로 행복한 시간을 보내고 있었다. 나를 보자 살아생전부터 제일 좋아했던 박하사탕을 두 손 가득 전해주시며 손을 흔들어 작별인사를 하셨다.

나의 어머니는 어릴적 지켜주지 못한 죄책감에 그리워하던 동생과 생전에 좋아하던 꽃밭에서 예쁜 꽃들을 가꾸고 계셨다. 어머니의 어릴적 모습에 반가워서 달려가니, 가장 예쁜 꽃 한 다발을 내게 주시며 고운 미소를 지으셨다.

우리 외사촌 이모와 육촌 언니는 모녀지간에 살아생전 종교가 달랐다. 우리 어머니와 절에 자주 다니면서 독실한 불자이던 이모와 달리 언니는 가장 친한 친구와 함께 열성적으로 교회에 다녔다. 하지만 이모는 언니가 교회 다니는것을 만류하지 않았다. 어릴적부터 노래를 잘 부르는 언니가 찬송가를 부를 때 가장 행복해하는 것을 잘 알고 계셨기 때문이다. 영계에서도 이모는 생전 모습 그대로 천수경과 관음경을 독송하고 계셨고, 언니는 행복한 모습으로 찬송가를 부르며 나를 반겨주었다.

우리 이웃집에서 옷수선 가게를 하던 나를 무척 예뻐해주시던 아주머니는 영계에서도 색색의 헝겊으로 인형을 만들고 있었다. 자식이 없었던 아주머니는 생전에도 인형 만드는 것을 즐겨했고, 영계에서 나를 만나자 가장 예쁜 인형을 건네주시더니, 다시 인형 만들기에 열중하셨다.

그 아랫마을에는 누렁이와 혼자 살던 할머니도 만났다. 생전 모습 그 대로 아무도 오지 못하게 누렁이에게 집을 지키라고 하고, 여전히 영계 에서도 밭농사를 열심히 짓고 계셨다. 그밖에도 이번 생뿐만 아니라, 전 생부터 함께 해왔던 수많은 이들을 만날 수 있었다.

이렇게 영계에서는 신이 심판을 통해 천국과 지옥을 정해주는 것이 아 니라, 살아생전 그사람이 행한 행위 그대로 스스로에게 알맞은 곳으로 찾아가는 것이다.

그야말로 스스로 행하고 스스로가 그대로 받게 되는 인과응보의 법칙 인 것이다. 종교가 무엇이든 상관없이 살아생전에 어떤 삶을 살았는지에 따라 자신이 갈 곳을 스스로 정한다.

영계의 참모습을 모르는 사람들은 지상에서의 삶이 진짜이고, 죽음 이 후에는 아무것도 존재하지 않는다는 무지한 생각을 가지고 있는 경우도 많이 보게 된다. 하지만 우리의 영혼은 영원불멸하고 지상에서의 삶은 찰나에 불과하다. 죽음 이후의 영계야말로 우리의 진정한 고향인 것이 다. 그렇기 때문에 죽음과, 영계의 참모습을 알아야만 우리가 지상에서의 삶을 제대로 살아갈 수 있게 된다.

이 책을 다 읽고 난 후, 비로소 삶을 살아가는 데 가장 중요한, 죽음 이후의 영계의 진실을 알게 되고, 지상에서의 삶을 진정으로 살아갈 수 있게 되는 것이다.

세상의 모든 보물보다 더 귀한 내가 임사체험 후 깨달은 것들, 책이 나오기까지 격려와 도움을 주신 많은 분들께 사랑과 감사의 마음을 전하고 싶다.

먼저 오랜 시간 변함없는 자비와 사랑으로 이끌어주신 우리 은사스님께 존경과 감사의 마음을 전해드린다. 항상 큰 응원을 보내주신 우리 묘법사 신도분들과 임죽협 카페 회원 여러분께 사랑과 고마운 마음을 전한다.

기도와 상담 등으로 항상 떨어져 있는 일이 많았는데, 노래를 하면서 의젓하게 자라준 사랑하는 우리 아들에게 사랑과 감사를 보낸다. 어린 시절부터 아토피와 빈혈 등으로 몸이 약하지만 독학으로 일본어와 일러스트를 마스터하고, 컴퓨터 편집의 천재인 사랑하는 우리 딸에게 고마운 마음과 사랑을 보낸다.

언제나 내 곁을 지켜주시는 수호령 할아버지와 할머니, 이모와 외삼촌께도 깊은 감사를 전하고, 어머니, 아버지께도 고마운 마음과 사랑을 전한다.

죽음과 영적 세계의 중요성과 가치를 알아보고, 보물같은 이 책을 가장 멋지게 출판해주신 미다스북스의 열정 넘치는 명상완 실장님께도 큰 감사의 마음을 전한다. 끝으로 전생의 오랜 기간 수행해온 도반이고, 이 책이 세상에 나올 수 있도록 물심양면으로 많은 배려와 도움을 주신 한책협 김태광 대표님께 큰 사랑과 감사의 마음을 전한다.